8/21

JULIA QUINN

· · · · · ·

Por culpa de
Miss Bridgerton

JULIA QUINN

Por culpa de Miss Bridgerton

· ROKESBY ·

TITANIA

Argentina • Chile • Colombia • España
Estados Unidos • México • Perú • Uruguay

Título original: *Because of Miss Bridgerton*
Editor original: Avon Books. An Imprint of HarperCollins*Publishers*, New York
Traducción: Elizabeth Beatriz Casals

1.ª edición Marzo 2021

ISBN: 978-84-16327-77-5
E-ISBN: 978-84-17780-40-1
Depósito legal: B-362-2021

Fotocomposición: Ediciones Urano, S.A.U.

Impreso por Romanyà Valls, S.A. – Verdaguer, 1 – 08786 Capellades (Barcelona)

Impreso en España – *Printed in Spain*

Para Susan Cotter,
quien me sorprende todos los días.

Y también para Paul.
Una llamada telefónica oportuna es lo que distingue a un marido excelente.
Espero que esta vez toques el cielo.

1

Tejado de la casa de una antigua granja abandonada.
A mitad de camino entre Aubrey Hall y Crake House.

Kent, Inglaterra, 1779

No era que a Billie Bridgerton le faltara sentido común. Por el contrario, ella estaba segura de ser una de las personas más sensatas de su entorno. Sin embargo, como cualquier persona reflexiva, a veces decidía ignorar la vocecilla de la razón que murmuraba en su cabeza. Estaba segura de que eso no podía considerarse un acto de imprudencia. Cuando ella ignoraba esa voz aleccionadora, lo hacía de manera consciente. Era una decisión tomada después de un análisis (bastante) cuidadoso de su situación. Y, en su favor, cuando Billie tomaba una decisión —alguna que la mayor parte de la humanidad habría considerado una estupidez mayúscula—, solía aterrizar sobre sus pies con mucha agilidad.

Salvo cuando eso no sucedía.

Como en ese momento.

—Debería estrangularte —dijo mirando con odio a su compañero felino.

Este lanzó un maullido despreocupado y Billie gruñó de manera muy poco femenina.

El gato escuchó el ruido, consideró que no valía la pena prestarle atención y comenzó a lamerse las patas.

Billie pensó en la dignidad y en el decoro, decidió que estaban sobrevalorados e hizo un gesto de pocos amigos.

Pero eso no la hizo sentirse mejor.

Con un quejido de cansancio miró el cielo intentando adivinar la hora. El sol se había escondido firmemente detrás de un grupo de nubes. Eso complicaba su tarea, pero debían de ser por lo menos las cuatro de la tarde. Según sus cálculos, llevaba una hora en ese sitio, y se había marchado del pueblo a las dos. Si sumaba a eso el tiempo que le había tomado caminar...

¡Maldita sea! ¿Qué diablos importaba la hora? Saberlo no iba a ayudarla a bajar de ese condenado tejado.

—Tú eres el único culpable —acusó al gato. Como era de esperar, el gato la ignoró—. No sé en qué estabas pensando cuando decidiste subirte a ese árbol —continuó—. Cualquier tonto se habría dado cuenta de que luego no podría bajar.

Cualquier tonto habría dejado al gato donde estaba, pero no, Billie había oído el maullido, y, de inmediato, había trepado al árbol. Ya estaba a mitad de camino cuando se le ocurrió que a ella ni siquiera le *gustaban* los gatos.

—Y *tú* no me gustas —aseguró.

Estaba hablando con un gato. A *eso* había llegado. Cambió de posición e hizo un gesto de dolor cuando su media se enganchó en una teja. Lo que la obligó a torcer el pie hacia un lado y el tobillo, que ya estaba afectado, dio un alarido de protesta.

Más bien fue su boca la que profirió un alarido. No pudo evitarlo. Era *muy* doloroso. Aunque podría haber sido peor.

Ya había subido hasta una altura considerable, fácilmente dos metros y medio por encima del tejado de la casa de aquella antigua granja, cuando el gato lanzó un bufido, mostró sus considerables zarpas, y, tanto una como el otro, perdieron el equilibrio y cayeron.

No es necesario aclarar que el gato descendió con gracia acrobática y aterrizó sin dificultades, con las cuatro patas, sobre el tejado.

Billie aún no estaba segura de cómo había aterrizado *ella*, pero le dolía el codo, la cadera le ardía y tenía la chaqueta rota, probablemente por la rama que había interrumpido su caída a dos tercios del trayecto.

Pero los peor parados eran su tobillo y su pie. Cada vez que los movía veía las estrellas. Si hubiera estado en su casa, habría apoyado el pie sobre una almohada. Billie había visto muchos tobillos torcidos en su vida —algunos en su propio cuerpo, muchos más de otras personas— y sabía qué había que hacer. Una compresa fría, el pie en alto, algún hermano obligado a satisfacer todos sus deseos...

¿Dónde estaban sus ayudantes cuando más los necesitaba?

Entonces, en la distancia, vio un destello de movimiento. A menos que los animales del lugar hubiesen pasado a ser bípedos, era evidente que una persona se acercaba.

—¡Hooola! —llamó, y luego se lo pensó mejor y gritó—: ¡Socorro!

Si su vista no la engañaba —y no era así, por supuesto que no; hasta su mejor amiga, Mary Rokesby, admitía que la vista de Billie Bridgerton era poco menos que perfecta— el ser humano en cuestión era un hombre. Y ningún hombre que ella conociera ignoraría un grito femenino de socorro.

—¡Socorro! —volvió a gritar, y sintió alivio cuando el hombre se detuvo. No era capaz de ver si se había girado en su dirección (su vista perfecta no llegaba a tanto), así que soltó otro chillido, tan fuerte como pudo, y casi se puso a llorar de felicidad cuando el caballero (rogó que fuera un caballero, si no de nacimiento, al menos sí de naturaleza) comenzó a avanzar en su dirección.

Pero entonces no sollozó. Porque ella jamás sollozaba. Ella jamás sería ese tipo de mujer.

Sin embargo, soltó un suspiro inesperado. Un resoplido fuerte, agudo e inesperado.

—¡Aquí arriba! —gritó, y se quitó la chaqueta para agitarla en el aire. No tenía sentido intentar parecer elegante. Después de todo, estaba atascada en el tejado, con el tobillo torcido y junto a un gato sarnoso—. ¡Señor! —vociferó—. ¡Socorro! ¡Por favor!

El paso del caballero disminuyó levemente ante el ruido, y levantó la mirada. Aunque todavía estaba demasiado lejos como para que la vista perfecta de Billie distinguiera el rostro, ella *lo supo*.

No, no, no. Cualquier persona menos él.

Pero por supuesto que era él. ¿Qué otra persona iba a pasar caminando en su peor momento, cuando más torpe y lamentable se sentía, en la única maldita ocasión en que necesitaba que la rescataran?

—Buenas tardes, George —lo saludó una vez que él se acercó lo suficiente como para hacerse oír.

Él apoyó las manos sobre sus caderas y entrecerró los ojos.

—Billie Bridgerton —dijo.

Ella esperó que él añadiera: «Debería haberlo supuesto».

Pero no lo hizo, y por algún motivo eso la irritó aún más. El mundo no estaba en equilibrio si ella no podía predecir cada palabra ampulosa y rimbombante que saliera de la boca de George Rokesby.

—¿Estás tomando el sol? —inquirió.

—Sí, he pensado que me vendrían bien algunas pecas más —replicó ella.

Él no respondió de inmediato. En cambio, se quitó el sombrero tricornio, dejando al descubierto su cabeza sin empolvar, de pelo grueso y castaño, y la observó con mirada firme e inquisidora. Por último, tras apoyar cuidadosamente el sombrero sobre lo que alguna vez había sido una pared de piedra, volvió a mirar hacia arriba y dijo:

—Admito que esto me divierte. Solo un poco.

Billie tenía numerosas respuestas en la punta de la lengua, pero recordó que George Rokesby era el único ser humano a la vista, y, si quería volver a apoyar los pies sobre la tierra antes de Navidad, debía ser amable con él.

O, al menos, hasta que él la rescatara.

—¿Cómo has llegado ahí arriba? —Quiso saber él.

—Por culpa de un gato. —El tono de su voz, por decirlo de una manera bondadosa, podría haberse descrito como «furioso».

—Ah.

—Estaba en el árbol —explicó, aunque solo Dios sabía por qué daba explicaciones. Tampoco él se las había pedido.

—Entiendo.

¿Entendía? Ella creía que no.

—El gato lloraba... —insistió—. ... y no he podido ignorarlo.

—No, por supuesto que no —respondió él, y, aunque su voz fue perfectamente cordial, ella estaba convencida de que se estaba riendo de ella.

—Algunas personas —abrió la boca lo suficiente— somos compasivas y consideradas.

Él inclinó la cabeza.

—¿Amables con los niños y los animales?

—Por supuesto.

Él enarcó la ceja derecha de ese modo tan enervante y característico de los Rokesby.

—Algunas personas —replicó— somos amables con los niños *mayores* y con los animales.

Ella se mordió la lengua. Primero de manera figurada, y luego literalmente. «Sé amable —se recordó a sí misma—. Aunque no lo soportes...»

Él esbozó una sonrisa insulsa. Bueno, salvo por una pequeña mueca perceptible en la comisura.

—¡Maldita sea! ¿Me vas a ayudar a bajar? —explotó ella finalmente.

—Qué manera de expresarse —dijo él en forma de riña.

—Lo he aprendido de *tus* hermanos.

—Ah, lo sé —repuso él—. Jamás he podido convencerlos de que en realidad eres una mujer.

Billie se cruzó de brazos, ya que no estaba segura de poder resistir el impulso de lanzarse del tejado para estrangularlo.

—*Yo mismo* he sido incapaz de convencerme de que en realidad eres un ser humano —agregó George, con tono algo displicente.

Los dedos de Billie se endurecieron como garras. Lo que resultaba *bastante* incómodo, pensándolo bien.

—*George* —dijo ella, y en su tono podían distinguirse miles de emociones diferentes: piedad, dolor, resignación, añoranza... Se conocían desde que eran niños, e, independientemente de sus diferencias, él era un Rokesby y ella una Bridgerton, y, a la hora de la verdad, también podían ser parientes.

Sus hogares —Crake House, de los Rokesby y Aubrey Hall, de los Bridgerton— quedaban a escasos cinco kilómetros de distancia en la bella región de Kent. Los Bridgerton vivían allí desde hacía más tiempo —habían llegado a principios de la década de 1500, cuando Enrique XIII había nombrado vizconde a James Bridgerton y le había cedido algunas tierras—, pero los Rokesby habían tenido un rango superior a partir de 1672.

Un barón Rokesby especialmente emprendedor (según contaba la leyenda) le había prestado un servicio esencial a Carlos II, quien lo había designado primer conde de Manston como agradecimiento. Los detalles en torno a ese ascenso de categoría se habían perdido a lo largo del tiempo, pero, en general, se aceptaba que había tenido que ver con una diligencia, un rollo de seda turca y dos amantes del rey.

Billie no tenía ninguna duda. ¿Acaso el encanto no era hereditario? George Rokesby podía ser precisamente la clase de persona aburrida que uno esperaría que fuera el heredero de un condado, pero su hermano menor, Andrew, era dueño de una endemoniada *joie de vivre* que se habría ganado el cariño de un mujeriego empedernido como Carlos II. El resto de los hermanos Rokesby no eran tan pícaros (aunque Billie suponía que Nicholas, de tan solo catorce años, todavía estaba en proceso), pero todos superaban a George en encanto y amabilidad.

George. Nunca se habían llevado bien. Sin embargo, suponía Billie, no podía quejarse. George era el único Rokesby disponible por el momento. Edward estaba en las colonias, blandiendo una espada, una pistola o solo Dios sabía qué, y Nicholas estaba en Eton, probablemente también blandiendo una espada o una pistola (aunque, como era de esperar, con mucho menos efecto). Andrew permanecería en Kent durante varias semanas, pues se había roto el brazo en alguna hazaña en la armada. No le habría sido muy útil para ayudarla a bajarse del tejado.

No, tendría que ser George. Así que debía ser amable con él.

Billie esbozó una sonrisa. O, más bien, estiró los labios.

Él suspiró. Solo levemente.

—Veré si hay alguna escalera por aquí.

—Gracias —respondió ella con remilgo, pero no creyó que él la hubiese oído. George siempre había caminado con pasos largos, y ya estaba a la vuelta de la esquina cuando Billie quiso mostrar su buena educación.

Uno o dos minutos después, volvió a aparecer con una escalera, que tenía aspecto de haber sido utilizada por última vez durante la Revolución Gloriosa.

—¿Qué se supone que te ha pasado? —preguntó, mientras apoyaba la escalera en su sitio—. No es propio de ti quedarte atrapada.

Fue lo más parecido a un halago que había oído salir de sus labios.

—El gato no se ha mostrado tan agradecido por mi ayuda como yo esperaba —respondió, marcando cada consonante como un punzón dirigido al monstruoso felino.

La escalera se acomodó con un ruido sordo, y Billie oyó que George subía.

—¿Aguantará la escalera? —preguntó. La madera parecía algo astillada, y emitía crujidos inquietantes en cada peldaño.

Los crujidos se interrumpieron por un instante.

—No importa si aguanta o no, ¿no crees?

Billie tragó saliva. Quizá otra persona no hubiese podido interpretar sus palabras, pero ella conocía a ese hombre desde que tenía uso de razón y, si había algo cierto acerca de George Rokesby, era su calidad de caballero. Él jamás abandonaría a una dama en apuros, por muy frágil que pareciera una escalera.

Ella necesitaba ayuda, así que no tenía otra opción. Debía ayudarla, sin importar lo insoportable que ella le resultara.

A él le parecía realmente molesta. Ah, sí, y ella lo sabía. Él nunca se había esforzado por ocultarlo. Aunque, para ser justos, ella tampoco.

La cabeza de George se asomó por el tejado y sus ojos azules, típicos de un Rokesby, se entrecerraron. Todos los Rokesby tenían los ojos azules. Hasta el último de ellos.

—Llevas pantalones —observó George con un fuerte suspiro—. No me sorprende que uses pantalones.

—No podría haber trepado a un árbol con un vestido.

—No —respondió él con voz seca—, eres demasiado sensata para eso.

Billie decidió pasar por alto el comentario.

—Me ha arañado —explicó, moviendo la cabeza hacia el gato.

—¿Sí?

—Nos hemos caído.

George levantó la mirada.

—Es una distancia considerable.

Billie siguió su mirada. La rama más cercana estaba un metro y medio más arriba, y ella no había estado en la rama más cercana.

—Me he hecho daño en el tobillo —admitió.

—Eso parece.

Ella lo observó con mirada interrogante.

—De lo contrario habrías saltado hasta el suelo.

Billie hizo una mueca al observar la tierra pisoteada que rodeaba las ruinas de la casa de la antigua granja. En otra época, el edificio debió de haber pertenecido a un agricultor próspero, ya que tenía dos pisos de altura.

—No —replicó, midiendo la distancia—. Está demasiado alto.

—¿Incluso para ti?

—No soy idiota, George.

Él no estuvo de acuerdo con la rapidez adecuada. Debió haber dicho «no, por supuesto».

—Muy bien —fue lo que dijo en cambio—. Vamos a bajarte.

Billie respiró profundamente y luego soltó el aire.

—Gracias —dijo.

Él la miró con una expresión rara. ¿Incredulidad, quizá, porque había dicho «*gracias*»?

—Pronto oscurecerá —repuso ella, mirando el cielo con la nariz arrugada—. Habría sido horrible tener que estar... —Se aclaró la garganta—. Gracias.

Él respondió con un movimiento mínimo de la cabeza.

—¿Puedes llegar hasta la escalera?

—Creo que sí. —Iba a dolerle terriblemente, pero podía hacerlo—. Sí.

—Podría llevarte.

—¿En la escalera?

—Sobre mi espalda.

—*No* voy a subirme a tu espalda.

—No es ahí donde me gustaría que estuvieras —murmuró.

Ella lo miró con odio.

—Bien —continuó él, subiendo otros dos peldaños. El tejado estaba ahora a la altura de su cadera—. ¿Puedes ponerte de pie?

Ella lo miró en silencio.

—Quiero ver cuánto peso puede soportar tu tobillo —explicó.

—Ah —murmuró ella—. Por supuesto.

Probablemente no debería haberlo intentado. La inclinación del tejado era tal que iba a necesitar ambos pies para mantener el equilibrio, y su pie derecho estaba casi inutilizado a esas alturas. Sin embargo, lo intentó, porque odiaba mostrar debilidad frente a él, o quizá porque no estaba en su naturaleza el no intentarlo —en *cualquier* situación—, o quizá no lo pensó bien desde el principio. El caso es que se puso de pie, perdió el equilibrio y volvió a sentarse.

No sin antes dar un grito de dolor.

George tardó solo un segundo en saltar de la escalera al tejado.

—Tontita —murmuró, pero había afecto en su voz, o, al menos, tanto como era capaz de demostrar—. ¿Puedo echarle un vistazo?

A regañadientes, ella arrimó el pie hacia él. Ya se había quitado el zapato.

Él lo tocó y lo evaluó con ojo clínico, tomando el talón con una mano, mientras probaba la capacidad de movimiento con la otra.

—¿Te duele aquí? —preguntó, y apretó un poco la parte externa del tobillo.

Billie silbó de dolor sin poder contenerse, y asintió.

Él tocó en otro sitio.

—¿Aquí?

Ella volvió a asentir.

—Pero no tanto.

—¿Y aquí...?

La atravesó una punzada de dolor tan intensa que le pareció más bien una corriente eléctrica. Sin tan siquiera pensarlo, arrancó el pie de las manos de él.

—Interpretaré eso como un «sí» —dijo él, frunciendo el ceño—. Pero no creo que esté roto.

—Por supuesto que no está roto —dijo ella con voz seca. Fue un comentario ridículo, no cabía duda. Pero George Rokesby siempre sacaba lo peor de ella, y tampoco ayudaba que le *doliera* tanto el pie, ¡maldición!

—Es un esguince —declaró George, ignorando su pequeño arrebato.

—Lo sé —respondió ella, petulante. *Nuevamente.* Se odió a sí misma.

Él esbozó una sonrisa insulsa.

—No podía ser de otro modo.

Ella sintió ganas de matarlo.

—Yo iré primero —anunció George—. Así, si tropiezas, podré evitar que te caigas.

Billie asintió. Era un buen plan; a decir verdad, el único posible. Hubiera sido estúpido discutir por el mero hecho de que a él se le hubiera ocurrido primero. Aunque ese fuera su impulso inicial.

—¿Preparada? —inquirió él.

Ella volvió a asentir.

—¿No te preocupa que te haga caerte de la escalera?

—No.

Sin explicaciones. Simplemente, no. Como si fuera absurdo siquiera considerar la pregunta.

Ella lo miró con dureza. Él parecía tan entero... Y fuerte. Y *confiable.* Siempre había sido confiable, ahora que lo pensaba. Por lo general, estaba demasiado ocupada enfadándose con él como para darse cuenta.

Con sumo cuidado, él retrocedió hasta el borde del tejado y miró hacia atrás, para poder apoyar un pie en el último peldaño de la escalera.

—No te olvides del gato —ordenó Billie.

—El gato —repitió él, mirándola como si *fuera una broma*.

—No voy a abandonarlo después de todo.

George apretó los dientes, dijo algo desagradable en voz baja y extendió la mano para alcanzar al gato.

Y el gato le metió un mordisco.

—*Serás...*

Billie retrocedió unos centímetros. George parecía tener ganas de arrancarle la cabeza a alguien, y ella estaba más cerca que el gato.

—Ese gato —rezongó George— puede pudrirse en el infierno.

—Estoy de acuerdo —se apresuró a responder ella.

Él pestañeó, sorprendido ante un consentimiento tan rápido por su parte. Ella intentó esbozar una sonrisa, y, finalmente, se encogió de hombros. Tenía dos hermanos de sangre, y otros tres que podrían haber sido hermanos suyos, en la casa de los Rokesby. Cuatro, si incluía a George, pero no estaba segura de poder incluirlo.

En definitiva, ella entendía a los hombres, y sabía cuándo mantener la boca cerrada.

Además, el maldito animal la había *hartado*. Nadie podría decir jamás que Billie Bridgerton era una sensiblera. Había intentado salvar a la bestia sarnosa porque era lo correcto, luego había tratado de salvarla otra vez, aunque solo fuera para que el esfuerzo anterior no hubiese sido en vano, pero ahora...

Fulminó con la mirada al animal.

—Ahí te quedas.

—Yo iré primero —dijo George, acercándose a la escalera—. Quiero que estés frente a mí en todo momento. Así, si te tropiezas...

—¿Los dos nos caeremos?

—Te agarraré —masculló él.

Ella lo había dicho en broma, pero, al parecer, hacer ese comentario no había sido lo más sensato.

George se dio la vuelta para descender, pero, cuando se disponía a apoyar el pie en el peldaño más alto, el gato, al que aparentemente no le gustaba que lo ignoraran, lanzó un chillido espeluznante y pasó corriendo entre sus piernas. George cayó hacia atrás, agitando los brazos.

Billie ni siquiera se lo pensó. No tuvo en cuenta su pie, ni su equilibrio, ni nada. Solo saltó hacia adelante y lo agarró, de vuelta a la seguridad del tejado.

—¡La escalera! —gritó ella.

Pero era demasiado tarde. Juntos observaron cómo la escalera se tambaleaba, giraba y luego caía al suelo con la extraña gracia de una bailarina de ballet.

2

Hubiera podido decirse, sin margen de error, que George Rokesby, hijo mayor del conde de Manston y conocido por el mundo civilizado como el vizconde Kennard, era un caballero de temperamento ecuánime. Tenía una actitud tranquila y firme, una mente implacablemente lógica y una manera de entrecerrar los ojos que indicaba, sin lugar a dudas, que sus deseos se cumplirían con fría eficiencia, sus anhelos se ejecutarían con placer y, lo más importante, que todo ello ocurriría según su calculada agenda.

También hubiera sido justo afirmar que, si la señorita Sybilla Bridgerton hubiese sabido lo cerca que él estaba de estrangularla, hubiera estado mucho más asustada por él que por la oscuridad que se avecinaba.

—Qué desafortunado —manifestó, asomándose para mirar la escalera.

George no profirió palabra. Pensó que era mejor no hablar.

—Sé lo que piensas —continuó ella.

Él aflojó la mandíbula el tiempo suficiente como para decir simplemente:

—No creo que lo sepas.

—Tratas de decidir a quién lanzar desde el tejado, si a mí o al gato.

Estaba mucho más cerca de la verdad de lo que hubiera podido suponerse.

—Solo quería ayudarte —dijo.

—Lo sé. —Habló en un tono que no invitaba a continuar con la conversación.

Pero Billie siguió:

—Si no te hubiese agarrado, te habrías caído.

—*Lo sé*.

Billie se mordió el labio inferior y, durante un momento celestial, él creyó que ella iba a dejar de hablar.

Entonces agregó:

—Ha sido tu pie.

Él movió la cabeza unos centímetros. Los suficientes como para indicar que la había oído.

—¿Cómo dices?

—Tu pie. —Con un movimiento de cabeza señaló la extremidad en cuestión—. Le has dado una patada a la escalera.

George dejó de fingir que la ignoraba.

—*No* estarás culpándome a mí por esto —dijo, casi entre dientes.

—No, claro que no —respondió ella rápidamente, mostrando por fin un mínimo instinto de supervivencia—. Solo quería decir... solo que tú...

Él entrecerró los ojos.

—No importa —farfulló. Apoyó la barbilla en sus rodillas dobladas y contempló el campo.

No había mucho que ver. Lo único que se movía era el viento, que anunciaba su presencia a través de las hojas que se agitaban en los árboles.

—Creo que nos queda una hora antes de que se ponga el sol —murmuró—. Quizá dos.

—No estaremos aquí cuando oscurezca —le informó él.

Ella lo miró, luego miró la escalera. Después lo miró nuevamente con una expresión que hizo que a él le entrasen ganas de dejarla en la proverbial oscuridad.

Pero se abstuvo. Porque, aparentemente, no podía hacerlo. Durante veintisiete años le habían inculcado todos los preceptos de caballerosidad. Además, no podía ser tan cruel con una dama. Ni siquiera *con ella*.

—Andrew debería pasar por aquí dentro de media hora aproximadamente —respondió.

—¿Qué? —dijo, aliviada, pero después se enfadó—. ¿Por qué no me lo has dicho antes? No me puedo creer que hayas dejado que pensara que estaríamos atrapados aquí toda la noche.

Él la observó. Miró a Billie Bridgerton, su pesadilla desde hacía veintitrés años. Ella lo fulminó con la mirada, como si él hubiese perpetrado alguna afrenta terrible, con las mejillas coloradas y los labios fruncidos como una rosa indignada.

Él respondió, enfatizando las palabras con tono glacial:

—Ha pasado un minuto entre el momento en que la escalera ha tocado el suelo y este preciso instante en el que estoy hablando. Dime, por favor, ¿cuándo se suponía que tu iluminador análisis del movimiento que ha hecho que mi pie tocara la escalera debía brindarte esta información?

Las comisuras de la boca de Billie se movieron, pero no llegaron a esbozar una sonrisa de suficiencia. No fue nada que indicara sarcasmo. De haberse tratado de otra persona, él habría pensado que se sentía incómoda, o quizá avergonzada. Pero a Billie Bridgerton no le incomodaba ninguna circunstancia. Ella simplemente hacía lo que le placía sin importar las consecuencias. Lo había hecho toda su vida, y, en general, había arrastrado a todo el clan Rokesby en sus andanzas.

Y, por algún motivo, todos la perdonaban *siempre*. Tenía esa forma de ser... no exactamente encantadora, sino dueña de una seguridad alocada e imprudente que atraía a los demás. La familia de ella, la familia de él, todo el maldito pueblo... todos la adoraban. Tenía una sonrisa ancha y su risa era contagiosa. ¿Cómo era posible, por todos los cielos, que él fuese la única persona en Inglaterra que se diera cuenta del peligro que ella representaba para la humanidad?

¿Ese tobillo torcido? No era el primero. También se había fracturado el brazo, de manera espectacular, típico en ella. Billie tenía ocho años y se había caído de un caballo. El animal estaba castrado y poco adiestrado, y ella no tenía por qué montarlo, menos aún intentar saltar un cerco con él. El hueso se había curado a la perfección —no podía ser de otro modo, Billie siempre había tenido la suerte de los tontos— y, pocos meses después, había vuelto a las andadas, sin que nadie la regañara. Nadie la había amonestado cuando había montado a horcajadas y en pantalones. Sobre el mismo maldito caballo castrado y por encima del mismo endemoniado cerco. Y cuando uno de sus hermanos menores intentó imitarla y se dislocó el hombro...

Todo el mundo se había reído. Sus padres —y los padres de Billie— habían meneado la cabeza y se habían echado a reír, y a nadie le había parecido prudente bajar a Billie del caballo, ponerle un vestido o, mejor aún, enviarla a una de esas escuelas para niñas en las que les enseñan bordado y buenos modales.

El brazo de Edward quedó colgando del hueco. ¡Del hueco de la articulación! Y el ruido que hizo cuando el mozo de caballos lo volvió a acomodar...

George se estremeció. Era el tipo de sonido que uno sentía más que oía. Había sido espantoso.

—¿Tienes frío? —preguntó Billie.

Él sacudió la cabeza. Aunque probablemente ella sí tuviese frío. La chaqueta de él era bastante más gruesa que la de ella.

—¿Y tú?

—No.

La observó detenidamente. Era la clase de mujer que intentaba arreglárselas sola y se negaba a permitirle a un caballero comportarse como debía.

—Si tuvieses frío ¿me lo dirías? —Ella levantó una mano como si hiciera un juramento.

—Te lo diría, lo prometo.

Él se conformó con la respuesta. Billie no mentía, y tampoco rompía sus promesas.

—¿Andrew estaba en el pueblo contigo? —Quiso saber Billie, mirando el horizonte con los ojos entrecerrados.

George asintió con la cabeza.

—Hemos tenido que visitar al herrero. Después, él se ha quedado hablando con el vicario. Yo no quise quedarme a esperar.

—Claro que no —murmuró ella.

Él giró la cabeza repentinamente.

—¿Qué quieres decir?

Ella abrió la boca, luego dudó un momento antes de responder:

—En realidad, no lo sé.

Él la miró con el ceño fruncido, y luego volvió a mirar el tejado porque no había nada más que hacer en ese momento. Él no solía sentarse a esperar. Entretanto, como mínimo podía examinar el dilema, volver a evaluar los daños y...

—No podemos hacer nada —dijo Billie con aire risueño—. No sin la escalera.

—Ya me doy cuenta.

—Estabas mirando a tu alrededor —siguió ella encogiéndose de hombros— como si...

—Sé *muy bien* lo que hacía.

Los labios de Billie se fruncieron junto con sus cejas, que se enarcaron de esa forma típica e irritante tan propia de los Bridgerton, como si estuviese a punto de decir: «Adelante, piensa lo que quieras. Yo sé más que tú».

Permanecieron en silencio durante un momento y luego, en un tono de voz más bajo del que él estaba acostumbrado a oír de ella, preguntó:

—¿Estás seguro de que Andrew pasará por aquí?

Él asintió con la cabeza. Su hermano y él habían ido caminando desde Crake House. No era el medio de transporte acostumbrado, pero Andrew, que acababa de ser nombrado teniente en la Marina Real, se había fracturado el brazo haciendo alguna tonta proeza frente a la costa de Portugal y lo habían enviado de regreso a casa para que se recuperase. Para él era más fácil caminar que montar, y, además, el día estaba precioso.

—Va a pie —respondió George—. ¿De qué otra manera iba a pasar por aquí? —Hay muchos senderos por la zona, pero, para llegar a nuestra casa, todos son más largos.

Billie ladeó la cabeza y contempló el campo.

—A menos que alguien se haya ofrecido a llevarle.

Él se volvió lentamente hacia ella, anonadado ante su falta de... *todo* en su tono. Pero no lo había dicho con ánimo de aventajarlo, ni de discutir; ni siquiera con la más mínima preocupación. Solo había sido un comentario singular y natural: «He aquí una posibilidad desastrosa».

—Bueno, es cierto —añadió, encogiéndose de hombros—. Todo el mundo quiere a Andrew.

Era verdad. Andrew tenía esa clase de encanto despreocupado y relajado por el que todo el mundo lo quería, desde el vicario del pueblo hasta las camareras del bar. Si alguien fuera en su misma dirección, se ofrecería a llevarle.

—Vendrá caminando —dijo George con firmeza—. Necesita hacer ejercicio.

El rostro de Billie adoptó un semblante dudoso.

—¿Andrew?

George se encogió de hombros. No quiso ceder, aunque Andrew siempre había sido un excelente atleta.

—Querrá respirar aire fresco, por lo menos. Ha estado encerrado toda la semana. Madre ha insistido en que beba caldo y haga reposo en cama.

—¿Por un brazo fracturado? —El resoplido de Billie se transformó en risa.

George la miró con el rabillo del ojo.

—¿Te alegra la infelicidad ajena?

—Siempre.

Él sonrió a pesar de sí mismo. Era difícil ofenderse cuando él mismo había pasado la semana anterior disfrutando, o, más bien, fomentando, la frustración de su hermano menor.

Billie cambió de posición con cautela, doblando las piernas para poder apoyar la barbilla en sus rodillas.

—Cuidado con el pie —advirtió George, casi distraídamente. Ella asintió, y ambos permanecieron en silencio.

George miraba hacia adelante, pero podía sentir cada movimiento que Billie hacía a su lado. Ella se quitó un mechón de pelo de los ojos, extendió un brazo y su codo crujió como una vieja silla de madera. Luego, con la tenacidad que demostraba en todos los aspectos de su vida, volvió a la conversación anterior y dijo:

—De todos modos, es posible que alguien le haya llevado.

Él casi sonrió.

—Es posible.

Ella permaneció callada durante unos segundos más, y luego dijo:

—No parece que vaya a llover.

Él miró hacia arriba. Estaba nublado, pero no tanto. Las nubes eran demasiado pálidas como para traer lluvia.

—Y seguramente nos echarán de menos.

Él sonrió irónicamente.

—A mí, por lo menos, sí.

Ella le dio un codazo. Fuerte. Tan fuerte como para hacer que este se riera.

—Qué espantoso eres, George Rokesby. —Pero sonrió mientras lo decía.

Él volvió a reírse entre dientes, sorprendido por lo mucho que disfrutaba de esa tenue efervescencia en su pecho. No estaba seguro de que él y Billie pudieran considerarse amigos (se habían peleado demasiadas veces para serlo), pero ella era como de la familia. No siempre era algo bueno, pero en ese momento...

Sí lo era.

—Supongo —anunció ella— que no hay ninguna otra persona con la que prefiriese estar atrapada en un tejado.

Él giró la cabeza hacia ella.

—Vaya, señorita Bridgerton, ¿eso ha sido un halago?

—¿No es evidente?

—¿Viniendo de ti?

Ella sonrió con su simpática manera de torcer la boca.

—Supongo que me lo merezco. Pero ya sabes, eres muy confiable.

—Confiable —repitió él.

Ella asintió.

—Muy confiable.

Él frunció el ceño, aunque no supo por qué.

—Si no me hubiese torcido el tobillo —continuó Billie con aire risueño—, estoy segura de que habría encontrado la manera de bajar.

Él la observó con evidente escepticismo. Aparte de que eso no tenía nada que ver con el hecho de que él fuera confiable...

—¿No acabas de decir que está demasiado alto para saltar?

—Bueno, sí —respondió, haciendo un gesto de indiferencia con la mano—. Pero habría pensado en alguna otra cosa.

—Por supuesto —dijo él, principalmente porque no tenía energía para pensar en otra respuesta.

—Lo que quiero decir —continuó ella— es que mientras esté aquí contigo...

El rostro de Billie se tornó pálido. Hasta sus ojos, que normalmente eran de un tono marrón impenetrable, parecieron palidecer un tono más.

A George el corazón le dio un vuelco. Nunca, jamás, había visto a Billie Bridgerton con esa expresión en el rostro.

Estaba aterrorizada.

—¿Qué sucede? —Quiso saber él.

Ella se acercó.

—Tú crees...

Él esperó, pero ella parecía no encontrar las palabras.

—¿Qué?

Su rostro ceniciento adquirió un matiz verduzco.

—¿Crees que alguien podría pensar que tú... que nosotros...? —Tragó saliva—. ¿Que hemos desaparecido... *juntos*?

A George se le vino el mundo encima.

—¡Por Dios, no! —dijo.

Instantáneamente.

—Lo sé —coincidió ella, con la misma rapidez—. Quiero decir... tú y yo... Es ridículo.

—Absurdo.

—Cualquiera que nos conozca...

—Sabrá que jamás...

—Y, sin embargo... —Esta vez, las palabras de Billie no solo se fueron apagando, sino que se convirtieron en un murmullo desesperado.

Él la miró con impaciencia.

—¿Qué?

—Si Andrew no aparece como esperamos... y a ti te echan de menos... y a mí me echan de menos... —Ella levantó la mirada, con ojos enormes y horrorizados—. Tarde o temprano alguien se dará cuenta de que ambos hemos desaparecido.

—¿Adónde quieres llegar? —dijo él bruscamente.

Ella se dio la vuelta y se enfrentó a él.

—Es solo que, ¿por qué alguien no podría suponer...?

—Porque tienen cerebro—replicó él—. Nadie podría pensar jamás que yo estoy contigo *a propósito*.

Ella se sacudió hacia atrás.

—Ah, bueno, *gracias*.

—¿Desearías que alguien lo *pensase*? —contestó él.

—¡No!

Él puso los ojos en blanco. «¡Mujeres!» Y, sin embargo, se trataba de Billie. La mujer menos femenina que conocía.

Ella soltó un suspiro largo y tranquilizador.

—Independientemente de lo que pienses de mí, *George*...

¿Cómo conseguía que su nombre pareciera un insulto?

—... tengo que pensar en mi reputación. Y, aunque toda mi familia me conoce muy bien, y —su voz adquirió un matiz reacio— supongo que confían en ti lo suficiente como para saber que nuestras desapariciones concurrentes no significan nada adverso...

Sus palabras se apagaron y ella se mordió el labio, pareció incómoda y, sinceramente, un poco afectada.

—Quizá el resto del mundo no sea tan amable —terminó de decir él en su lugar.

Ella lo miró un momento y luego dijo:

—Exacto.

—Si no nos encontraran hasta mañana por la mañana... —dijo George para sí mismo.

Billie concluyó la horripilante oración.

—Tendrías que casarte conmigo.

3

—¿Qué haces? —dijo Billie, casi gritando. George se había puesto de pie a una velocidad sumamente imprudente, y ahora miraba por encima del borde del edificio con gesto preocupado y calculador.

En realidad, parecía estar realizando complicadas ecuaciones matemáticas.

—Pienso en cómo bajar de este maldito tejado —rezongó.

—Te vas a matar.

—Bien podría —repuso él en tono grave.

—Oh, haces que me sienta muy especial —replicó Billie.

Él se dio la vuelta para mirarla con aire de superioridad.

—¿Acaso *quieres* casarte conmigo?

Ella se estremeció.

—¡Eso nunca!

Pero, al mismo tiempo, no era grato para una dama pensar que un hombre prefería lanzarse al vacío solo para evitar esa posibilidad.

—En eso, señora, estamos de acuerdo —repuso George.

Y le dolió. ¡Qué ironía! No le importaba que George Rokesby no quisiese casarse con ella. Ni siquiera le caía bien la mayor parte del tiempo. Y sabía que, cuando él se dignara a elegir novia, la afortunada dama no sería nada parecida a ella.

Sin embargo, le había dolido.

La futura lady Kennard sería delicada, femenina. Estaría entrenada para dirigir una mansión magnífica, no una finca. Sus vestidos estarían a la última moda, tendría el cabello empolvado y con un peinado intrincado y, si tenía carácter, lo escondería bajo un manto de refinado desamparo.

A los hombres como George les gustaba pensar de sí mismos que eran varoniles y fuertes.

Observó que ponía las manos sobre sus caderas. De acuerdo, *era* varonil y fuerte. Pero también era igual a todos los demás y seguro que querría una mujer que coqueteara detrás de un abanico. Dios no permitiría que se casara con una mujer *capaz*.

—Esto es un desastre —masculló.

Billie apenas pudo contener el impulso de replicar.

—¿Acabas de darte cuenta?

Él la fulminó con la mirada.

—¿Por qué no puedes ser *amable*? —farfulló Billie.

—¿Amable? —repitió él.

¡Ay, Dios! ¿Por qué había dicho eso? Ahora tendría que darle explicaciones.

—Como el resto de tu familia —aclaró Billie.

—Amable —volvió a decir él. Sacudió la cabeza, como si no pudiese creerse su desfachatez—. Amable.

—Yo *soy* amable —repuso ella. Pero de inmediato se arrepintió de haber dicho eso, porque no lo era. Al menos no todo el tiempo, y tenía la sensación de que, en ese momento, no estaba siendo especialmente amable. Aunque, sin duda, tenía justificación, ya que estaba con George Rokesby, y no podía evitarlo.

Y, al parecer, él tampoco.

—¿Alguna vez se te ha ocurrido —inquirió él con un tono absolutamente carente de amabilidad— que soy amable con todo el mundo excepto contigo?

Fue un golpe bajo. No debería haberlo sido, porque nunca se habían caído bien y, maldición, no debería haberle dolido porque ella no *quería* que le doliese.

No obstante, jamás iba a demostrarlo.

—Creo que tratas de insultarme —dijo, marcando con desdén cada palabra.

Él la observó, esperando a que continuara.

Ella se encogió de hombros.

—¿Pero...? —insistió él.

Ella volvió a encogerse de hombros y fingió examinar sus uñas. En realidad sí que examinó sus uñas, que estaban mugrientas.

Otra cosa más que no tenía en común con la futura lady Kennard.

Contó silenciosamente hasta cinco, esperando que él le pidiera una explicación de esa manera tan cortante en la que era experto desde antes incluso de tener edad suficiente para afeitarse. Sin embargo, George no dijo nada, y, finalmente, Billie perdió el hilo de esa especie de conversación necia que habían entablado y levantó la cabeza.

Él ni siquiera la estaba mirando.

Maldito.

Y maldita ella también, que no podía contenerse. Sabía que cualquiera con algo de compostura se hubiera callado, pero ella, en cambio, tuvo que abrir su estúpida boca y decir:

—Si no puedes lograr la...

—No lo digas —le advirtió él.

—... generosidad suficiente como para...

—Te lo advierto, Billie.

—¿Ah, sí? —replicó ella—. Yo creo que más bien me estás amenazando.

—Lo haré —espetó él— si no cierras... —Se calló y maldijo en voz baja, girando la cabeza en otra dirección.

Billie tiró de un hilo suelto de su media, con la boca fruncida en un mohín irritado y tembloroso. No debería haber dicho nada. Lo supo en cuanto pronunció la primera palabra, porque, por más presuntuoso y fastidioso que fuera George Rokesby, era culpa de ella que él estuviese atrapado en el tejado, y ella no tenía derecho a ser tan irritante.

Pero había algo en él —un talento especial que solo él poseía— que la despojaba de toda su experiencia y madurez y la hacía comportarse como una niña de seis años. Si él fuese otra persona, cualquier otra, ella habría sido alabada por ser la mujer más razonable y útil de la historia. Se hubiera corrido la voz —una vez que bajaran del tejado— acerca de su valentía e inteligencia. Billie Bridgerton... tan ingeniosa, tan razonable... Todo el mundo lo hubiera dicho.

Todo el mundo tenía motivos para decirlo, porque ella era ingeniosa y también *era* razonable.

Pero no con George Rokesby.

—Lo siento —murmuró.

Él giró lentamente la cabeza, como si ni siquiera sus oídos se pudiesen creer lo que habían escuchado.

—He dicho que lo siento —repitió ella, esta vez en voz más alta. Le parecía un antídoto, era la acción correcta. Sin embargo, rogó no verse obligada a repetir la disculpa: podía tragarse su orgullo hasta cierto límite, antes de ahogarse.

Él debía de saberlo.

Porque era igual que ella.

George la miró a los ojos, y luego ambos miraron hacia abajo. Un momento después, George dijo:

—Ninguno de los dos está en su mejor momento.

Billie tragó saliva. Pensó que quizá debía decir algo más, pero, hasta el momento, su criterio le había jugado malas pasadas, de modo que solo asintió, jurando que mantendría la boca cerrada hasta que...

—¿Andrew? —murmuró George.

Billie prestó atención.

—¡Andrew! —George no pudo menos que gritar.

Los ojos de Billie escrutaron rápidamente los árboles en el otro extremo del campo, y allí, sin duda...

—¡Andrew! —gritó ella, y, automáticamente, empezó a levantarse antes de acordarse de su tobillo—. ¡Ay! —chilló, volviendo a caer sobre su trasero.

George apenas le prestó atención. Estaba demasiado ocupado al borde del tejado, agitando los brazos en el aire, haciendo círculos amplios y enérgicos.

No había manera de que Andrew pudiera ignorarlos, ya que gritaban como almas en pena, pero si Andrew apuró el paso, Billie no se dio cuenta. Así era Andrew. Probablemente podía considerarse afortunada de que no hubiese estallado en una carcajada al ver la situación en la que estaban.

No permitiría que ninguno de los dos olvidara ese incidente.

—¡Ya os veo! —saludó Andrew una vez que se acercó lo suficiente.

Billie miró a George. Solo podía verlo de perfil, pero parecía aliviado por la aparición de su hermano. Y también, extrañamente adusto. Lo que no era tan raro a fin de cuentas. Andrew se burlaría de ella, pero la cosa sería cien veces peor para George.

Andrew se acercó aún más, con paso ligero a pesar de tener el brazo en cabestrillo.

—¡Qué agradable sorpresa! —exclamó, con una sonrisa de oreja a oreja—. Aunque pensara, y pensara, y pensara...

Se detuvo y levantó un elegante dedo índice (Billie comprendió que era la señal universal para pedir una pausa). Luego inclinó la cabeza, como si recordara:

—... y continuara pensando...

—¡Ay, por el amor de Dios! —gruñó George.

—Y pensara durante años... —siguió Andrew, riéndose—. Jamás hubiese pensado...

—¡Ayúdanos a bajar de este maldito tejado! —espetó George.

Billie estuvo de acuerdo con él.

—Siempre he pensado que vosotros dos haríais una pareja espléndida —dijo Andrew con malicia.

—¡Andrew! —masculló Billie.

Andrew le respondió sonriendo y frunciendo los labios.

—Pero, en serio, no era necesario que llegaseis a este extremo para tener un momento de privacidad. Todos habríamos estado más que felices de complaceros.

—Basta —le ordenó Billie.

Andrew levantó la mirada, riéndose incluso mientras fingía estar enfadado.

—¿De verdad quieres hablarme en ese tono, Billie la Cabra? Soy yo quien está en tierra firme.

—Por favor, Andrew —dijo ella, haciendo todo lo posible por ser amable—. Valoraríamos mucho tu ayuda.

—Bueno, ya que lo pides con tan buenos modales... —murmuró Andrew.

—Voy a matarte —dijo Billie entre dientes.

—Y yo voy a romperle el otro brazo —murmuró George.

Billie ahogó una carcajada. No había manera de que Andrew pudiera oírlos, pero, de todos modos, lo miró y se dio cuenta de que estaba serio y de que tenía la mano sana apoyada en la cadera.

—¿Qué pasa ahora? —preguntó George.

Andrew miró la escalera y torció la boca en una mueca curiosa.

—No sé si alguno de vosotros se ha dado cuenta, pero ayudaros a bajar de ahí no es fácil con una sola mano.

—¡Quita tu mano del cabestrillo! —dijo George, pero sus últimas palabras quedaron ahogadas por el grito de Billie: «¡No quites la mano del cabestrillo!».

—¿De verdad quieres quedarte en el tejado? —murmuró George.

—¿Y hacer que vuelva a lastimarse el brazo? —respondió ella. Habían bromeado sobre romperle el brazo sano a Andrew, pero no era cierto. El chico pertenecía a la marina. Era esencial que su hueso se soldara debidamente.

—¿Te casarías conmigo solo para salvar su brazo?

—¡No me casaré contigo! —replicó Billie—. Andrew sabe dónde estamos. Puede ir a buscar ayuda si la necesitamos.

—Cuando regrese con un hombre sano, habremos estado solos aquí arriba durante varias horas.

—Y supongo que tienes tan buena opinión de tu virilidad que piensas que la gente creerá que has logrado poner en peligro mi reputación encima de un tejado.

—Créeme —replicó George—, cualquier hombre con dos dedos de frente sabría que nadie puede poner en peligro tu reputación.

Billie juntó las cejas un instante, confundida. ¿Era un elogio hacia su rectitud moral? Pero entonces...

«¡Oh!»

—Eres despreciable —dijo ella, indignada. Era lo único que podía responder. Porque decir «No tienes ni idea de cuántos hombres estarían dispuestos a poner en peligro mi reputación, no» le hubiera hecho ganar muchos puntos en dignidad e ingenio.

O en sinceridad.

—Andrew —dijo George con su altanera voz de hijo mayor—, te pagaré cien libras si te quitas ese cabestrillo y pones la escalera en su sitio.

¿Cien libras?

Billie se volvió hacia él, incrédula.

—¿Estás loco?

—No lo sé —meditó Andrew—. En realidad, preferiría perder cien libras y ver cómo os matáis entre los dos.

—No seas imbécil —dijo George, fulminándolo con la mirada.

—Ni siquiera heredarías su título —señaló Billie, aunque lo cierto es que Andrew no quería suceder a su padre como conde de Manston. Estaba demasiado a gusto con su estilo de vida libre para asumir ese tipo de responsabilidad.

—Ah, sí, sería Edward —replicó Andrew con un suspiro exagerado, nombrando al segundo hijo Rokesby, que tenía un año más que él—. Esa sí que es una desventaja. Sería muy sospechoso si los dos murierais en extrañas circunstancias.

Se produjo un silencio incómodo y todos se dieron cuenta de que, quizá, Andrew había hecho un chascarrillo con un tema demasiado serio que no se prestaba a bromas ocurrentes. Edward Rokesby había tomado el camino de mayor orgullo para un hijo segundo, y era capitán del 54° Regimiento de Infantería de Su Majestad. Lo habían enviado hacía más de un año a las colonias americanas, y había luchado con valentía en la batalla de Quaker Hill. Había permanecido en Rhode Island durante varios meses antes de ser transferido al cuartel general británico en la ciudad de Nueva York. Las noticias sobre su salud y bienestar eran demasiado esporádicas como para que su familia estuviese tranquila.

—Si Edward muere —dijo George con frialdad—, no creo que las circunstancias puedan describirse como «extrañas».

—¡Venga, vamos! —dijo Andrew, poniendo los ojos en blanco—. No tienes que estar siempre tan serio.

—Tu hermano arriesga su vida por su rey y por su patria —dijo George con tono severo. Y Billie pensó que su voz había sonado muy seria y tensa incluso para ser él.

—Igual que yo —replicó Andrew con una sonrisa serena. Alzó su brazo lastimado hacia el tejado, girando en el hombro la extremidad doblada y envuelta—. O, por lo menos, arriesgo uno o dos huesos.

Billie tragó saliva y miró vacilante a George, tratando de medir su reacción. Como era común en los terceros hijos, Andrew no había ido a la universidad y había entrado directamente en la Marina Real como guardiamarina. Un año atrás, había promocionado al rango de teniente. Andrew no corría peligro con tanta frecuencia como Edward, pero, de todos modos, llevaba su uniforme con orgullo.

A George, por el contrario, no se le permitía entrar en la Marina, porque, como heredero del condado, se le consideraba demasiado valioso como para exponerse a las balas de fogueo americanas. Y Billie se preguntaba si eso le molestaría. Si el hecho de que sus hermanos sirvieran a su país y él no le afectaría. Si él habría querido luchar si pudiese.

Entonces se preguntó por qué pensaba en esas cosas. Si bien era cierto que no prestaba mucha atención a George Rokesby, a menos que estuviera frente a ella, las vidas de los Rokesby y los Bridgerton estaban estrechamente unidas. Le parecía raro no conocer ese detalle.

Sus ojos se movieron lentamente de uno a otro hermano. Estos no hablaron durante algunos instantes. Andrew aún miraba hacia arriba con cierto desafío en sus glaciales ojos azules, y George le devolvía la mirada con una expresión que no mostraba ira exactamente. Al menos, ya no. Pero tampoco arrepentimiento u orgullo. O algún sentimiento que ella pudiera identificar.

Había mucho más en esa conversación de lo que podía apreciarse.

—Bueno, *yo* he arriesgado mi vida por un felino desagradecido —declaró ella, ansiosa por dirigir la conversación hacia temas menos controvertidos. Es decir, su rescate.

—¿Es eso lo que ha ocurrido? —murmuró Andrew, apoyándose en la escalera—. Creía que no te gustaban los gatos.

George se volvió hacia ella con una expresión más intensa que la de exasperación.

—¿Ni siquiera te gustan los gatos?

—A todo el mundo le gustan los gatos —se apresuró a decir Billie.

George entrecerró los ojos y ella supo que él no se creería por nada del mundo que su sonrisa anodina estuviese solo destinada a apaciguar los ánimos. Afortunadamente, en ese momento Andrew soltó una maldición por lo bajo y los obligó a prestar atención a su lucha con la escalera.

—¿Te encuentras bien? —gritó Billie.

—Me he clavado una astilla —rezongó Andrew, chupando un lado de su meñique—. ¡Maldición!

—No te vas a morir por una astilla de nada —replicó George.

Andrew dedicó un momento a mirar con odio a su hermano.

George puso los ojos en blanco.

—¡Ay, por el amor de Dios!

—No lo provoques —murmuró Billie.

George emitió un sonido raro, como un gruñido, pero permaneció en silencio, cruzando los brazos mientras observaba a su hermano menor.

Billie se acercó al extremo del tejado para ver mejor a Andrew, que fijó uno de sus pies en el peldaño inferior y luego se inclinó para agarrar otro peldaño. Lanzó un gruñido sonoro al enderezar la escalera. La física de la maniobra era poco acertada, pero era lo máximo que podía hacer un hombre con un solo brazo.

Por lo menos, ese hombre de un solo brazo era fuerte, y, con gran esfuerzo, y no pocos insultos, logró apoyar la escalera en el lado del edificio.

—Gracias —suspiró George, aunque, por su tono, Billie no estaba segura de si el agradecimiento estaba dirigido a su hermano o al Todopoderoso.

Con Andrew como sostén de la escalera, y sin gatos intrusos, el descenso fue bastante más sencillo que en el primer intento, pero muy doloroso. ¡Cielo santo! El dolor de su tobillo le quitó a Billie hasta el último aliento. Y no podía hacer nada al respecto. No podía apoyarse en los peldaños de la escalera con un solo pie, así que, a cada paso que daba, se veía obligada a ejercer algo de presión sobre su tobillo lastimado. Cuando aún faltaban cuatro peldaños, apenas pudo contener las lágrimas.

Unas manos fuertes se apoyaron en su cintura.

—Te tengo —dijo George con voz firme, y Billie se desplomó en sus brazos.

4

George tenía la sensación de que Billie sentía más dolor del que revelaba, pero no supo cuánto le dolía hasta que por fin descendieron por la escalera. Durante un momento pensó en llevarla a hombros, parecía más seguro que hacer que ella lo siguiera. Descendió tres peldaños y ella apoyó su pie bueno sobre la escalera. Observó que ella lo seguía ágilmente con el pie lastimado. De repente se quedó quieta. Probablemente intentaba decidir cuál era la mejor manera de descender hacia el siguiente peldaño.

—Yo iría con el pie bueno —murmuró él— y me agarraría con fuerza a los travesaños para que soporten una parte de tu peso.

Billie asintió algo nerviosa y siguió sus instrucciones. Su respiración se escapó por su boca en un agónico silbido cuando apoyó el pie bueno y pudo sacar el pie herido del peldaño superior.

Había estado conteniendo la respiración, con toda la razón.

Esperó mientras ella se recuperaba, sabiendo que debía permanecer a solo unos peldaños de distancia. Si ella se caía (y bien podía caerse porque veía que su tobillo estaba muy débil) él debía estar lo suficientemente cerca como para impedir que se diese de bruces contra el suelo.

—Quizá, si lo intentara al revés... —murmuró ella, dolorida, respirando con fuerza.

—Yo en tu lugar no lo haría —respondió él, con voz tranquila y humilde. A Billie nunca le había gustado que le dijeran lo que debía hacer. Se suponía que él lo entendía mejor que nadie—. No querrás que el pie que está más abajo sea el débil —agregó—. Tu pierna podría doblarse...

—Claro —respondió ella, tensa. No con enfado, sino tensa. Él conocía ese tono. Era el de alguien que ha cedido y no desea hablar más sobre el asunto.

El tono que él mismo utilizaba con bastante frecuencia.

O, más bien, cuando se dignaba a ceder.

—Puedes hacerlo —la alentó—. Sé que duele.

—Sí, mucho —admitió ella.

Él esbozó una leve sonrisa. No estaba seguro de por qué, pero se alegró de que ella no pudiera verle el rostro.

—No dejaré que te caigas.

—¿Está todo bien por ahí arriba? —dijo Andrew.

—Pídele que se calle —masculló Billie.

George se rio a pesar de sí mismo.

—La señorita Bridgerton pide que te calles la boca —gritó.

Andrew soltó una carcajada estridente.

—Veo que todo va bien.

—Yo no diría eso —murmuró Billie, conteniendo la respiración mientras bajaba otro peldaño.

—Ya casi vas por la mitad —la alentó George.

—Me estás mintiendo, pero, de todos modos, valoro el estímulo.

Él sonrió, y esta vez sí supo por qué. Era cierto que Billie podía ser un dolor de cabeza la mayor parte del tiempo, pero siempre había tenido sentido del humor.

—Vas por la mitad de la mitad, entonces —repuso él.

—Qué optimista —susurró ella.

Logró descender otro peldaño sin incidentes, y George se dio cuenta de que la conversación era una buena distracción.

—Puedes hacerlo, Billie —dijo.

—Ya me lo has dicho.

—Vale la pena repetirlo.

—Creo... —dijo ella entre dientes, luego respiró profundamente mientras descendía otro peldaño más.

Él esperó hasta que ella se recuperara. Vio que su cuerpo temblaba al hacer equilibrios durante un instante sobre su pie bueno.

—Creo —repitió ella con voz más modulada, como si estuviera decidida a enunciar la oración de manera ordenada— que nunca te habías portado tan bien en mi presencia.

—Podría decir lo mismo de ti —comentó él.

Ella llegó a la mitad de la escalera.

—*Touché.*

—No hay nada más estimulante que un enemigo hábil —dijo, pensando en todas las veces que habían chocado espadas verbales. Billie nunca había sido una persona fácil de vencer en una conversación, por lo que lograrlo resultaba muy satisfactorio.

—No estoy segura de que eso sea cierto en el campo... ¡ay!

George esperó mientras ella apretaba los dientes y continuaba:

—... en el campo de batalla —terminó de decir, después de respirar con enfado—. Dios mío, cómo me duele —murmuró.

—Lo sé —dijo él para apoyarla.

—No, no lo sabes.

Él sonrió otra vez.

—Es verdad, no lo sé.

Ella asintió brevemente y bajó otro peldaño. Y luego, porque Billie Bridgerton era incapaz de dejar una oración sin terminar, continuó:

—En el campo de batalla, creo que un enemigo capaz me parecería inspirador.

—¿Inspirador? —murmuró él, ansioso por que ella siguiese hablando.

—Pero no estimulante.

—Una cosa llevaría a la otra —opinó él, pero no por experiencia propia. Sus únicas batallas se habían librado en salas de esgrima y cuadriláteros de boxeo, donde lo único que hubiera podido perder era el orgullo. Descendió otro escalón, dándole espacio a Billie para maniobrar, y luego miró por encima del hombro a Andrew, que parecía estar silbando mientras esperaba.

—¿Puedo ayudar en algo? —preguntó Andrew al ver a su hermano. George sacudió la cabeza, y luego volvió a mirar a Billie.

—Ya casi has llegado al final —le informó.

—Por favor, dime que no me estás mintiendo esta vez.

—No te miento.

Y no mentía. Dio un salto, evitando los dos últimos peldaños, y esperó a que ella se acercara lo suficiente como para asirla. Un momento después pudo agarrarla, y la tomó entre sus brazos.

—Te tengo —murmuró, y sintió que ella se desplomaba un poco. Por una vez en su vida permitía que otra persona se ocupara de ella.

—Bien hecho —dijo Andrew alegremente, acercando la cabeza—. ¿Te encuentras bien, Billie la Cabra?

Billie asintió, pero no parecía sentirse bien. Todavía apretaba la mandíbula y, por el modo en que se movía su garganta, era evidente que hacía todo lo posible por no llorar.

—Tontita —murmuró George. En ese momento supo que no se encontraba nada bien, pues pasó por alto el comentario sin una palabra de protesta. De hecho, se disculpó, algo tan poco propio de ella que él se preocupó.

—Es hora de volver a casa —dijo George.

—Echemos un vistazo a ese pie —propuso Andrew, con voz detestablemente alegre dada la situación. Quitó la media con cuidado, soltó un silbido y exclamó, admirado:

—¡Cielos, Billie! ¿Qué has hecho? ¡Es brutal!

—¡Cállate! —dijo George.

Andrew se limitó a encogerse de hombros.

—No parece estar roto...

—No lo está —interrumpió Billie.

—De todos modos, no podrás apoyarlo durante una semana por lo menos.

—Quizá no sea tanto tiempo —replicó George, aunque creía que la evaluación de Andrew era correcta. Aun así, no tenía sentido discutir el estado de Billie. No decían nada que Billie no supiera—. ¿Vamos? —dijo.

Billie cerró los ojos y asintió.

—Deberíamos guardar la escalera —murmuró.

George apretó sus brazos alrededor de ella y se dirigió hacia el este, a Aubrey Hall, donde Billie vivía con sus padres y sus tres hermanos menores.

—Lo haremos mañana.

Ella asintió.

—Gracias.

—¿Por qué?

—Por todo.

—El agradecimiento es muy amplio —dijo él con voz seca—. ¿Estás segura de querer estar en deuda conmigo?

Ella lo miró con ojos cansados pero sabios.

—Eres demasiado caballero como para hacerme cumplir esa promesa.

George se rio entre dientes. Ella tenía razón, supuso, aunque él nunca había tratado a Billie Bridgerton como a ninguna de las mujeres que conocía. Diablos, nadie lo había hecho.

—¿De todos modos, vendrás a cenar esta noche? —Quiso saber Andrew, trotando junto a George.

Billie se volvió hacia él distraídamente.

—¿Qué?

—¡No te habrás olvidado! —replicó Andrew, apoyando una mano en su corazón teatralmente—. La familia Rokesby recibe al hijo pródigo...

—Tú no eres el hijo pródigo —dijo George—. ¡Cielo santo!

—Uno de los hijos pródigos —corrigió Andrew con ánimo—. He estado ausente durante meses, incluso años.

—No han sido años —replicó George.

—No han sido años —accedió Andrew—, pero ha parecido como si lo fueran, ¿no es cierto? —Se inclinó hacia Billie, se puso lo suficientemente cerca como para darle un golpecito—. Me habrás echado de menos, ¿no, Cabrita? Vamos, admítelo.

—Déjale espacio —dijo George, irritado.

—Ay, si a ella no le molesta.

—Déjame espacio *a mí*.

—Ah, eso es diferente —dijo Andrew, echándose a reír.

George empezó a fruncir el ceño, pero luego levantó la cabeza.

—¿Cómo la has llamado?

—Él dice que parezco una cabra —explicó Billie, con el tono monótono de alguien que ya no se ofende. George la miró, luego miró a Andrew, y después solo agitó la cabeza. Nunca comprendería el sentido del humor que compartían. Quizá fuese porque nunca se había sentido integrado. Cuando era niño siempre se había sentido diferente del resto de los Rokesby y de los Bridgerton. En gran parte debido a su edad (tenía cinco años más que Edward, el siguiente en la línea de sucesión) pero también por la posición que ocupaba. Él era el hijo mayor, el heredero. Él, como su padre siempre le había recordado, tenía responsabilidades. No podía ir a corretear por la campiña todo el día, trepar a los árboles y romperse los huesos.

Edward, Mary y Andrew Rokesby habían nacido en rápida sucesión, separados apenas por un año. Ellos, junto con Billie, que tenía casi la misma edad que Mary, habían formado un grupo íntimo y lo hacían todo juntos. La residencia de los Rokesby estaba a cinco kilómetros de la de los Bridgerton, y, la mayoría de las veces, los niños se encontraban a mitad de camino, en el arroyo que separaba las fincas, o en la casa del árbol que lord Bridgerton había mandado construir, ante la insistencia de Billie, en el antiguo roble junto a la laguna de truchas. La mayor parte del tiempo, George no sabía qué travesura específica habían hecho, pero sus hermanos siempre llegaban a casa de buen humor, mugrientos y con hambre.

Él no sentía celos. En realidad, eran más molestos que otra cosa. Lo último que hubiera querido al volver a casa de la escuela hubiera sido tener que jugar con una banda de pilluelos salvajes cuya edad promedio ni siquiera alcanzaba las dos cifras.

Sin embargo, a veces sentía nostalgia. ¿Cómo habría sido tener un grupo de compañeros tan íntimos? Él no había tenido un verdadero amigo de su edad hasta que había partido a Eton a los doce años. Simplemente no había tenido ningún amigo.

Sin embargo, poco importaba. Todos eran ya adultos. Edward estaba en el ejército, Andrew en la marina y Mary se había casado con Felix Maynard, un buen amigo de George. También Billie había superado la mayoría de edad, pero ella seguía siendo Billie, todavía correteaba por los terrenos de su padre, aún montaba en su brioso caballo como si sus huesos fueran de acero, saludando a todos los del pueblo con una amplia y adorable sonrisa.

En cuanto a George... Suponía que seguía siendo el mismo. Todavía era el heredero, todavía se preparaba para sus responsabilidades, aunque su padre no renunciara a ninguna de ellas, continuaba sin hacer nada mientras sus hermanos tomaban las armas y luchaban para el Imperio.

Miró sus brazos, que acunaban a Billie de camino a casa. Posiblemente fuera lo más útil que esos brazos habían hecho en años.

—Deberíamos llevarte a Crake —le dijo Andrew a Billie—. Está más cerca, y entonces podrás quedarte a cenar.

—Está herida —le recordó George.

—¿Y eso cuándo la ha detenido?

—Bueno, no está vestida como es debido —dijo George. Sonó como un mojigato y se dio cuenta de ello, pero sentía una irritación incomprensible y no podía desquitarse con Billie cuando estaba herida.

—Estoy seguro de que podrá encontrar algo en el armario de Mary —respondió Andrew con tono displicente—. No se ha llevado todas sus cosas al casarse, ¿verdad?

—No —dijo Billie, con voz apagada contra el pecho de George. Era gracioso cómo se podía variar el sonido a través del cuerpo—. Se ha dejado mucha ropa.

—Entonces, todo arreglado —dijo Andrew—. Vienes a cenar, pasas la noche en casa y todos contentos.

George lo miró con odio por encima del hombro.

—Me quedaré a cenar —accedió Billie, moviendo la cabeza para que su voz saliera al aire en lugar de al cuerpo de George—, pero luego me iré a casa con mi familia. Prefiero dormir en mi propia cama, si no es molestia.

George se tambaleó.

—¿Te encuentras bien? —le preguntó Andrew.

—No ha sido nada —murmuró George. Y luego, por ninguna razón que pudiera discernir, se sintió obligado a añadir—: Solo es uno de esos episodios en los que una de tus piernas se debilita un instante y se dobla un poco.

Andrew lo miró con curiosidad.

—Solo uno de esos episodios, ¿eh?

—Cállate.

Pero Andrew se echó a reír.

—A mí también me ocurre —dijo Billie, mirándolo con una sonrisa breve—. Cuando estás cansado ni siquiera te das cuenta. Entonces tu pierna te sorprende.

—Exactamente.

Ella volvió a sonreír. Era una sonrisa de compañerismo, y él pensó (no por primera vez, y se dio cuenta con sorpresa) que Billie era muy guapa.

Sus ojos eran marrones y bellos, cálidos y amables, más allá de la cólera que pudieran ocultar en sus profundidades. Y su piel era sorprendentemente blanca para alguien que, como ella, pasaba tanto tiempo al aire libre, aunque tenía una nube de pecas en la nariz y en las mejillas. George no recordaba si las tenía de niña. No había prestado atención a las pecas de Billie Bridgerton.

No le había prestado ninguna atención, o, por lo menos, eso había intentado. Ella era, y había sido siempre, alguien difícil de evitar.

—¿Qué miras? —le preguntó ella.

—Tus pecas. —No vio motivo para mentir.

—¿Por qué?

Él se encogió de hombros.

—Están ahí.

Ella frunció los labios, y él creyó que ese sería el final de la conversación. Pero luego ella dijo, de manera un poco abrupta:

—No tengo muchas pecas.

Él enarcó las cejas.

—Solo sesenta y dos —dijo ella.

Él casi deja de caminar.

—¿Las has contado?

—No tenía otra cosa que hacer. Hacía muy mal tiempo, y no podía salir.

George sabía que no debía mencionar el bordado, las acuarelas u otras de las actividades que realizaban las damas que él conocía sin tener que salir al aire libre.

—Probablemente ahora tenga algunas más —admitió Billie—. Ha sido una primavera de mucho sol.

—¿De qué estáis hablando? —preguntó Andrew. Se había adelantado un poco y ellos acababan de alcanzarlo.

—De mis pecas —respondió Billie.

Andrew pestañeó.

—¡Dios mío, qué aburrida eres!

—O qué aburrida estoy —replicó Billie.

—O ambas cosas.

—Será la compañía que tengo.

—Siempre he pensado que George era aburrido —dijo Andrew.

George puso los ojos en blanco.

—Me refería a ti —dijo Billie.

Andrew se limitó a esbozar una sonrisa.

—¿Cómo está tu pie?

—Me duele —respondió ella, sencillamente.

—¿Está mejor? ¿Peor?

Billie pensó un momento, y luego respondió:

—Está igual. No, mejor, supongo, dado que no estoy apoyando peso en él. —Se volvió para mirar a George—. Gracias otra vez —dijo.

—De nada —respondió él, pero su voz sonó brusca. Parecía que no tenía lugar en la conversación. Que nunca lo había tenido.

El camino se bifurcó y George se dirigió a la derecha, rumbo a Crake. Quedaba más cerca, y con el brazo de Andrew en cabestrillo, tendría que cargar a Billie todo el camino.

—¿Peso mucho? —preguntó ella con voz soñolienta.

—No, y tampoco importaría que pesases mucho.

—Cielos, George, no me sorprende que estés sediento de compañía femenina —gruñó Andrew—. Ha sido una invitación clara para que dijeras: «Por supuesto que no. Eres un delicado pétalo de feminidad».

—No es verdad —protestó Billie.

—Sí, lo ha sido —insistió Andrew, con firmeza—. Pero no te has dado cuenta.

—No estoy sediento de compañía femenina —replicó George, porque lo creía de verdad.

—Ah, claro, por supuesto que no —dijo Andrew, con gran sarcasmo—. Tienes a Billie en tus brazos.

—Creo que me acabas de insultar —dijo ella.

—En absoluto, querida. Ha sido solo una comprobación.

Ella frunció el ceño, y sus cejas castañas se juntaron en sus ojos.

—¿Cuándo vuelves al mar?

Andrew la miró con picardía.

—Me echarás de menos.

—No lo creo.

Sin embargo, todos sabían que ella mentía.

—De todos modos, te quedará George —dijo Andrew, mientras levantaba el brazo y pegaba un manotazo a una rama baja—. Hacéis muy buena pareja.

—¡Cállate! —dijo Billie. Fue un comentario mucho más amable que el que había salido de la boca de George.

Andrew se echó a reír, y los tres continuaron camino a Crake House en amistoso silencio, mientras el viento soplaba levemente entre las hojas nuevas de los árboles.

—No pesas mucho —dijo George de pronto.

Billie bostezó, moviéndose levemente en sus brazos para mirarlo a la cara.

—¿Qué has dicho?

—Que no pesas mucho. —Se encogió de hombros. Por algún motivo le había parecido importante mencionarlo.

—Ah, está bien. —Pestañeó varias veces y sus ojos marrones mostraron asombro y satisfacción a partes iguales—. Gracias.

Más adelante, Andrew se echó a reír, aunque, por más que lo intentara, George no entendía por qué.

—Sí —dijo Billie.

—¿Cómo dices?

—Que sí —repitió ella, en respuesta a una pregunta que él no creía haber formulado—. Que se está riendo de nosotros.

—Tenía esa sensación.

—Es un idiota —observó ella, suspirando en el cuello de George. Pero fue un suspiro afectuoso; nunca antes, esas mismas palabras, habían estado impregnadas de más amor y cariño.

—Pero es bueno tenerlo en casa —admitió George en voz baja. Y era verdad. Había pasado años enfadado con sus hermanos menores, en especial con Andrew, pero ahora que eran adultos y vivían fuera de la cotidianidad de Kent y Londres, los echaba de menos.

Casi tanto como los envidiaba.

—Sí que es bueno, ¿verdad? —Billie esbozó una sonrisa nostálgica, y luego agregó—: Aunque jamás se lo diría.

—Ah, no, definitivamente no.

Billie se rio entre dientes de la broma compartida, y luego soltó un bostezo.

—Disculpa —murmuró. No podía taparse la boca, ya que tenía los brazos alrededor del cuello de él—. ¿Te molestaría que cerrara los ojos?

Algo raro y desconocido se agitó en el pecho de George. Un sentimiento casi de protección.

—Por supuesto que no —respondió.

Ella sonrió, con una mezcla de sueño y felicidad, y agregó:

—Nunca he tenido problemas para quedarme dormida.

—¿Nunca?

Ella agitó la cabeza, y su cabello, que había renunciado hacía rato a cualquier intento de quedar sujeto con horquillas, saltó y le hizo cosquillas en la barbilla.

—Puedo dormir en cualquier sitio —añadió ella con un bostezo.

Dormitó el resto del camino a casa, y a George no le molestó en absoluto.

5

Billie había nacido solo diecisiete días después que Mary Rokesby y, según sus padres, habían sido buenas amigas desde el momento en que empezaron a compartir la misma cuna, cuando lady Bridgerton visitaba a lady Manston todos los jueves por la mañana.

Billie no sabía por qué su madre había llevado de visita a una bebé de dos meses cuando tenían una niñera perfectamente capaz en Aubrey Hall, pero sospechaba que tenía algo que ver con su habilidad para darse la vuelta a la tierna edad, poco probable, de seis semanas.

Lady Bridgerton y lady Manston eran amigas devotas y leales, y Billie estaba segura de que cada una hubiera dado su vida por la otra (o por los hijos de la otra), pero lo cierto era que siempre había existido un elemento de competencia importante en su relación.

Además, Billie sospechaba que su sensacional destreza en el arte de darse la vuelta tenía menos que ver con su genialidad innata que con la punta del dedo índice de su madre sobre su hombro. Sin embargo, como bien había señalado su madre, no había testigos de ello.

Pero lo que *sí* había tenido testigos (las dos madres y una criada) había sido que, al colocar a Billie en la espaciosa cuna de Mary, esta había extendido su manita y había agarrado la mano diminuta del otro bebé. Y cuando las madres habían intentado apartarlas, ambas habían comenzado a gritar como almas en pena.

Su madre le había contado a Billie que se había sentido tentada de dejarla allí, en Crake House, a pasar la noche. Aquella parecía la única manera de tranquilizar a las bebés.

Esa primera mañana, seguramente, había sido un presagio de lo que vendría. Billie y Mary eran, como les gustaba decir a sus niñeras, como dos gotas de agua. Dos gotas muy diferentes que se tenían mucho cariño.

Allí donde Billie era intrépida, Mary era cuidadosa. No tímida, solo cuidadosa. Siempre miraba antes de saltar. Billie también miraba, solo que, en general, lo hacía de manera más superficial.

Entonces saltaba alto y lejos, y, a menudo, superaba a Edward y a Andrew, que se habían visto más o menos obligados a hacerse amigos de ella al darse cuenta de que Billie: a) los seguiría hasta los confines de la tierra y b) probablemente llegaría antes.

Mary (después de una cuidadosa contemplación del peligro existente) los seguía de cerca.

Así, se convirtieron en un cuarteto. Tres niños alocados y la voz de la razón.

A veces escuchaban a Mary. Lo hacían de verdad. Probablemente era la única razón por la cual todos habían llegado a la edad adulta sin daños permanentes.

Pero eso, como todo lo bueno, había llegado a su fin. Pocos años después de que Edward y Andrew partieran, Mary se había enamorado, se había casado y se había mudado. Ella y Billie intercambiaban cartas con regularidad, pero ya nada era igual. Sin embargo, Billie aún consideraba a Mary su mejor amiga. Así, cuando llegó a Crake House con un esguince de tobillo y sin más ropa que sus pantalones masculinos, y una camisa y una chaqueta llenas de polvo, no tuvo reparo en asaltar el armario de su amiga para buscar un atuendo adecuado para la cena familiar. La mayoría de los vestidos habían pasado de moda hacía algunos años, pero a Billie eso no le importaba. La verdad sea dicha, probablemente no se habría dado cuenta de no haber sido porque la criada que la había ayudado a vestirse para la cena se había disculpado por ello.

Indudablemente, los vestidos de Mary eran más elegantes que cualquiera de los que ella guardaba en su propio armario.

Más bien, Billie pensaba que el problema principal de los vestidos era el largo, o, mejor dicho, el largo excesivo. Mary era más alta que ella, por lo menos ocho centímetros. Ese era un motivo de fastidio para Billie (y de risa para Mary), que siempre había creído que ella tenía que haber sido la más alta de las dos. Sin embargo, como Billie no podía caminar siquiera, el problema no era tan importante como hubiera podido llegar a ser.

Además, los vestidos de Mary eran un tanto anchos de busto. Sin embargo, a Billie eso tampoco le pareció un problema, lo solucionó metiendo dos pañuelos en el canesú y agradeció que el vestuario de Mary incluyera un vestido sencillo de color verde. A Billie le gustaba pensar que ese color le sentaba bien.

La criada ajustaba las últimas horquillas en el cabello de Billie cuando alguien llamó a la puerta de la antigua habitación de Mary, que Billie había ocupado.

—¡George! —exclamó sorprendida cuando vio su robusta silueta llenando el marco de la puerta. Estaba muy elegante, con una chaqueta negra azulada, que a Billie se le ocurrió que haría juego con sus ojos si la usaba de día. Los botones dorados brillaban bajo la luz de la vela y favorecían su aspecto, de por sí majestuoso.

—Señora —murmuró, haciendo una pequeña reverencia—. He venido a ayudarla a descender al salón.

—Ah. —Billie no supo por qué se sorprendía. Andrew no podía hacerlo, y su padre, quien seguramente ya estaba abajo, no tenía la misma fuerza que antes.

—Si lo prefieres —ofreció George—, podríamos llamar a un sirviente.

—No, no, por supuesto que no —respondió Billie. Un sirviente la hubiera hecho sentirse incómoda. Por lo menos *conocía* a George. Y él ya la había cargado antes.

Entró en la habitación, tomándose las manos detrás de la espalda, y se acercó a ella.

—¿Cómo está el tobillo?

—Todavía me duele bastante —admitió—, pero lo he atado con una cinta ancha, y eso me ha aliviado.

Él esbozó una sonrisa, y en sus ojos brilló una chispa de gracia.

—¿Una cinta?

Ante el espanto de la criada, Billie levantó la falda excesivamente larga y asomó su pie, mostrando el tobillo envuelto en una alegre cinta rosa.

—Muy elegante —comentó George.

—No me ha parecido sensato romper una sábana cuando una cinta cumple el mismo objetivo.

—Eres muy práctica.

—Eso me gusta creer —dijo Billie con tono desenfadado, pero luego frunció el ceño levemente cuando pensó que tal vez no había sido un halago—.

De todos modos —añadió, quitando una mota de polvo invisible de su brazo—, son tus sábanas. Deberías estar agradecido.

—Por supuesto que sí.

Billie entrecerró los ojos.

—Sí —confirmó él—. Me estoy burlando de ti. Pero solo un poco.

Billie alzó la barbilla unos centímetros.

—Siempre y cuando sea solo un poco...

—No me atrevería a otra cosa —respondió él. Se inclinó levemente hacia ella—. Al menos, no en tu presencia.

Billie echó una mirada a la criada, que parecía escandalizada por la conversación.

—Pero de verdad, Billie —añadió George, para demostrar que tenía corazón—, ¿estás segura de que estás en condiciones de asistir a la cena?

Billie se ajustó un pendiente. También pertenecía a Mary.

—A fin de cuentas tengo que cenar. Y es mejor si es en buena compañía.

Él sonrió.

—Hacía mucho tiempo que no nos reuníamos todos... bueno, al menos, tantos como somos hoy.

Billie asintió con nostalgia. Cuando era niña, los Rokesby y los Bridgerton cenaban juntos varias veces al mes. Con nueve hijos entre las dos familias, las cenas (o los almuerzos, o los días festivos que se celebraran) eran inevitablemente veladas escandalosas.

Sin embargo, los varones habían partido, uno tras otro, hacia Eton: primero George, luego Edward, y, por último, Andrew. Los dos hermanos menores de Billie, Edmund y Hugo, estaban allí ahora junto al Rokesby menor, Nicholas. Mary se había casado y se había mudado a Sussex. Ahora las únicas visitas habituales eran Billie y su hermana menor, Georgiana, quien, con catorce años, era perfectamente agradable pero no era compañía adecuada para una mujer adulta de veintitrés años.

Y George, por supuesto, pero él, soltero y caballero como era, repartía su tiempo entre Kent y Londres.

—En qué estarás pensando —dijo George, cruzando la habitación hasta donde Billie estaba sentada, frente al tocador.

Ella sacudió la cabeza.

—En nada importante, me temo. Son sensiblerías.

—¿Sensiblerías? ¿Tú? Quiero saber más.

Ella lo miró, y luego dijo:

—Somos tan pocos ahora... ¡Y antes éramos tantos!

—Todavía somos muchos —señaló él.

—Lo sé, pero nos reunimos tan pocas veces... Me entristece. —Era increíble que hablara con tanta franqueza frente a George. Sin embargo, había sido un día muy extraño y difícil. Quizá por ello había bajado sus defensas.

—Volveremos a estar todos juntos —dijo él, animado—. Estoy seguro.

Billie enarcó una ceja.

—¿Te han asignado la tarea de levantarme el ánimo?

—Tu madre me ha ofrecido tres libras.

—¿Qué?

—Estoy bromeando.

Ella frunció el ceño, pero sin seriedad.

—Vamos, ven. Te llevaré abajo. —Se inclinó para tomarla entre sus brazos, pero, cuando se movió a la derecha, ella se movió a la izquierda y sus cabezas chocaron.

—Uf, perdón —murmuró él.

—No, ha sido culpa mía.

—Ven aquí... —Se dispuso a poner sus brazos detrás de la espalda de ella y bajo sus piernas, pero fue una situación incómoda, algo de lo más raro, teniendo en cuenta que él la había cargado más de un kilómetro y medio apenas unas horas atrás.

La elevó en el aire y la criada, que había estado en silencio y atenta durante la conversación, se movió a un lado cuando las piernas de Billie se balancearon en el aire.

—Un poco menos de presión en mi cuello, por favor —pidió George.

—Ay, perdón. —Billie acomodó su posición—. Esta tarde ha sido igual.

Él salió al pasillo.

—No, no ha sido igual.

«Posiblemente no», admitió Billie para sus adentros. Se había sentido realmente cómoda cuando él la llevó en sus brazos por el bosque. Mucho más cómoda de lo que debería haberse sentido en brazos de un hombre que no era su pariente. Ahora era simplemente incómodo. Ella era muy consciente de su cercanía, del calor de su cuerpo que atravesaba su ropa. El cuello de su chaqueta era alto, como correspondía, pero cuando el dedo de ella rozó la parte más alta, tocó un mechón de su pelo castaño.

—¿Ocurre algo? —preguntó él al llegar a la parte superior de la escalera.

—No —respondió rápidamente, y luego se aclaró la garganta—. ¿Por qué lo preguntas?

—No has dejado de moverte.

—Ah. —No se le ocurrió ninguna respuesta—. Es solo que me duele el pie. —Parecía que *sí* se le había ocurrido algo. Lástima que fuera un comentario absolutamente irrelevante.

Él se detuvo y la miró, preocupado.

—¿Estás segura de que quieres bajar a cenar?

—Estoy *segura.* —Soltó un suspiro exasperado—. Santo cielo, si ya he llegado hasta aquí. Sería ridículo guardar cuarentena en la habitación de Mary.

—No sería cuarentena.

—Para mí lo sería —murmuró ella.

Él la observó con curiosidad.

—No te gusta estar sola, ¿verdad?

—No cuando el resto del mundo se divierte sin mí —replicó ella.

Él permaneció en silencio un momento, con la cabeza inclinada y lo suficientemente alejada de ella como para indicar que sus palabras le parecían curiosas.

—¿Y el resto del tiempo?

—¿Cómo dices?

—Cuando el mundo no está reunido sin tu presencia —respondió él con un tono vagamente condescendiente—. ¿Te molesta estar sola?

Billie enarcó las cejas mientras levantaba la mirada hacia él. ¿Por qué diablos le preguntaba eso?

—No es una pregunta difícil —agregó, bajando la voz a un murmullo.

—No, claro que no me molesta estar sola —respondió, apretando los labios, algo fastidiada. Y malhumorada. Pero él le hacía preguntas que ni siquiera se había hecho a sí misma. Entonces, antes de saber siquiera que hablaría, se oyó a sí misma decir—: No me gusta...

—¿Qué?

Billie sacudió la cabeza.

—No importa.

—No, dime.

Ella soltó un suspiro. Él no iba a rendirse.

—No me gusta estar encerrada. Puedo pasarme todo el día en mi propia compañía si estoy al aire libre. O incluso en la sala, donde las ventanas son altas y hay tanta luz.

Él asintió lentamente, como si estuviera de acuerdo con ella.

—¿A ti te ocurre lo mismo? —quiso saber.

—No, en absoluto.

Hasta ahí llegaba su capacidad para interpretar los gestos de él.

—Me gusta mucho estar a solas —continuó.

—No me cabe duda.

Él esbozó una pequeña sonrisa.

—Creía que esta noche no habría insultos.

—Ah, ¿no?

—Estoy cargándote por las escaleras. Te convendría hablarme con amabilidad.

—Tienes razón —accedió ella.

George llegó al descansillo y ella creyó que la conversación había finalizado, pero él añadió:

—El otro día llovió mucho... todo el día, sin pausa.

Billie inclinó la cabeza hacia un lado. Sabía a qué día se refería. Había sido espantoso. Ella había planeado sacar a su yegua Argo para inspeccionar las cercas en el límite sur de las tierras de su padre. Y, quizá, detenerse en el huerto de fresas silvestres. Todavía era demasiado pronto para ver los frutos, pero seguro que ya empezaban a salir los brotes y sentía curiosidad por ver su abundancia.

—Permanecí todo el día en casa, por supuesto —continuó George—. No había razón para salir.

Billie no estaba segura de adónde quería llegar él con la conversación, pero le siguió la corriente y le preguntó:

—¿Cómo ocupaste tu tiempo?

—Me leí un libro. —Parecía muy complacido consigo mismo—. Me quedé en mi estudio y me leí un libro entero de principio a fin. Fue el día más agradable que recuerdo.

—Debes salir más a menudo —replicó ella.

Él ignoró su comentario.

—Lo que quiero decir es que me pasé el día encerrado, como tú dices, y fue muy agradable.

—Bien. Eso prueba que tengo razón.

—¿Acaso estábamos compitiendo?

—Siempre estamos compitiendo, George.

—¿Y siempre llevamos la cuenta? —murmuró.

«Siempre», pensó. Pero no lo dijo en voz alta. Parecía un comentario infantil. Y mezquino. Y algo peor, parecía que ella se esforzaba por ser algo que no era. O, más bien, algo que era pero que la sociedad nunca le permitiría ser. Él era lord Kennard y ella la señorita Sybilla Bridgerton, y, aunque ella no hubiera vacilado en medir su fuerza con él en cualquier momento, no era ninguna tonta. Entendía cómo funcionaba el mundo. Allí, en su pequeño rincón de Kent, era reina en su dominio, pero en cualquier otro sitio fuera de su pequeño círculo formado por Crake y Aubrey Hall...

Sería George Rokesby el que ganaría. Siempre. O, de lo contrario, daría la impresión de que había ganado.

Y Billie no podía hacer nada al respecto.

—Te has puesto seria de pronto —observó él, pisando el parqué pulido del vestíbulo de la planta baja.

—Estaba pensando en *ti* —respondió con sinceridad.

—Todo un reto. —Llegó a la puerta abierta de la sala y acercó los labios a su oído—. Pero no lo aceptaré.

Billie estuvo a punto de responderle, pero antes de poder hablar, George entró en el salón formal de Crake House.

—Buenas noches a todos —saludó con tono grandilocuente.

Todas las esperanzas de Billie de entrar en el salón de forma sutil se quedaron aplastadas de inmediato cuando se dio cuenta de que eran los últimos en llegar. Su madre estaba sentada junto a lady Manston en el sofá, y Georgiana, en una silla cercana, con semblante un tanto aburrido. Los hombres se habían congregado junto a la ventana. Los Bridgerton y los Manston conversaban con Andrew, quien, feliz, aceptaba una copa de coñac de su padre.

—¡Billie! —exclamó su madre, quien prácticamente se puso de pie de un salto—. En tu mensaje decías que solo era un esguince.

—Es solo un esguince —respondió Billie—. Estaré como nueva antes de que termine la semana.

George resopló. Ella lo ignoró.

—No es nada, mamá —la tranquilizó Billie—. Me han ocurrido cosas peores.

Andrew resopló. Billie también lo ignoró.

—Habría podido bajar sola con un bastón —explicó George, mientras la depositaba sobre el sofá—, pero habría tardado tres veces más y ninguno de los dos tiene tanta paciencia.

El padre de Billie, que estaba de pie junto a la ventana con una copa de coñac, soltó una sonora carcajada.

Billie lo miró con malignidad, pero con ello solo consiguió que la risa de su padre fuese más estruendosa.

—¿Ese vestido es de Mary? —preguntó lady Bridgerton.

Billie asintió.

—Llevaba pantalones.

Su madre suspiró, pero no hizo ningún comentario. Era una discusión permanente entre ambas, pero Billie había prometido vestirse siempre como era debido para la cena. Y cuando había invitados. Y en la iglesia.

En realidad, había una larga lista de acontecimientos en los que debía vestirse según las indicaciones de su madre. Sin embargo, lady Bridgerton había aceptado que Billie usara pantalones cuando trabajaba en la finca.

Para Billie había sido una victoria. Le había explicado a su madre, repetidas veces, que lo único que necesitaba era poder vestirse con comodidad cuando estaba al aire libre. Sin duda, los arrendatarios usaban una palabra más colorida que excéntrica, pero Billie sabía que la querían mucho. Y la respetaban.

El afecto había surgido naturalmente. Según la madre de Billie, esta había salido de su vientre sonriendo, e incluso de niña era la favorita de los arrendatarios.

Sin embargo, el respeto se lo había ganado, y, por ese motivo, lo atesoraba aún más.

Billie sabía que, algún día, su hermano menor heredaría Aubrey Hall y todas sus tierras, pero Edmund aún era un niño, tenía siete años menos que ella. La mayor parte del tiempo estaba lejos, en la escuela. Su padre ya era bastante mayor, y alguien debía aprender a administrar de manera adecuada una finca tan grande. Además, Billie tenía un don innato; todo el mundo lo decía.

Había sido hija única durante muchos años. Habían nacido dos bebés entre su nacimiento y el de Edmund, pero ninguno de los dos había sobrevivido. Durante esos años de oraciones y esperanzas, y de pedir por un heredero, Billie se había convertido en una especie de mascota para los arrendatarios; un símbolo vivo y sonriente del futuro de Aubrey Hall.

A diferencia de la mayoría de las hijas de la gente de alcurnia, Billie siempre había acompañado a sus padres en sus obligaciones en la finca. Cuando su madre llevaba canastas de alimentos a los necesitados, ella la acompañaba y entregaba manzanas a los niños. Cuando su padre salía a inspeccionar los terrenos, la mayoría de las veces ella le pisaba los talones, desenterrando gusanos y explicándole por qué creía que el centeno era mejor que la cebada en un campo tan desprovisto de sol.

Al principio había sido motivo de risa. La activa pequeña de cinco años que insistía en medir el grano a la hora de cobrar los arrendamientos. Sin embargo, con el tiempo se había convertido en una más, y ahora tenía la responsabilidad de atender las necesidades de la finca. Si una cabaña tenía una gotera, era ella la que se ocupaba de que estuviera reparada. Si una cosecha era escasa, ella intentaba averiguar cuál era el motivo.

Para todos los fines prácticos, ella era el hijo mayor de su padre.

Mientras otras jóvenes leían poesía romántica y tragedias de Shakespeare, Billie leía tratados sobre administración de campos. Y, sinceramente, le encantaban. Eran lecturas muy entretenidas.

Era difícil imaginar una vida que pudiese sentarle mejor, pero algo era cierto: todo era mucho más fácil si no tenía que usar corsé.

Por difícil que fuera para su madre.

—He salido a controlar el riego —explicó Billie—. No habría sido muy práctico con vestido.

—No he dicho nada —respondió lady Bridgerton, aunque todos sabían que lo había pensado.

—Por no mencionar lo difícil que hubiese sido subirse a ese árbol —aportó Andrew.

El comentario logró atraer la atención de su madre.

—¿Te has subido a un árbol?

—Para salvar a un gato —confirmó Andrew.

—Cabe suponer —agregó George con voz autoritaria— que si hubiese tenido un vestido no se le habría ocurrido subirse al árbol.

—¿Qué ha ocurrido con el gato? —quiso saber Georgiana.

Billie miró a su hermana. Casi había olvidado su presencia. Y, claro está, también se había olvidado del gato.

—No lo sé.

Georgiana se inclinó hacia adelante, sus ojos azules brillaban con impaciencia.

—¿Lo has salvado?

—Si ha sido así —respondió Billie—, ha sido por completo en contra de sus deseos.

—Un felino absolutamente desagradecido —agregó George.

El padre de Billie se echó a reír ante la descripción, y le propinó a George una varonil palmada en la espalda.

—George, muchacho, vamos a buscarte algo de beber. La necesitas después de todos tus padecimientos.

Billie se quedó boquiabierta.

—¿*Sus* padecimientos?

George sonrió con suficiencia, pero nadie más lo vio.

—El vestido de Mary te sienta muy bien —comentó lady Bridgerton, llevando la conversación a temas más femeninos.

—Gracias —respondió Billie—. Me gusta este tono de verde. —Sus dedos acariciaron el encaje que bordeaba el cuello. Le sentaba muy bien.

Su madre la observó, impresionada.

—Me encantan los vestidos bonitos —insistió Billie—. Pero no me gusta usarlos cuando me resultan incómodos en mi trabajo.

—El *gato* —insistió Georgiana.

Billie la miró con impaciencia.

—Ya te he dicho que no lo sé. Francamente, era una criatura espantosa.

—Estoy de acuerdo —manifestó George, levantando su copa.

—No me puedo creer que brindes por el posible fallecimiento de un gato —objetó Georgiana.

—No lo hago —respondió Billie, mirando a su alrededor para ver si alguien le traía una bebida—. Pero me gustaría.

—Está bien, cariño —murmuró lady Bridgerton, y sonrió a su hija menor—. No te preocupes tanto.

Billie miró a Georgiana. Si su madre hubiese usado ese tono con ella, probablemente se habría vuelto loca. Pero Georgiana había sido una niña enfermiza, y lady Bridgerton siempre estaba pendiente de ella.

—Estoy segura de que el gato ha sobrevivido —dijo Billie a Georgiana—. Era un luchador. Tenía aspecto de superviviente.

Andrew se acercó por encima del hombro de Georgiana.

—Ese siempre aterriza a cuatro patas.

—¡Ay, basta! —Georgiana lo apartó, pero fue evidente que no se había enfadado por la broma. Nadie se enfadaba jamás con Andrew. O, al menos, no por mucho tiempo.

—¿Hay novedades de Edward? —preguntó Billie a lady Manston.

La mirada de lady Manston se empañó, y sacudió la cabeza.

—Ninguna desde la última carta. La que hemos recibido el mes pasado.

—Estoy segura de que se encuentra bien —dijo Billie—. Es un soldado con mucho talento.

—No sé qué función cumple el talento cuando alguien apunta una pistola a tu pecho —dijo George con tristeza.

Billie lo fulminó con la mirada.

—No le haga caso —consoló a lady Manston—. Él nunca ha sido soldado.

Lady Manston sonrió con expresión triste, dulce y amorosa al mismo tiempo.

—Creo que a él le hubiese gustado serlo —dijo, mirando a su hijo mayor—. ¿No es verdad, George?

6

George trató de adoptar una expresión imperturbable. La intención de su madre era buena; así lo había sido desde siempre. Pero ella era mujer. Nunca hubiera podido entender lo que significaba para un hombre pelear por su rey y su patria. Jamás hubiera podido entender lo que significaba no poder hacerlo.

—Mis deseos no son los que importan —replicó él. Bebió un gran sorbo de su coñac. Y luego otro—. Aquí soy necesario.

—Por eso me siento agradecida —declaró su madre. Se volvió a las demás mujeres con una sonrisa decidida, pero sus ojos brillaban demasiado—. No necesito que todos mis hijos vayan a la guerra. Dios mediante, esta tontería terminará antes de que Nicholas tenga edad para tomar las armas.

Al principio nadie habló. La voz de lady Manston había sonado un poco fuerte, sus palabras un poco agudas. Era uno de esos momentos incómodos que nadie sabía cómo deshacer. Por fin, George dio un pequeño sorbo a su bebida y dijo en voz baja:

—Los hombres siempre harán tonterías.

Con eso pareció disiparse un poco de tensión y, como no podía ser de otra manera, Billie lo miró con expresión desafiante.

—Las mujeres harían un trabajo mucho mejor si pudieran gobernar.

George le respondió con una sonrisa desabrida. Ella trataba de provocarlo. Él se negó a complacerla.

Sin embargo, el padre de Billie mordió el anzuelo.

—Estoy seguro de que lo harían —dijo, con voz lo suficientemente pacífica como para que todos supieran que no hablaba en serio.

—Por supuesto que sí —insistió Billie—. Sin duda habría menos guerras.

—Tendré que darte la razón en ese aspecto —opinó Andrew, alzando su copa en dirección a Billie.

—Es un asunto debatible —opinó lord Manston—. Si Dios hubiese querido que las mujeres gobernaran y lucharan, las habría hecho lo suficientemente fuertes como para blandir espadas y pistolas.

—Yo sé disparar —replicó Billie.

Lord Manston la observó y pestañeó.

—Sí —dijo, casi como si estuviese contemplando una rara curiosidad científica—, es probable que sí.

—El invierno pasado, Billie cazó un venado —comentó lord Bridgerton, encogiéndose de hombros, como si fuera algo normal.

—¿De verdad? —inquirió Andrew, admirado—. ¡Bien hecho!

Billie sonrió.

—Fue maravilloso.

—No puedo creer que le permitas ir de caza —dijo lord Manston a lord Bridgerton.

—¿De verdad crees que puedo impedírselo?

—Nadie puede detener a Billie —murmuró George. Se dio la vuelta de pronto y cruzó la habitación para echarse otra copa.

Hubo un largo silencio. Un silencio incómodo. George decidió que ya no le importaba.

—¿Cómo está Nicholas? —preguntó lady Bridgerton. George sonrió frente a su copa. Lady Bridgerton era experta en desviar una conversación delicada hacia temas más mundanos. Y, en efecto, pudo percibir en su voz la perfecta sonrisa social cuando añadió—: Seguramente se comporte mejor que Edmund y Hugo.

—Estoy segura de que no —respondió lady Manston, echándose a reír.

—Nicholas no... —empezó a decir Georgiana.

Pero la voz de Billie la tapó.

—Es difícil creer que haya alguien a quien envíen a su casa más a menudo que a Andrew.

Andrew levantó una mano.

—Yo ostento el récord.

Georgiana abrió los ojos como platos.

—¿Entre los Rokesby?

—En todo el mundo.

—No es verdad —se mofó Billie.

—Es así, te lo aseguro. Existe un motivo por el cual me he retirado antes de la escuela, ¿sabes? Creo que, si fuera de visita, no me permitirían entrar.

Agradecida, Billie aceptó la copa de vino que por fin le llevó el sirviente, y luego la levantó hacia Andrew en forma de escéptico saludo.

—Eso solo indica que deberíamos felicitar al director por su buen criterio.

—Andrew, deja de exagerar —le regañó lady Manston. Puso los ojos en blanco y se dirigió a lady Bridgerton—. Es cierto que, cuando estaba en Eton, lo enviaron a casa más de una vez, pero te garantizo que no le han prohibido regresar.

—No porque no lo hayan intentado —acotó Billie.

George dio un resoplido y se giró hacia la ventana para mirar hacia la noche oscura. Posiblemente él fuera un mojigato insufrible a quien nunca habían expulsado de Eton o de Cambridge, pero no tenía ganas de escuchar las interminables bromas entre Andrew y Billie.

Siempre había sido igual. Billie se mostraba deliciosamente lista y Andrew representaba el papel de bribón. Luego Billie le bajaba los humos y Andrew se echaba a reír a carcajadas, entonces todo el mundo se reía a carcajadas y siempre, siempre era la misma historia.

Le aburría mucho toda aquella escena.

George miró a Georgiana, sentada con aire taciturno en lo que él pensaba era la silla más incómoda de toda la casa. ¿Cómo era posible que nadie se diera cuenta de que la habían excluido de la conversación? Billie y Andrew encendían el salón con su ingenio y vivacidad, y la pobre de Georgiana no podía aportar ni un comentario. Tampoco parecía intentarlo, pero, a los catorce años, ¿cómo podría competir?

De pronto, George cruzó la habitación hasta donde estaba la niña y se inclinó sobre ella.

—Yo he visto al gato —le dijo, y sus palabras se desvanecieron entre el pelo rojizo de Georgiana—. Ha huido al bosque.

No era cierto, por supuesto. No tenía ni idea de cuál había sido el paradero del gato. Si había justicia en el mundo, estaba ardiendo en el infierno.

Georgiana se sobresaltó y luego se volvió a él con una amplia sonrisa, muy parecida a la de su hermana.

—¿De verdad? Gracias por decírmelo.

George miró a Billie mientras volvía a enderezarse.

Ella lo miró con interés, regañándole en silencio por mentir. Él devolvió su mirada con la misma insolencia, enarcando la ceja como para desafiarla a delatarlo.

Pero ella no lo hizo. En cambio, se encogió de hombros imperceptiblemente, de manera que solo él se dio cuenta. Luego se dirigió a Andrew con su ingenio y encanto habituales. George volvió a centrar su atención en Georgiana, quien, evidentemente, era una niña más inteligente de lo que él creía, ya que había observado la escena con curiosidad, moviendo los ojos entre una y otro, como si fueran jugadores en un campo de juego.

Él se encogió de hombros. Bien por ella. Se alegraba de que tuviera cerebro. Iba a necesitarlo con la familia que le había tocado en suerte.

Bebió otro sorbo de coñac y se sumió en sus pensamientos, hasta que la conversación en torno a él se volvió un murmullo. Esa noche se sentía inquieto, más que nunca. Estaba rodeado de personas a las que conocía y a quienes había amado toda su vida, y lo único que él deseaba...

Contempló la ventana, buscando una respuesta. Lo único que él deseaba era...

No lo sabía.

Ese era el problema. Precisamente ese. No sabía lo que quería, solo sabía que no lo encontraría en aquel lugar.

Se daba cuenta de que su vida había llegado a un nuevo nivel de banalidad.

—¿George? ¿George?

Pestañeó y volvió en sí. Su madre lo llamaba.

—Lady Frederica Fortescue-Endicott se ha comprometido con el conde de Northwick —le informó—. ¿Lo sabías?

Ah. Así que esa sería la conversación de la noche. Se terminó su bebida.

—No.

—Es la hija mayor del duque de Westborough —le explicó su madre a lady Bridgerton—. Una damita encantadora.

—Sí, sí, por supuesto, una muchacha bonita. De pelo oscuro, ¿verdad?

—Y bellos ojos azules. Canta como los dioses.

George ahogó un suspiro.

Su padre le dio una palmada en la espalda.

—El duque le ha dado una buena dote —dijo, sin andarse con rodeos—. Veinte mil y una propiedad.

—Ya que he perdido la oportunidad —expresó George con una sonrisa diplomáticamente imperturbable—, no le veo sentido a enumerar todas sus virtudes.

—Por supuesto que no —dijo su madre—. Es demasiado tarde para eso. Pero si me hubieses escuchado la primavera pasada... —Gracias a Dios, en ese momento sonó el gong que anunciaba la cena, y su madre debió decidir que no tenía sentido insistir en el tema, pues las siguientes palabras que salieron de su boca se refirieron al menú de esa noche y a la aparente ausencia de buen pescado en el mercado esa semana.

George volvió junto a Billie.

—¿Vamos? —murmuró, extendiendo sus brazos.

—¡Ah! —exclamó ella, y no supo por qué se mostraba sorprendida. Nada había cambiado durante los últimos quince minutos; ¿qué otra persona iba a trasladarla al comedor?

—Qué galante eres, George —lo elogió su madre, mientras tomaba la mano de su esposo y se dejaba guiar.

George esbozó una sonrisa mordaz.

—Confieso que es irresistible tener a Billie Bridgerton a mi merced.

Lord Bridgerton se echó a reír.

—Disfrútalo mientras puedas, hijo. A esta hija mía no le gusta perder.

—¿Acaso a alguien le gusta? —replicó Billie.

—Por supuesto que no —respondió su padre—. Se trata más bien de la elegancia con que se admite la derrota.

—Soy perfectamente capaz de ser elegan...

George la alzó en sus brazos.

—¿Estás segura de querer terminar esa oración? —murmuró. Pues todos la conocían bien. Billie Bridgerton rara vez era elegante ante la derrota.

Billie cerró la boca.

—Has ganado dos puntos en honestidad —dijo él.

—¿Qué necesito para ganar tres? —replicó ella.

Él se echó a reír.

—De todos modos —dijo a su padre, incapaz de ceder en lo más mínimo—, yo no he perdido nada.

—Has perdido al gato —observó Georgiana.

—Y tu dignidad —agregó Andrew.

—Eso *sí* vale tres puntos —dijo George.

—¡Me he torcido el tobillo!

—Lo sabemos, querida —la consoló lady Bridgerton, dando una palmadita en el brazo a su hija—. Pronto te sentirás mejor. Tú misma lo has dicho.

«Cuatro puntos», estuvo a punto de decir George, pero Billie le clavó una mirada asesina.

—No te atrevas —dijo entre dientes.

—Me lo pones muy fácil.

—¿Nos estamos burlando de Billie? —quiso saber Andrew cuando entraban al vestíbulo—. Porque, si es así, me da pena que empecéis sin mí.

—Andrew —dijo Billie, casi gruñendo.

Andrew apoyó la mano sana sobre su corazón, falsamente ofendido.

—Me siento herido. Muy herido.

—¿Podríais dejar de burlaros de mí? —preguntó Billie, exasperada—. ¿Solo por esta noche?

—Supongo que sí —respondió Andrew—, pero George no es tan divertido.

George comenzó a responderle, pero en ese momento miró el rostro de Billie. Estaba cansada. Y dolorida. Lo que Andrew había interpretado como una broma de las que compartían siempre, era en realidad una llamada de socorro.

George acercó sus labios a su oído, y bajó la voz a un murmullo.

—¿Estás segura de que estás en condiciones para cenar?

—¡Por supuesto! —respondió ella, visiblemente disgustada ante la pregunta—. Estoy bien.

—¿Pero te encuentras bien?

Los labios de Billie se fruncieron. Y luego temblaron.

George caminó más lentamente, dejando pasar a Andrew.

—No tiene nada de malo necesitar un descanso, Billie.

Ella lo miró casi con pena.

—Tengo hambre —repuso.

Él asintió.

—Puedo pedir que coloquen un taburete pequeño debajo de la mesa para que puedas levantar la pierna.

Billie pestañeó, sorprendida, y, por un instante, él hubiera jurado que había oído el sonido de su respiración entre sus labios.

—Me vendría muy bien —respondió ella—. Gracias.

—Dalo por hecho. —George calló un momento—. Por cierto, estás preciosa con ese vestido.

—¿Qué?

No sabía por qué lo había dicho. Y, a juzgar por la expresión en el rostro de Billie, ella tampoco.

George se encogió de hombros, deseando tener una mano libre para aflojarse el pañuelo. Estaba demasiado apretado. Era lógico que hiciera un comentario amable sobre su vestido, ¿no era ese un gesto típico de un caballero? Además, parecía que a Billie le venía bien un poco de estímulo. Y lo cierto es que el vestido le quedaba muy bien.

—Es un color bonito —improvisó. No tenía nada de malo mostrarse—. Resalta... tus ojos.

—Mis ojos son marrones.

—Aun así los resalta.

Billie pareció un tanto inquieta.

—¡Santo cielo, George! ¿Alguna vez le has hecho un cumplido a una mujer?

—¿Alguna vez has *recibido* algún cumplido?

Él se dio cuenta demasiado tarde de lo mal que sonaba su comentario, y farfulló algo con la intención de pedir disculpas, pero Billie ya se desternillaba de risa.

—Lo siento —dijo, jadeando y secándose los ojos en su hombro, ya que tenía las manos ocupadas alrededor del cuello de él—. Ha sido muy gracioso. Tu cara...

Increíblemente, George esbozó una sonrisa.

—He querido preguntarte si alguna vez habías *aceptado* un cumplido —se vio obligado a decir. Y luego, murmuró—: Es evidente que los has recibido.

—Por supuesto, es evidente.

Él sacudió la cabeza.

—De verdad, lo siento.

—Eres tan caballeroso... —se burló ella.

—¿Te sorprende?

—En absoluto. Creo que te morirías antes que insultar a una dama, aunque fuese sin darte cuenta.

—Estoy seguro de que en algún momento te he insultado.

Ella le restó importancia.

—Estoy segura de que yo no cuento.

—Confieso que hoy pareces más una dama que en otras ocasiones.

La expresión en el rostro de Billie fue sagaz.

—Estoy segura de que ese comentario esconde un insulto.

—O un cumplido...

—No —afirmó ella, fingiendo pensárselo bien—, no lo creo.

Él se echó a reír con una risa plena y ronca, y solo cuando su regocijo disminuyó se dio cuenta de lo poco que se reía habitualmente. Hacía mucho tiempo que no se desternillaba de risa, hasta estremecerse.

Nada que ver con las risitas sociales de Londres.

—He recibido cumplidos —concedió Billie, y agregó con voz suave—: pero admito que no soy buena aceptándolos. Al menos no por el color de mi vestido.

George volvió a aminorar el paso al llegar a una esquina, cuando apareció la puerta del comedor.

—Tú nunca has ido a Londres una temporada, ¿verdad?

—Sabes que no.

Él se preguntó cuál habría sido el motivo. Mary sí había ido, y ella y Billie, generalmente, lo hacían todo juntas. Pero no le pareció de buena educación preguntárselo justo cuando la cena estaba a punto de empezar.

—Nunca he querido ir —dijo Billie.

George no señaló que él no le había pedido explicaciones.

—Mi comportamiento habría sido espantoso.

—Habrías sido un soplo de aire fresco —mintió él. Seguramente su comportamiento *habría* sido espantoso, entonces él habría tenido que ir a rescatarla socialmente, asegurándose de que su carné de baile estuviese completo por lo menos hasta la mitad, y luego defendiendo su honor cada vez que algún joven noble pensara que su moralidad era laxa solo por ser demasiado libre en su forma de hablar.

Habría sido agotador.

—Disculpadme —murmuró, haciendo una pausa para pedirle a un sirviente que le llevara un taburete—. ¿La sostengo hasta que él regrese?

—¿Sostenerme? —repitió ella, como si de pronto hubiese perdido el dominio de la lengua.

—¿Ocurre algo malo? —inquirió su madre, observándolos con mal disimulada curiosidad desde la puerta abierta. Ella, lady Bridgerton y Georgiana ya se habían sentado. Los caballeros esperaban a que Billie se sentara.

—Sentaos —les indicó George—. Por favor. Le he pedido a un sirviente que trajera algo para poner debajo de la mesa. Así Billie podrá elevar el pie.

—Es muy amable por tu parte, George —agradeció lady Bridgerton—. He debido pensar en ello.

—Sé lo que es torcerse un tobillo —respondió él mientras entraba con Billie al salón.

—Yo no —dijo lady Bridgerton—. Aunque cualquiera pensaría que, a estas alturas, ya debería ser experta en el tema. —Miró a Georgiana—. Creo que eres la única de mis hijos que aún no se ha roto un hueso o se ha torcido una articulación.

—Es mi especialidad —observó Georgiana con voz monótona.

—Debo decir —comentó lady Manston mientras miraba a George y a Billie con una sonrisa engañosamente apacible— que formáis una bonita pareja.

George le lanzó a su madre una mirada fulminante. No. Quería verlo casado, pero no le permitiría hacer *ese* intento.

—No es una broma —dijo Billie, con la cantidad exacta de afectuosa amonestación en su voz como para sofocar esa idea—. ¿Qué otra persona me cargaría si no fuera George?

—¡Yo no puedo, tengo un brazo roto! —murmuró Andrew.

—¿Cómo te lo has roto? —quiso saber Georgiana.

Él se inclinó, con los ojos brillantes como el mar.

—Luchando contra un tiburón.

Billie resopló.

—No —dijo Georgiana, no muy convencida—. ¿Qué te ha pasado realmente?

Andrew se encogió de hombros.

—Me he resbalado.

Se produjo un silencio. Nadie esperaba una explicación tan trivial.

—La historia del tiburón es mejor —dijo Georgiana finalmente.

—Lo es, ¿verdad? Lo cierto es que la realidad rara vez es tan gloriosa como nos gustaría que fuera.

—Como mínimo, he pensado que te habrías caído del mástil —replicó Billie.

—La cubierta estaba resbaladiza —dijo Andrew con naturalidad. Y mientras los presentes reflexionaban sobre la absoluta banalidad del tema, agregó—: Siempre lo está. Porque siempre se llena de agua.

El sirviente regresó con un pequeño taburete almohadillado. No era tan alto como a George le hubiese gustado, pero, aun así, pensó que sería mejor para Billie que dejar el pie colgando.

—Ha sido una sorpresa que el almirante McClellan te haya permitido recuperarte en casa —observó lady Manston, mientras el sirviente se arrastraba debajo de la mesa para colocar el taburete—. No me quejo. Es maravilloso tenerte en Crake, aquí está tu sitio.

Andrew miró a su madre con una sonrisa torcida.

—Un marinero con un solo brazo no es de gran utilidad.

—¿Ni siquiera con todos esos piratas con patas de palo? —bromeó Billie mientras George la depositaba en su asiento—. Pensaba que no tener una extremidad era prácticamente un requisito en alta mar.

Andrew inclinó la cabeza hacia un lado, pensativo.

—A nuestro cocinero le falta una oreja.

—¡Andrew! —exclamó su madre.

—¡Qué horror! —observó Billie, sus ojos brillaban de macabro interés—. ¿Estabas allí cuando ocurrió?

—¡Billie! —gritó su madre.

Billie giró su cabeza para mirar a su madre y protestó:

—No puedes esperar que no haga preguntas si mencionan a un marinero sin oreja.

—De todos modos, no es conversación apropiada para una cena familiar.

Las reuniones de los clanes Rokesby y Bridgerton se consideraban familiares, independientemente de que no compartieran ni una sola gota de sangre. Al menos, no desde los últimos cien años.

—No sé en qué otro sitio podría ser más apropiada —objetó Andrew—, a menos que vayamos a la taberna.

—¡Ay, no me dejan ir a estas horas de la noche! —se lamentó Billie.

Andrew la miró con una sonrisa impertinente.

—Razón de más para alegrarme por no haber nacido mujer.

Billie puso los ojos en blanco.

—¿Te dejan ir de día? —quiso saber Georgiana.

—Por supuesto —respondió su hermana, pero George advirtió que su madre no parecía muy feliz al respecto.

Ni tampoco Georgiana. Apretó los labios, frustrada, y, con una mano apoyada sobre la mesa, golpeteó el dedo índice con impaciencia sobre el mantel.

—La señora Bucket prepara un pastel de cerdo delicioso todos los jueves —dijo Billie.

—Lo había olvidado —dijo Andrew, estremeciéndose levemente ante el delicioso recuerdo culinario.

—¿Cómo has podido olvidarlo? Es una delicia.

—Estoy de acuerdo. Tendremos que comer juntos. ¿Qué te parece si vamos al mediod...

—Las mujeres son sangrientas —soltó Georgiana.

Lady Bridgerton soltó su tenedor.

Billie se volvió hacia su hermana con expresión de prudente sorpresa.

—¿Cómo dices?

—Las mujeres también pueden ser sangrientas —respondió Georgiana con tono macabro.

Billie no sabía qué pensar. Normalmente George habría disfrutado su turbación, pero la conversación se había vuelto tan estrafalaria que no pudo sentir otra cosa que compasión.

Y alivio, por no ser él quien le hiciera las preguntas a la niña.

—Lo que has dicho antes —explicó Georgiana—. Sobre las mujeres y sobre que van a la guerra con menos frecuencia que los hombres. No creo que eso sea cierto.

—Ah —respondió Billie, muy aliviada. A decir verdad, George también pareció aliviado. Ya que la única otra explicación por la cual las mujeres eran sangrientas era una conversación que no quería tener en la mesa de la cena.

Ni en ningún otro sitio.

—¿Qué hay de la reina María? —continuó Georgiana—. No puede decirse que fuera pacífica.

—No la llamaban María la Sanguinaria sin motivo —observó Andrew.

—¡Precisamente! —respondió Georgiana, asintiendo con entusiasmo—. Y la reina Isabel hundió a toda una flota.

—Ordenó a sus hombres hundir la flota —la corrigió lord Bridgerton.

—Pero ella dio la orden —replicó Georgiana.

—Georgiana tiene razón —dijo George, feliz de dar crédito a quien se lo merecía.

Georgiana lo miró agradecida.

—Es verdad —agregó Billie con una sonrisa.

Georgiana pareció ridículamente complacida.

—No he querido decir que las mujeres no pudieran ser violentas —dijo Billie, ahora que Georgiana había terminado de hablar—. Claro que podemos, con el incentivo apropiado.

—Tiemblo solo de pensarlo —murmuró Andrew.

—Si un ser amado estuviera en peligro —agregó Billie con serena intensidad—, estoy segura de que podría ser violenta.

George pensaría en ese momento durante años. Algo había cambiado. Algo temblaba y se torcía. El aire se había cargado de electricidad, y todos, hasta el último Rokesby y Bridgerton sentado a la mesa, se quedaron suspendidos en el tiempo, como si esperaran algo que ninguno de ellos comprendía.

Ni siquiera Billie.

George observó su rostro. No era difícil imaginarla como una guerrera, feroz y protectora de sus seres amados. ¿Estaría incluido él entre ellos? Pensó que sí. Cualquiera con el apellido Rokesby estaría bajo su protección.

Todos callaron. Nadie respiró siquiera, hasta que su madre soltó una risa que, en realidad, fue poco más que un suspiro, y luego declaró:

—Un tema muy triste.

—No estoy de acuerdo —dijo George en voz baja. No creyó que su madre lo hubiese oído. Pero Billie lo oyó. Abrió la boca, y sus ojos oscuros miraron a los de él con curiosidad y sorpresa. Y, quizá, un dejo de gratitud.

—No entiendo por qué hablamos de estas cuestiones —continuó su madre, empeñada en dirigir la conversación hacia temas más agradables y livianos.

«Porque son importantes», pensó George. Porque son significativas. Porque, durante años, nada había tenido importancia; al menos no para aquellos que se habían quedado atrás. Estaba harto de ser inútil, de fingir que era más valioso que sus hermanos en virtud de su nacimiento.

Bajó la mirada hacia su sopa. Había perdido el apetito. Y terminó de perderlo cuando lady Bridgerton exclamó:

—¡Deberíamos organizar una fiesta!

7

¿Una fiesta?

Billie apartó su servilleta cuidadosamente, con una vaga sensación de inquietud.

—¿Madre?

—Una fiesta en la casa —aclaró su madre, como si eso hubiese sido lo que ella había preguntado.

—¿En esta época del año? —inquirió su padre, suspendiendo la cuchara en el aire antes de llevarla a la boca.

—¿Por qué no en esta época del año?

—Por lo general celebramos una fiesta en otoño.

Billie puso los ojos en blanco. Qué razonamiento típicamente varonil. Sin embargo, estaba de acuerdo con él. Lo último que deseaba en ese momento era tener una fiesta en Aubrey Hall. Un montón de desconocidos entrando y saliendo por su casa. Por no hablar del tiempo que le llevaría hacer de hija obediente de la anfitriona. Tendría que estar en vestido todo el día, y no podría ocuparse de las responsabilidades reales de administrar la finca.

Intentó captar la mirada de su padre. Sin duda él veía que era una mala idea, independientemente de la estación del año. Sin embargo, era ajeno a todo excepto a su esposa. Y a su sopa.

—Andrew ya no estará en casa en otoño —señaló lady Bridgerton—. Deberíamos hacer la fiesta ahora.

—Me encantan las fiestas —dijo Andrew. Era verdad, pero Billie tuvo la sensación de que el objetivo de su comentario era aliviar la tensión en la mesa. Porque la atmósfera estaba tensa. Y para ella era evidente que nadie sabía por qué.

—Eso haremos, entonces —concluyó su madre—. Tendremos una fiesta en casa. Una pequeña.

—¿Cómo de pequeña? —preguntó Billie con cautela.

—No sé. ¿Una docena de invitados, quizá? —Lady Bridgerton se volvió hacia lady Manston—. ¿Qué opinas, Helen?

La respuesta de lady Manston no sorprendió a nadie:

—Creo que es una idea fantástica. Pero tendremos que actuar con rapidez, antes de que Andrew vuelva al mar. El almirante ha sido muy claro: su licencia se extenderá durante su convalecencia, ni un minuto más.

—Por supuesto —murmuró lady Bridgerton—. ¿Qué os parece en una semana?

—¿Una semana? —exclamó Billie—. Madre, no será posible preparar la casa en una semana.

—¡Tonterías! Por supuesto que es posible. —Su madre le echó una mirada de cariñoso desdén—. He nacido para este tipo de cosas.

—En eso tienes razón, amada esposa —dijo su padre con afecto.

Billie se dio cuenta de que su padre no la ayudaría. Si quería poner fin a esa locura, tendría que hacerlo sola.

—¿Has pensado en los invitados, madre? —insistió—. Sin duda debes avisarles con más tiempo. La gente tiene una vida ocupada. Tendrán planes.

Su madre descartó sus comentarios como si fueran insignificantes.

—No tengo intención de despachar invitaciones por todo el país. Tenemos tiempo de sobra para informar a nuestros amigos de los condados cercanos. O de Londres.

—¿A quién invitarás? —preguntó lady Manston.

—A vosotros, por supuesto. Por favor, venid a pasar la noche con nosotros. Será mucho más divertido que todos estemos bajo el mismo techo.

—No creo que sea necesario —comentó George.

—En absoluto —coincidió Billie. Por el amor de Dios, si vivían a solo cinco kilómetros de distancia.

George le lanzó una mirada.

—Ay, por favor —dijo ella con impaciencia—. No te habrás ofendido.

—*Yo sí* que me he ofendido —dijo Andrew con una sonrisa burlona—. De hecho, iré, será divertido.

—Mary y Felix —continuó lady Bridgerton—. No podríamos celebrar la fiesta si no están ellos presentes.

—Me encantaría ver a Mary —admitió Billie.

—¿Y los Westborough? —preguntó lady Manston.

George emitió un gruñido.

—Eso ya no es posible, madre. ¿No acabas de decirme que lady Frederica se ha comprometido?

—Claro que sí. —Su madre hizo una pausa para levantar con delicadeza la cuchara hasta sus labios—. Pero tiene una hermana menor.

Billie sofocó una risa, y luego, rápidamente, compuso su rostro y enarcó las cejas cuando George le lanzó una mirada furiosa.

La sonrisa de lady Manston se volvió aterradora.

—Y una prima.

—No me sorprende —murmuró George.

Billie le habría transmitido algún tipo de compasión pero, claro, en *ese preciso* instante su propia madre decidió manifestar:

—También tendremos que buscar algunos jóvenes apuestos.

Billie abrió los ojos, horrorizada. Debería haber sabido que también llegaría su turno.

—Madre, no sigas —le advirtió.

¿Advirtió? Le ordenó, para ser más exactos.

Sin embargo, su comentario no influyó en el entusiasmo de su madre.

—Habrá desigualdades si no los invitamos —repuso—. Además, ya estás en edad de merecer.

Billie cerró los ojos y contó hasta cinco. Era eso o ahorcar a su madre.

—¿Felix no tiene un hermano? —preguntó lady Manston.

Billie se mordió la lengua. Lady Manston sabía perfectamente que Felix tenía un hermano. Felix Maynard estaba casado con su única hija. Era probable que lady Manston conociera los nombres y las edades de todos sus primos hermanos desde antes de que se secara la tinta en el contrato de esponsales.

—¿George? —señaló lady Manston—. ¿No es así?

Billie miró a lady Manston con fascinación. Hasta un general del ejército hubiera estado orgulloso de su resuelta determinación. ¿Sería una especie de rasgo innato? ¿Las mujeres salían del vientre de sus madres con el instinto de ordenar a hombres y mujeres en parejas? Si era así, ¿cómo era posible que ella no tuviera ese instinto?

Billie no tenía ningún interés en formar parejas, ni para sí misma ni para ninguna otra persona. Si eso la convertía en una especie de fenómeno raro, poco femenino, que así fuese. Ella prefería montar su caballo. O pescar en un lago. O subir a un árbol.

O cualquier otra cosa, a decir verdad.

Billie se preguntó, no por primera vez, en qué se supone que estaría pensando el de ahí arriba al decidir que ella naciera mujer. Evidentemente, era la muchacha menos femenina en la historia de Inglaterra. Gracias al cielo, sus padres no la habían obligado a hacer su debut en Londres, como lo había hecho Mary. Habría sido muy infeliz. Un desastre.

Además, nadie la habría querido.

—¿George? —repitió lady Manston, con un dejo de impaciencia en la voz.

George se sobresaltó, y Billie se dio cuenta de que él la había estado observando. No se imaginaba qué había visto él en su rostro... o qué había *creído* ver allí.

—Es verdad —confirmó George, dirigiéndose a su madre—. Henry. Es dos años menor que Felix, pero él está...

—¡Excelente! —dijo lady Manston, aplaudiendo.

—¿Pero él está, qué? —inquirió Billie. O, mejor dicho, gritó. Ya que hablaban de la vergüenza que ella podría pasar.

—Casi comprometido —le informó George—. O eso he oído.

—Si no es oficial, no cuenta —replicó su madre con ligereza.

Billie la miró sin poder creérselo. Esa era la mujer que había planeado el casamiento de Mary desde el mismísimo instante en que Felix le había besado la mano.

—¿Nos gusta Henry Maynard? —preguntó lady Bridgerton.

—Por supuesto que sí —confirmó lady Manston.

—Pensé que ella ni siquiera sabía que tenía un hermano —replicó Billie.

A su lado, George se rio entre dientes, y Billie sintió que acercaba su cabeza a la de ella.

—Te apuesto diez libras a que mi madre conocía hasta el último detalle de su actual compromiso antes de nombrarlo —murmuró.

Los labios de Billie formaron una leve sonrisa.

—Yo no apostaría.

—Eres una chica inteligente.

—Claro que sí.

George se echó a reír, pero se detuvo. Billie siguió su mirada al otro lado de la mesa. Andrew los observaba con una expresión rara, con la cabeza un poco ladeada, pensando y arrugando la frente.

—¿Qué ocurre? —preguntó Billie, mientras las madres seguían con sus planes.

Andrew sacudió la cabeza.

—Nada.

Billie puso cara de pocos amigos. Conocía a Andrew como la palma de su mano. Algo se traía entre manos.

—No me gusta la cara que ha puesto —murmuró Billie.

—A mí nunca me gusta su cara —dijo George.

Ella lo observó. Qué rara era esa afinidad con George. En general, era con Andrew con quien compartía bromas en voz baja. O con Edward. Pero no con George.

Jamás con George.

Y, aunque supuestamente era algo bueno (no había motivo para que ella y George estuvieran siempre en desacuerdo), aun así se sentía extraña. Incómoda.

La vida era mejor cuando la transitaba sin sorpresas. Mucho mejor.

Billie se volvió hacia su madre, decidida a escapar de esa inquietud cada vez mayor.

—¿De verdad *debemos* hacer una fiesta? Andrew puede sentirse agasajado y adorado sin un almuerzo de doce platos ni tiro al arco en el jardín.

—No olvidéis los fuegos artificiales y el desfile —dijo Andrew—. Y tal vez pida que me trasladen en una litera.

—¿Acaso queréis *alentar* este comportamiento? —inquirió Billie, exasperada, haciendo un gesto hacia el agasajado.

George resopló en su sopa.

—¿Me permitiréis asistir? —quiso saber Georgiana.

—A nada que sea por la noche —respondió su madre—, pero sí, sin duda, a algunas diversiones durante la tarde. Georgiana se reclinó en su asiento, con una sonrisa de satisfacción.

—Entonces, creo que es una idea excelente.

—¡Georgie! —exclamó Billie.

—¡Billie! —se burló Georgiana.

Billie abrió la boca, sorprendida. ¿El mundo entero se había vuelto loco? ¿Desde cuándo su hermana menor le contestaba de esa manera?

—Es un hecho, Billie —dijo su madre en un tono que no admitía oposición—. Tendremos una fiesta y tú asistirás. Con un vestido.

—¡Madre! —exclamó Billie.

—No creo que sea una petición poco razonable —respondió su madre, y miró alrededor de la mesa, buscando confirmación.

—Yo *sé* comportarme en una fiesta. —Cielo santo, ¿qué se creía su madre que haría? ¿Presentarse a cenar con botas de montar debajo del vestido? ¿Soltar a los perros de caza por la sala?

Ella sabía cuáles eran las reglas. Claro que sí. Y no le molestaba cumplirlas en las circunstancias adecuadas. Que su propia madre la creyera tan inepta... Y que lo dijera frente a las personas a las que más apreciaba...

Le dolió más de lo que podía imaginar.

Entonces ocurrió algo muy extraño. George acercó su mano a la de ella y la apretó. Debajo de la mesa, donde nadie podía verlos. Billie volvió la cabeza para mirarlo (no pudo evitarlo), pero él ya la había soltado y le estaba diciendo algo a su padre sobre el precio del coñac francés.

Billie se quedó mirando su sopa.

¡Vaya día!

Más adelante esa misma noche, después de que los hombres se apartaran para beber su oporto y las damas se congregaran en la sala, Billie se escabulló a la biblioteca; quería un sitio en el que tener un poco de paz y tranquilidad.

Aunque no podía decirse que se hubiese *escabullido*, ya que tuvo que pedirle a un sirviente que la trasladara.

De todos modos, siempre le había encantado la biblioteca de Crake House. Era más pequeña que la que tenían en Aubrey Hall, y menos imponente. Podía considerarse acogedora. Lord Manston solía dormitar sobre el suave sillón de cuero, y en cuanto Billie se acomodó entre los almohadones se dio cuenta del motivo. Con la chimenea encendida y una manta tejida sobre las piernas, era el sitio perfecto para descansar los ojos hasta que sus padres estuviesen preparados para volver a casa.

Pero no sentía sueño. Solo cansancio. Había sido un largo día y le dolía todo el cuerpo a causa de la caída. Además, su madre había sido terriblemente insensible y Andrew ni siquiera había visto que ella no se encontraba bien, mientras que George sí se había dado cuenta, y luego Georgiana se había convertido en alguien irreconocible, y...

Y, y, y... Esa tarde todo eran añadidos, y la suma era agotadora.

—¿Billie?

Soltó un grito ahogado mientras se incorporaba en el sillón. George estaba de pie junto a la puerta abierta. Su expresión era difícil de leer bajo la luz de las velas, tenues y parpadeantes.

—Lo siento. —Cerró los ojos con fuerza y tardó un momento en recobrar el aliento—. Me has sorprendido.

—Perdona. No era mi intención. —Se apoyó sobre la jamba de la puerta y preguntó—. ¿Por qué estás aquí?

—Necesitaba un poco de tranquilidad. —Aún no podía ver su rostro con claridad, pero imaginó su expresión de desconcierto, así que añadió—: Incluso yo necesito un poco de tranquilidad de vez en cuando.

Él sonrió ligeramente.

—¿No te sientes encerrada?

—No, en absoluto. —Ella ladeó la cabeza, aceptando la réplica.

Él reflexionó un momento, y luego dijo:

—¿Quieres que te deje tranquila?

—No, está bien —respondió Billie, y su propia respuesta la sorprendió. La presencia de George le resultaba extrañamente tranquilizadora, a diferencia de la presencia de Andrew, o de la de su madre, o de la de cualquier otro.

—Estás dolorida —dijo él, entrando finalmente a la habitación.

¿Cómo lo había sabido? Nadie se había dado cuenta. Aunque, por otro lado, George la había estado observando, para su incomodidad.

—Sí —respondió. No tenía sentido fingir lo contrario.

—¿Mucho?

—No. Pero bastante.

—Deberías haber descansado esta tarde.

—Tal vez. Pero me he divertido, y creo que ha valido la pena. Ha sido agradable ver a tu madre tan feliz.

George ladeó la cabeza hacia un lado.

—¿Te ha parecido feliz?

—¿A ti no?

—De ver a Andrew, quizá, pero, de algún modo, su presencia solo le recuerda la ausencia de Edward.

—Supongo que sí. Es decir, claro que ella preferiría tener a sus dos hijos en casa, pero la alegría de tener a Andrew, sin duda, le hace olvidar la ausencia de Edward.

George apretó los labios en una mueca.

—Pero ella sí tiene a dos de sus hijos en casa.

Billie lo miró un momento antes de reaccionar:

—¡Oh! Lo siento mucho. Por supuesto que sí. Es que estaba pensando en los hijos que normalmente no están en casa. Yo... ¡Lo siento mucho! —El rostro le quemaba. Gracias a Dios, la luz de la vela ocultaba su rubor.

Él se encogió de hombros.

—No te preocupes.

Pero Billie no pudo dejar de preocuparse. Por más impasible que fuera la expresión de George, estaba segura de que había herido sus sentimientos. Pero era una locura, a George Rokesby no le importaba su opinión como para que nada de lo que ella dijera lo perturbara.

Sin embargo, había visto algo en su expresión...

—¿Te molesta? —preguntó.

Él se internó más en la habitación y se detuvo junto al estante en el que se guardaba el coñac bueno.

—¿Si me molesta qué?

—Que se olviden de ti. —Ella se mordió el labio. Debía de haber una mejor manera de decirlo—. Quedarte en casa —corrigió— cuando todo el mundo se ha ido.

—Tú te has quedado —señaló él.

—Sí, pero no puede considerarse que yo sea un consuelo. Es decir, para ti.

Él se rio entre dientes. En realidad no era una risa, sino más bien una exhalación por la nariz, y sonó divertida.

—Incluso Mary se ha ido a Sussex —continuó Billie, cambiando de posición para poder observarlo por encima del respaldo del sofá.

George se sirvió un coñac y apoyó la copa mientras volvía a tapar la botella.

—No me puede molestar que mi hermana se haya casado felizmente. Y con uno de mis mejores amigos, nada menos.

—Por supuesto que no. Tampoco a mí. Sin embargo, la echo de menos. Y tú sigues siendo el único Rokesby que vive aquí permanentemente.

Él se acercó la copa a los labios, pero no llegó a dar un sorbo.

—Tienes una manera peculiar de ir al grano, ¿verdad?

Billie se contuvo.

—¿*A ti* te molesta? —preguntó él.

Ella no fingió no entender la pregunta.

—No todos mis hermanos se han ido. Georgiana sigue en casa.

—Y tienes mucho en común con ella —replicó él con ironía.

—Más de lo que pensaba —respondió Billie. Y era verdad. Georgiana había sido una niña enfermiza, sobreprotegida por sus padres, encerrada dentro de la casa mientras el resto de los niños corría desenfrenadamente por la campiña.

Billie nunca había encontrado antipática a su hermana menor, pero tampoco le había resultado muy interesante. La mayor parte del tiempo se olvidaba de que existía. Se llevaban siete años. A decir verdad, ¿qué podían tener en común?

Sin embargo, el resto de sus hermanos se había marchado, y ahora Georgiana, por fin, ya era lo suficientemente adulta como para volverse interesante.

Le tocaba hablar a George, pero él no parecía darse cuenta, y el silencio se volvió incómodo.

—¿George? —murmuró Billie. Él la observaba de manera muy extraña. Como si ella fuera una adivinanza… no, no era eso. Como si estuviera muy concentrado y ella solo estuviera en su campo de visión.

—¿George? —repitió—. ¿Te encuentras b…

De pronto, él levantó la mirada.

—Deberías ser más amable con ella. —Y luego, como si no acabara de decir algo terrible, se acercó al coñac—. ¿Quieres una copa?

—Sí —respondió Billie, aunque se dio cuenta de que la mayoría de las damas se habría negado—. ¿Y qué se supone que quieres decir con que debería ser más amable con mi hermana? ¿Acaso alguna vez he sido cruel?

—Jamás —otorgó él, vertiendo un poco del líquido en una copa—, pero la ignoras.

—No es verdad.

—Te olvidas de que existe —corrigió él—. Es lo mismo. Ah, y le prestas demasiada atención a Nicholas.

—Nicholas está en Eton. No puedo prestarle mucha atención desde aquí.

Él le entregó una copa de coñac. Ella vio que la copa estaba bastante menos llena que la de él.

—No la ignoro —murmuró Billie. No le gustaba que la regañaran, en especial George Rokesby. Sobre todo cuando tenía razón.

—Está bien —dijo, y la sorprendió con su repentina amabilidad—. Estoy seguro de que eres diferente cuando Andrew no está en casa.

—¿Qué tiene que ver Andrew con todo esto?

Él se volvió hacia ella con una expresión entre sorprendida y divertida.

—¿De verdad?

—No sé de qué hablas. —Qué hombre tan exasperante.

George bebió un largo sorbo y luego, sin siquiera volverse hacia ella, logró lanzarle una mirada condescendiente.

—Debería casarse contigo y acabar con todo.

—¿Qué? —La sorpresa de Billie fue genuina. No por la idea de casarse con Andrew. Ella siempre había pensado que algún día se casaría con él. O con Edward. Realmente no le importaba cuál de los dos porque para ella era lo mismo. Pero que George hablara del tema de esa manera...

No le gustó.

—Seguramente sabrás —replicó, recobrando la compostura rápidamente— que Andrew y yo no tenemos ningún acuerdo.

Él rechazó el comentario poniendo los ojos en blanco.

—Podría irte peor.

—A él también —replicó ella.

George se rio entre dientes.

—Es verdad.

—No voy a casarme con Andrew —dijo Billie. Por lo menos, todavía no. Pero si Andrew se lo hubiera pedido...

Probablemente Billie hubiera aceptado. Era lo que todo el mundo esperaba.

George bebió un sorbo de coñac y la observó enigmáticamente por encima del borde de su copa.

—Lo último que querría hacer —dijo Billie, incapaz de permanecer en silencio— es comprometerme con alguien que va a dejarme.

—No sé... —dijo George, serio y pensativo—. Muchas esposas de militares siguen a sus maridos. Y tú eres más audaz que la mayoría de las mujeres.

—A mí me gusta estar aquí.

—¿En la biblioteca de mi padre? —bromeó él.

—En Kent —replicó ella—. En Aubrey Hall. Aquí me necesitan.

Él hizo un sonido condescendiente.

—¡Es verdad!

—Estoy seguro de que sí.

Su espalda se tensó. Si el tobillo no le hubiera dolido tanto, probablemente se habría puesto de pie de un salto.

—No tienes ni idea de todas las cosas que hago aquí.

—Por favor, no me lo cuentes.

—¿Qué?

Él hizo un gesto de indiferencia con la mano.

—Tienes esa mirada...

—¿Qué mira...

—Esa que me dice que harás un discurso muy largo.

Ella abrió la boca, atónita. Qué hombre tan desdeñoso, altivo... Entonces vio su rostro. ¡Estaba bromeando a su costa!

Por supuesto que sí. Él vivía para hacerla enfadar.

Era como una aguja que se le metía debajo de la piel. Una aguja sin punta y oxidada.

—Ay, por el amor de Dios, Billie —dijo él, apoyándose sobre una estantería mientras se reía—. ¿No ves que es una broma? Yo sé que ayudas a tu padre de vez en cuando.

¿De vez en cuando? Ella hacía de todo. Aubrey Hall se hubiera caído a pedazos si no hubiera sido por su trabajo. Su padre le había cedido los libros de contabilidad casi por completo, y el administrador ya había dejado de protestar por tener que responderle a una mujer. A todos los efectos prácticos, Billie había sido criada como el hijo mayor de su padre. Con la diferencia de que ella no heredaría nada. Con el tiempo, Edmund crecería y ocuparía el lugar que le correspondía. Su hermano menor no era estúpido; aprendería rápidamente lo que había que hacer, y cuando eso sucediera... cuando Edmund les demostrara a todos su capacidad en Aubrey, respirarían con alivio y dirían algo acerca de que se había restituido el orden natural.

Billie ya no sería necesaria.

La reemplazarían.

Poco a poco, dejaría de supervisar los libros de contabilidad. Nadie le pediría que inspeccionara las cabañas o que resolviera disputas. Edmund se convertiría en el señor de la heredad, y ella pasaría ser la hermana mayor y soltera, objeto de lástima y burlas.

Dios, quizá *debía* casarse con Andrew.

—¿Estás segura de que no te encuentras mal? —preguntó George.

—Me encuentro bien —respondió ella con voz cortante.

Él se encogió de hombros.

—De repente me pareció que estabas enferma.

En realidad, se sentía enferma súbitamente. Se le había aparecido el futuro ante los ojos, y no tenía nada de brillante o hermoso.

Bebió de golpe el resto de su coñac.

—Con cuidado —le advirtió George, pero ella ya tosía, desacostumbrada a sentir fuego en la garganta—. Es mejor bebérselo despacio —agregó.

—Ya lo sé —replicó ella, consciente de que era un comentario idiota.

—Por supuesto que sí —murmuró él, y, en un instante, ella se sintió mejor. George Rokesby era de nuevo un imbécil presuntuoso. Todo volvía a la normalidad. O casi.

Al menos, todo parecía bastante normal.

8

A la mañana siguiente, lady Bridgerton comenzó a planificar su conquista de la temporada social. Billie entró renqueando en el pequeño comedor para desayunar, preparada para que la llamaran a filas. Sin embargo, para su gran alivio y sorpresa, su madre le comunicó que no necesitaba de su ayuda para la planificación. Lo único que le pidió fue que redactara una invitación para Mary y Felix. Billie asintió, agradecida. Eso sí era algo que podía hacer.

—Georgiana se ha ofrecido a ayudarme —dijo lady Bridgerton, mientras le hacía una señal a un sirviente para que preparase un plato de desayuno más. Billie era ágil con sus muletas, pero ni siquiera podía servirse el desayuno del aparador haciendo equilibrios sobre dos palos.

Miró a su hermana menor, que parecía feliz ante la perspectiva.

—Será muy divertido —dijo Georgiana.

Billie se tragó la contestación. No imaginaba nada que fuera menos divertido, pero no necesitaba insultar a su hermana dándole su opinión. Si Georgiana deseaba pasarse la tarde redactando invitaciones y planificando menús, allá ella.

Lady Bridgerton preparó una taza de té para Billie.

—¿Cómo piensas pasar tu día?

—No estoy segura —respondió Billie, mientras le hacía un gesto de agradecimiento al sirviente que había colocado el plato frente a ella. Miró por la ventana con nostalgia. El sol comenzaba a abrirse paso entre las nubes, y en una hora el rocío de la mañana se habría evaporado. Un día perfecto para estar al aire libre. A caballo. Un gran día para hacer cosas útiles.

¡Y tenía tantas cosas por hacer! Uno de los arrendatarios se disponía a cubrir con paja el tejado de su cabaña, y, aunque se esperaba que sus vecinos prestaran su ayuda, Billie sospechaba que John y Harry William hijo tratarían de escabullirse. Alguien debía asegurarse de que los hermanos hicieran su parte, de la misma manera que alguien debía comprobar que los campos del oeste se cultivaran como era debido, y que la rosaleda se podara según las indicaciones exactas de su madre.

Alguien debía ocuparse de todas esas tareas, y Billie no tenía ni idea de quién lo haría si no lo hacía ella misma.

Pero no, estaba encerrada por su maldito pie inflamado, y ni siquiera era su culpa. De acuerdo, quizá era un poco su culpa, pero, sin duda, era más culpa del gato, y el maldito le dolía a muerte: el pie, no el gato. Aunque su mezquindad le hacía desear que la odiosa criatura también tuviera razones para morirse de dolor.

Se detuvo un instante a pensar. En cuanto a eso...

—¿Billie? —murmuró su madre, que la observaba por encima del borde de su taza de té de porcelana fina.

—Creo que no soy muy buena persona —caviló Billie.

Lady Bridgerton se atragantó tanto que le brotó té por la nariz. Verdaderamente fue algo digno de ver, aunque Billie desearía no haber tenido que verlo en toda su vida.

—Yo misma podría haberte dicho eso —comentó Georgiana.

Billie le lanzó una mirada asesina a su hermana, aunque, pensándolo bien, había sido un tanto inmaduro por su parte.

—Sybilla Bridgerton —sentenció su madre con un tono que no admitía réplica—. Eres una excelente persona.

Billie abrió la boca para hablar, no porque tuviera algo inteligente que decir.

—Y si no lo fueras —continuó su madre, con un tono que dejaba claro que *nadie debía contradecirla*—, significaría que yo soy muy mala madre, y me niego a creer que yo sea tan desastrosa.

—Por supuesto que no —se apresuró a decir Billie. A toda velocidad.

—Entonces, repetiré mi pregunta —dijo su madre. Bebió un delicado sorbo de té y miró a su hija mayor con rostro impasible—. ¿Qué planes tienes para hoy?

—Pues... —vaciló Billie. Miró a su hermana, pero Georgiana no fue de gran ayuda, ya que levantó los hombros levemente, cosa que podía significar desde «no tengo ni idea de qué mosca le ha picado» hasta «disfruto inmensamente tu desasosiego».

Billie puso mala cara. ¿No sería estupendo que la gente simplemente dijera lo que piensa?

Billie se volvió hacia su madre, que la observaba con expresión aparentemente serena.

—Pues —volvió a vacilar—. ¿Podría leerme un libro?

—Un libro —repitió su madre. Secó ligeramente la comisura de su boca con la servilleta—. Qué sorpresa.

Billie la miró con cautela. Se le ocurrieron innumerables respuestas sarcásticas, pero, a pesar del porte sereno de su madre, vio que sus ojos brillaban de una manera que sugería que sería mejor que mantuviese la boca cerrada.

Lady Bridgerton se inclinó para agarrar la tetera. Ella siempre bebía más té durante el desayuno que toda la familia junta.

—Podría recomendarte algo, si quieres —le dijo a Billie. Ella también, en general, leía más libros que toda la familia junta.

—No, gracias —respondió Billie, y cortó su salchicha en rodajas—. Padre compró el último volumen de la *Enciclopedia de la agricultura*, de Prescott, el mes pasado, cuando estuvo en Londres. Ya tendría que haber comenzado a leerlo, pero ha hecho tan buen tiempo que no he tenido oportunidad.

—Podrías leer fuera —sugirió Georgiana—. Podríamos extender una manta. O sacar un sillón. —Billie asintió distraídamente mientras pinchaba un trozo de salchicha.

—Supongo que sería preferible a quedarme dentro de la casa.

—Podrías ayudarme a planificar los entretenimientos de la fiesta —sugirió Georgiana.

Billie le lanzó una mirada condescendiente.

—No creo.

—¿Por qué no, querida? —intervino lady Bridgerton—. Podría ser divertido.

—Hace un momento me has dicho que no era necesario que participara en la planificación.

—Simplemente porque no pensaba que quisieras.

—No quiero.

—Por supuesto que no —respondió su madre con dulzura—, pero querrás acompañar a tu hermana.

¡Maldición! Qué inteligente era su madre. Billie forzó una sonrisa.

—¿Georgie y yo no podemos hacer otra cosa?

—Si puedes convencerla de que lea contigo el tratado de agricultura... —dijo su madre, haciendo un delicado gesto con la mano.

Tan delicado como una bala, pensó Billie.

—Ayudaré un poco con la planificación —concedió.

—¡Será maravilloso! —exclamó Georgiana—. Y también muy útil. Tendrás mucha más experiencia que yo en este tipo de actividades.

—En realidad, no mucha.

—Pero has asistido a fiestas.

—Pues, sí, pero... —Billie no se molestó en terminar la frase. Georgiana parecía tan feliz. Contarle que ella odiaba que su madre la obligara a asistir a fiestas hubiera sido peor que darle una patada a un cachorrito. O, si «odiar» era una palabra demasiado fuerte, sin duda, no se había divertido. No le gustaba viajar. Había aprendido eso de sí misma.

Y tampoco le entusiasmaba estar en compañía de desconocidos.

No era tímida, en absoluto. Simplemente prefería estar entre personas a las que conocía.

Con personas que la conocieran *a ella*.

La vida era mucho más fácil de esa manera.

—Considéralo de este modo —le propuso a Billie lady Bridgerton—. No quieres una fiesta en casa. No te gustan las fiestas en otras casas. Pero soy tu madre y he decidido organizar una de esas fiestas. Por lo tanto, no tienes otra posibilidad más que asistir. ¿Por qué no aprovechas la oportunidad para convertir esta reunión en algo de lo que puedas disfrutar?

—Porque no voy a disfrutarla.

—Claro que no, con esa actitud.

Billie tardó un momento en recomponerse. Y en resistirse a la tentación de argumentar y defenderse, de decirle a su madre que no toleraba que le hablara como a una niña...

—Me encantaría ayudar a Georgiana —dijo Billie, tensa—, siempre y cuando tenga tiempo para leer mi libro.

—Ni en sueños te apartaría de Prescott —murmuró su madre.

Billie la fulminó con la mirada.

—No deberías burlarte, madre. Es exactamente el tipo de libros que me han permitido aumentar la productividad de Aubrey Hall en un diez por ciento. Por no mencionar las mejoras en las fincas de los arrendatarios. Ahora todos comen mejor y...

Guardó silencio. Tragó saliva. Había hecho exactamente algo que se había prometido a sí misma no hacer.

Argumentar.

Defenderse.

Comportarse como una niña.

Comió todo lo que pudo de su desayuno en treinta segundos, y luego se puso de pie y cogió sus muletas, que estaban apoyadas contra la mesa.

—Estaré en la biblioteca si alguien me necesita. —Luego agregó, dirigiéndose a Georgiana—: Avísame cuando el suelo esté seco como para extender una manta.

Georgiana asintió.

—Madre —le dijo Billie a lady Bridgerton haciendo un gesto con la cabeza, en reemplazo de la reverencia que hacía cuando se retiraba. Era otro gesto que no podía realizar con muletas.

—Billie —dijo su madre en tono conciliador, y quizá con un poco de frustración—. Me gustaría que no...

Billie esperó a que finalizara la oración, pero su madre se limitó a sacudir la cabeza.

—No importa —dijo.

Billie volvió a asentir, apoyando una muleta en el suelo para no perder el equilibrio mientras giraba sobre su pie bueno. Las muletas hicieron un ruido sordo contra el suelo. Billie balanceó su cuerpo entre ellas, con los hombros rígidos, mientras repetía el movimiento hasta llegar a la puerta.

Qué difícil era mantener la dignidad andando con muletas.

George aún no estaba seguro de cómo lo había convencido Andrew para que lo acompañara a hacer una visita a Aubrey Hall a última hora de la mañana. Sin embargo, allí estaba, de pie frente a la puerta principal, entregándole su sombrero a Thamesly, el mayordomo de los Bridgerton desde antes de que él hubiese nacido.

—Es una buena acción, viejo —dijo Andrew, dándole una palmada en el hombro a George, sin duda con más fuerza de la necesaria.

—No me llames «viejo». —Por Dios, cómo odiaba ese mote.

Pero solo logró hacer reír más a Andrew. Como no podía ser de otra manera.

—Seas quien seas, es una buena acción. Billie estará muerta de aburrimiento.

—No le vendría mal estar un poco aburrida —murmuró George.

—Es cierto —concedió Andrew—, pero me preocupa su familia. Solo Dios sabe qué locura hará con ellos si no se presenta nadie para entretenerla.

—Hablas como si fuera una niña.

—¿Una niña? —Andrew se volvió para mirarlo, y su rostro adquirió una serenidad enigmática que George conocía demasiado bien y que le parecía extremadamente sospechosa—. No, en absoluto.

—La señorita Bridgerton se encuentra en la biblioteca —les informó Thamesly—. Si desean aguardar en la sala, le informaré de su presencia.

—No es necesario —dijo Andrew con alegría—. Iremos a la biblioteca. Lo último que queremos es obligar a la señorita Bridgerton a renquear más de lo necesario.

—Muy amable por su parte, señor —murmuró Thamesly.

—¿Está muy dolorida? —inquirió George.

—No sabría decírselo —respondió el mayordomo con diplomacia—, pero como usted mismo podrá observar, hace muy buen tiempo y la señorita Bridgerton se encuentra en la biblioteca.

—Entonces, está abatida.

—Realmente abatida, milord.

George supuso que por *ese motivo* había permitido que Andrew lo arrastrara de su reunión semanal con el administrador de su padre. Sabía que el tobillo de Billie no podía haber mejorado mucho. La noche anterior el pie estaba aún sumamente inflamado, por más que lo hubiese adornado con esa ridícula cinta rosa. Las lesiones como esa no se curan de la noche a la mañana.

Y si bien Billie y él nunca habían sido precisamente amigos, George sentía una extraña responsabilidad por su bienestar, al menos en lo que se refería a su situación actual. ¿Cómo decía ese antiguo proverbio chino? ¿Si salvas una vida, eres responsable de ella para siempre? Por supuesto que no le había salvado la vida a Billie, pero había estado atrapado en un tejado con ella, y...

Maldición, no tenía ni idea de qué significaba todo aquello. Él solo pensaba en asegurarse de que ella se sintiera, al menos, un poco mejor. Aunque era la mujer más exasperante del mundo y le ponía los pelos de punta la mayor parte de las veces.

Aun así, era lo correcto. Eso era todo.

—¡Billie...! —llamó Andrew mientras se dirigían hacia la parte de atrás de la casa—. Hemos venido a rescatarte...

George sacudió la cabeza. Nunca entendería cómo su hermano lograba sobrevivir en la marina. Andrew no tenía ni un poco de seriedad.

—Billie... —volvió a llamar, y su voz se convirtió en una especie de canción ridícula—. ¿Dónde estááásss?

—En la biblioteca —le recordó George.

—Eso ya lo sé —replicó Andrew con una gran sonrisa—, pero ¿no es más divertido así?

Naturalmente, no esperó respuesta.

—¡Billie! —volvió a llamar—. *Billiebilliebillliebillie...*

—¡Por favor! —La cabeza de Billie asomó por la puerta de la biblioteca. Su cabello castaño estaba peinado hacia atrás, como el de alguien que no espera visita—. Con tanto ruido podrías despertar a un muerto. ¿Qué haces aquí?

—¿Es esa la manera de saludar a un viejo amigo?

—Te vi anoche.

—Así es. —Andrew se inclinó y depositó un beso fraternal sobre su mejilla—. Pero has tenido que estar sin mí durante mucho tiempo. Debes abastecerte.

—¿De tu compañía? —preguntó Billie con tono dudoso.

Andrew le dio una palmadita en el brazo.

—Somos muy afortunados de que tengas esta oportunidad.

George se inclinó hacia la derecha para poder ver a Billie desde detrás de su hermano.

—¿Lo estrangulo yo o lo haces tú?

Ella le obsequió una sonrisa astuta.

—Ah, pero debe ser un esfuerzo conjunto, ¿no crees?

—¿Para poder compartir la culpa? —bromeó Andrew.

—Para poder compartir la felicidad —lo corrigió Billie.

—¡Tus palabras me hieren!

—Cosa que me alegra, te lo aseguro. —Saltó hacia la izquierda y miró a George—. ¿Qué lo trae por aquí esta hermosa mañana, lord Kennard?

Él la miró con sorpresa al oír que usaba su título nobiliario. Los Bridgerton y los Rokesby nunca se andaban con ceremonias cuando solo se reunían las dos familias. Incluso en ese momento, nadie se inmutaba porque Billie estuviera a solas con dos hombres solteros en la biblioteca. Sin embargo, no era el tipo de situaciones que se hubiera permitido en la fiesta venidera. Todos sabían bien que no podían comportarse de ese modo tan laxo en presencia de otras personas.

—Me temo que mi hermano me ha obligado a venir —admitió George—. Temía por la seguridad de tu familia.

Billie entrecerró los ojos.

—¡De verdad!

—Vamos, vamos, Billie —dijo Andrew—. Todos sabemos que no te gusta demasiado el encierro.

—Yo he venido por su seguridad —dijo George, haciendo un gesto con la cabeza hacia Andrew—. Aunque opino que cualquier lesión que puedas infligirle estaría bien justificada.

Billie echó la cabeza hacia atrás y se rio.

—Vamos, venid conmigo a la biblioteca. Necesito volver a sentarme.

Mientras George se recuperaba de la inesperada y maravillosa imagen ofrecida por Billie, ella se dirigía saltando hacia la mesa de lectura más cercana, sosteniendo su falda celeste sobre los tobillos para moverse mejor.

—Deberías usar las muletas —le aconsejó.

—No merece la pena en un trayecto tan corto —respondió ella, volviéndose a acomodar en su sillón—. Además, se me han caído y era mucho más difícil recogerlas que caminar sin ellas.

George siguió su mirada hasta donde las muletas yacían ladeadas en el suelo, una encima de la otra. Él se inclinó y las recogió, apoyándolas suavemente sobre un lado de la mesa.

—Si necesitas ayuda —dijo en voz baja—, deberías pedirla.

Ella lo miró y pestañeó.

—No necesitaba ayuda.

George comenzó a decir que no se defendiera tanto, pero luego se dio cuenta de que no se había puesto a la defensiva. Simplemente había manifestado un hecho. Tal como ella lo veía.

Él sacudió la cabeza. Billie era endemoniadamente literal.

—¿Qué? —preguntó ella.

Él se encogió de hombros. No tenía ni idea de qué se traía entre manos.

—¿Qué ibas a decir? —preguntó.

—Nada.

Su boca se tensó en las comisuras.

—No es cierto. Has estado a punto de decir algo.

Literal y tenaz. Una combinación aterradora.

—¿Has dormido bien? —preguntó con cortesía.

—Por supuesto —dijo ella, enarcando levemente las cejas para comunicarle que sabía bien que había cambiado de tema—. Ya te lo dije ayer. Nunca tengo problemas para dormir.

—Dijiste que nunca tienes problemas para conciliar el sueño —la corrigió él, algo sorprendido de recordar la diferencia.

Ella se encogió de hombros.

—Es casi lo mismo.

—¿El dolor no ha hecho que te despertases?

Billie miró su pie, como si hubiese olvidado su presencia.

—Aparentemente, no.

—Si me permites la interrupción —dijo Andrew, haciendo una reverencia frente a Billie con un ridículo gesto de su brazo bueno—, hemos venido para ofrecer nuestra ayuda y socorro de cualquier manera que consideres necesaria.

Ella miró a Andrew de un modo que George normalmente reservaba a los niños pequeños y contumaces.

—¿Estás seguro de que quieres hacer una promesa tan general?

George se inclinó hasta que sus labios estuvieron a la misma altura que la oreja de ella.

—Te ruego que recuerdes que él utiliza el «nosotros» para darse importancia, no como pronombre plural.

Ella sonrió.

—Es decir, ¿no eres parte del ofrecimiento?

—En absoluto.

—Insultas a la dama —dijo Andrew, sin asomo de protesta en su voz. Se repantigó en uno de los sillones de orejas más finos de los Bridgerton, con sus largas piernas extendidas de manera que los talones de sus botas se apoyaron en la alfombra.

Billie le lanzó una mirada de exasperación antes de volver a George.

—¿Por qué has venido?

George tomó asiento en la mesa frente a ella.

—Por el mismo motivo que él, pero sin la hipérbole. Pensamos que necesitarías compañía.

—Ah. —Se reclinó levemente, sorprendida por su sinceridad—. Gracias. Eres muy amable.

—¿«Gracias, eres muy amable»? —repitió Andrew—. ¿Qué has hecho con mi amiga?

Billie giró la cabeza para enfrentarse a él.

—¿Acaso debo hacer una reverencia?

—No estaría mal —objetó él.

—Es imposible con las muletas.

—Bien, en ese caso...

Billie se volvió hacia George.

—Es un idiota.

Él alzó las manos.

—No te lo discutiré.

—Qué situación difícil la del hijo menor... —dijo Andrew con un suspiro.

Billie puso los ojos en blanco, hizo un ademán con la cabeza en dirección a Andrew y le dijo a George:

—No lo animes.

—Todos se ponen en mi contra —prosiguió Andrew—, nunca me respetan...

George estiró el cuello para intentar leer el título del libro de Billie.

—¿Qué lees?

—Y, además —continuó Andrew—, también me ignoran...

Billie giró el libro para que George pudiera leer las letras doradas del título.

—*Enciclopedia de agricultura*, de Prescott.

—Volumen cuatro —dijo él con admiración. Él tenía los volúmenes uno a tres en su biblioteca personal.

—Así es, lo han publicado recientemente —confirmó Billie.

—Tiene que haber sido muy recientemente, pues, de lo contrario, yo lo habría comprado la última vez que estuve en Londres.

—Mi padre lo compró en su viaje más reciente. Si lo deseas, puedes leértelo cuando yo me lo termine.

—No, estoy seguro de que necesitaré una copia para mí.

—Bueno, puedes empezar por echarle un ojo a mi ejemplar —dijo ella con un ademán de aprobación.

—Es la conversación más aburrida que he tenido oportunidad de presenciar —dijo Andrew a sus espaldas.

Ambos lo ignoraron.

—¿Lees a menudo estos mamotretos? —quiso saber George, señalando el libro de Prescott. Él siempre había creído que las damas preferían los finos volúmenes de poesía, o las obras de teatro de Shakespeare y Marlowe. Eran las lecturas que su hermana y su madre parecían disfrutar.

—Por supuesto —respondió ella, frunciendo el ceño como si él la hubiese insultado al hacer esa pregunta.

—Billie ayuda a su padre en la administración de sus tierras —explicó Andrew, aparentemente aburrido de burlarse de ellos. Se puso de pie, caminó hasta la pared repleta de estantes y eligió un libro al azar. Lo hojeó, frunció el ceño y volvió a dejarlo en su sitio.

—Sí, ya habías mencionado que lo ayudabas —dijo George. Miró a Billie y dijo—: Qué amable por tu parte.

Billie entrecerró los ojos.

—No lo digo como un insulto —se apresuró a decir antes de que ella pudiera abrir la boca—, sino como una observación.

Pero Billie no pareció convencida.

—Tendrás que admitir —dijo él con soltura— que la mayoría de las jóvenes no ayudan a su padre de esa manera. De ahí que me parezca amable y singular.

—Ay, George —dijo Andrew, levantando la vista del libro que estaba hojeando—, hasta para hacer cumplidos eres un idiota presuntuoso.

—Voy a matarlo —murmuró George.

—Tendrás que ponerte a la cola —dijo Billie. Pero luego agregó en voz baja—: Aunque tiene un poco de razón.

George se echó hacia atrás.

—¿Cómo dices?

—Has sonado un poco... —Agitó su mano en el aire en lugar de finalizar la oración.

—¿Como un idiota? —facilitó George.

—¡No! —dijo con la velocidad y convicción suficientes como para que él la creyera—. Solo un tanto...

Él aguardó.

—¿Habláis de mí? —quiso saber Andrew, acomodándose en su sillón con un libro en la mano.

—No —respondieron al unísono.

—No me molesta si es un halago —murmuró. George lo ignoró y siguió mirando a Billie. Ella frunció el ceño. Sus cejas formaron dos pequeñas líneas, que se torcieron como un reloj de arena, y sus labios se fruncieron en una mueca curiosa, casi como si estuviese a punto de dar un beso.

Él se dio cuenta de que nunca la había observado mientras pensaba.

Luego vio que aquella era una imagen asombrosamente rara.

—Has sonado un tanto presuntuoso —dijo Billie finalmente. Habló en voz baja, solo para que ambos la escucharan—. ¿Pero supongo que es comprensible?

¿Comprensible? Se inclinó hacia adelante.

—¿Por qué lo dices en tono de pregunta?

—No sé.

Él se recostó y cruzó los brazos, torciendo una ceja para indicar que esperaba que continuara.

—Bien —dijo ella, tratando de sonar amable—. Eres el hijo mayor, el heredero. Eres el brillante, el atractivo, ah, y no nos olvidemos, el *sucesor* del conde de Kennard.

George esbozó una amplia sonrisa.

—¿Crees que soy atractivo?

—¡A eso me refiero exactamente!

—Brillante también —murmuró George—. No tenía ni idea.

—Te estás comportando como Andrew —murmuró Billie.

Por algún motivo, el comentario le hizo gracia.

Billie entrecerró los ojos y lo fulminó con la mirada.

La sonrisa de George se transformó en una risa burlona. Por Dios, qué divertido era fastidiarla.

Ella se inclinó hacia adelante, y, en ese preciso momento, se dio cuenta de lo bien que podía hablar la gente entre dientes.

—Estaba tratando de ser considerada —replicó ella.

—Lo siento —se disculpó George de inmediato.

Ella apretó los labios.

—Me has hecho una pregunta. He intentado darte una respuesta sincera y reflexiva. He pensado que te lo merecías.

Bien, ahora sí que se sentía como un idiota.

—Lo siento —repitió, y esta vez no lo dijo por educación.

Billie resopló y se mordió el labio inferior. Estaba pensando de nuevo y George se dio cuenta. Qué asombroso era ver pensar a otra persona. ¿Todo el mundo era tan expresivo cuando evaluaba sus ideas?

—Es así como te han criado —dijo ella finalmente—. Tú no eres culpable, es solo que... —Volvió a resoplar, pero George tuvo paciencia. Debía encontrar las palabras adecuadas.

Un momento después lo logró.

—Te han criado... —Esta vez se detuvo de pronto.

—¿Para que sea presuntuoso? —dijo él con voz suave.

—Para que seas seguro de ti mismo —corrigió ella, pero él tuvo la sensación de que lo que él había dicho se acercaba mucho más a lo que ella había estado a punto de decir—. No es culpa tuya—agregó.

—¿Y ahora quién está siendo condescendiente?

Ella esbozó una sonrisa sardónica.

—Yo, estoy segura. Pero es verdad. No puedes evitarlo, como yo no puedo evitar ser... —Volvió a agitar las manos; aparentemente era su manera de expresar todo lo que no se atrevía a decir en voz alta—. Lo que soy —dijo finalmente.

—Lo que eres —dijo con voz suave. Lo dijo porque necesitaba decirlo, aunque no supo por qué.

Ella levantó la vista hacia él. Su rostro permaneció un tanto inclinado hacia abajo, y él tuvo la curiosa idea de que, si no la miraba a los ojos, si no sostenía su mirada, ella volvería a mirar sus manos, y el momento se perdería para siempre.

—¿Qué eres? —susurró él.

Ella sacudió la cabeza.

—No tengo ni idea.

—¿Alguien tiene hambre? —preguntó Andrew de pronto.

George pestañeó, como tratando de despertarse de un hechizo.

—Yo sí que tengo hambre —continuó Andrew—. Estoy hambriento. Solo he desayunado una vez esta mañana.

—¿Has desayunado *solo* una vez? —comenzó a decir Billie, pero Andrew ya se había puesto de pie y se había acercado a su lado.

Apoyó las manos sobre la mesa y se inclinó para murmurar:

—Tenía la esperanza de que me invitaras a tomar el té.

—Por supuesto que estás invitado a tomar el té —respondió Billie, y sonó tan desconcertada como se sentía George. Frunció el ceño—. Pero es un poco temprano.

—Nunca es demasiado temprano para tomar el té —declaró Andrew—. No si tu cocinera ha hecho galletas. —Se volvió hacia George—. No sé qué tienen, pero son deliciosas.

—Mantequilla —respondió Billie, distraída—. Una gran cantidad de mantequilla.

Andrew inclinó la cabeza hacia un lado.

—Bueno, tiene sentido. Todo sabe mejor con mucha mantequilla.

—Deberíamos pedirle a Georgiana que nos acompañe —dijo Billie, y buscó sus muletas—. Debo ayudarla a planificar la fiesta. —Puso los ojos en blanco—. Son órdenes de mi madre.

Andrew soltó una carcajada estridente.

—¿Acaso tu madre no te conoce?

Billie lanzó una mirada irritada por encima de su hombro.

—De verdad, Billie la Cabra, ¿qué nos harás hacer? ¿Ir al terreno del sur a plantar cebada?

—Basta —dijo George.

Andrew se dio la vuelta.

—¿Cómo dices?

—Que la dejes en paz.

Andrew lo observó un tiempo tan largo que George no pudo evitar preguntarse si habría estado hablando en otro idioma.

—Es Billie —dijo Andrew finalmente.

—Lo sé. Y deberías dejarla en paz.

—Puedo librar mis propias batallas, George —dijo Billie.

Él la observó.

—Por supuesto que puedes.

Ella abrió la boca, pero no supo qué responder.

Andrew miró a uno y a otra antes de ofrecerle a Billie una pequeña reverencia.

—Discúlpame.

Billie asintió con torpeza.

—Quizá pueda ayudarte con la planificación —sugirió Andrew.

—Seguramente lo harás mejor que yo —observó Billie.

—Ni que lo digas.

Ella le pegó en la pierna con una de sus muletas.

Y así, como si nada, George se dio cuenta de que todo había vuelto a la normalidad.

Aunque, a decir verdad, no todo había vuelto a la normalidad. Al menos, no para él.

9

Cuatro días más tarde...

Era sorprendente, o, mejor dicho, «inspirador», decidió Billie, lo rápido que había descartado sus muletas. Era evidente que todo estaba en su mente.

La fuerza. La fortaleza.

La determinación.

También era útil su capacidad para ignorar el dolor.

No le dolía *tanto*, había razonado. Solo una punzada. O, quizá, era algo más parecido a un clavo martillado en su tobillo a intervalos coincidentes con la velocidad a la que caminaba.

Pero no un clavo muy grande, sino uno pequeño. Casi un alfiler.

Ella era fuerte. Todo el mundo lo decía.

De todos modos, el dolor de tobillo no era tan malo como lo había sido el roce de las muletas debajo de sus brazos. Además, no pensaba salir a caminar ocho kilómetros. Simplemente deseaba poder moverse por la casa sobre sus propios pies.

No obstante, su paso fue considerablemente más lento de lo habitual cuando se dirigió al comedor horas después del desayuno. Andrew la esperaba, según le había informado Thamesly. La presencia de Andrew no la pillaba por sorpresa, había ido a visitarla todos los días desde su lesión.

Lo cierto es que era realmente amable por su parte.

Para matar el tiempo construyeron castillos de naipes, una elección especialmente perversa en lo que respectaba a Andrew, cuyo brazo dominante aún estaba inmovilizado en un cabestrillo. Andrew había dicho que, si iba a visitarla para hacerle compañía, debían hacer algo útil.

Billie no se había molestado en señalar que construir un castillo de naipes podía encajar muy bien en la definición de «inútil».

En cuanto al hecho de tener solo un brazo bueno, había necesitado ayuda para que los primeros naipes no perdiesen el equilibrio, pero después había podido acomodar el resto tan bien como ella por sí mismo.

O, en realidad, incluso mejor que ella. Billie había olvidado lo bueno que era para construir castillos de naipes, y la obsesión y concentración que invadían su mente mientras lo hacía. El día anterior fue el peor de todos. En cuanto acabó de levantar el primer nivel, Andrew le prohibió a Billie que continuase ayudándolo. Y luego también le prohibió incluso que estuviera cerca de las cartas, alegando que respiraba con demasiada fuerza.

Lo cual, por supuesto, no le había dejado más opción que estornudar.

Aunque, directamente, bien podría haberle propinado una patada a la mesa.

Durante un breve instante, cuando todo se vino abajo en un espectacular terremoto de destrucción, Billie se arrepintió, pero la expresión en el rostro de Andrew había merecido la pena, aunque hubiera vuelto a su casa inmediatamente después del colapso.

Pero dejando el pasado atrás, sabía muy bien que Andrew querría volver a intentarlo, querría levantar un nuevo castillo de naipes más grande y mejor por quinta vez. Así que Billie se había hecho con otras dos barajas de camino a la sala. Eso debía bastar para añadir uno o dos pisos a su nueva obra maestra arquitectónica.

—Buenos días —saludó Billie al entrar en la sala. Él estaba de pie junto a un plato de galletas que alguien había dejado sobre la mesa junto al sofá. Una criada, probablemente. Una de las más tontas. Siempre se reían tontamente en su presencia.

—Te has deshecho de las muletas —advirtió con un gesto de aprobación—. Felicidades.

—Gracias. —Echó un vistazo alrededor de la habitación. George tampoco había ido a visitarla esta vez. No había vuelto desde esa primera mañana en la biblioteca. No era que esperara que fuera. Ella y George no eran amigos.

Tampoco enemigos, por supuesto. Pero no eran amigos. Nunca lo habían sido. Aunque, quizá, eran un poco más...

—¿Sucede algo malo? —preguntó Andrew.

Billie pestañeó.

—Nada.

—Estás seria.

—No estoy seria.

La expresión de él se volvió condescendiente.

—¿Puedes ver tu propia cara?

—Y dices que has venido a levantarme el ánimo... —dijo Billie, arrastrando las palabras.

—Cielos, no, he venido por las galletas. —Extendió la mano y tomó algunos naipes—. Y, tal vez, para construir un castillo.

—Por fin un poco de sinceridad.

Andrew se echó a reír y se desplomó sobre el sofá.

—Nunca he ocultado el motivo de mi visita.

Billie asintió con un pestañeo. Andrew había comido una cantidad enorme de galletas en los últimos días.

—Serías más amable conmigo —continuó él— si supieras lo horrible que es la comida del barco.

—¿En una escala del uno al diez?

—¡Doce!

—Lo siento mucho —dijo ella con una mueca. Sabía cuánto le gustaban a Andrew los dulces.

—Siempre supe en qué me metía. —Hizo una pausa y frunció el ceño, pensativo—. No, en realidad, creo que no lo sabía del todo.

—¿No habrías entrado en la marina si hubieses sabido que no podrías comer galletas?

Andrew suspiró con histrionismo.

—A veces, un hombre debe fabricar sus propias galletas.

Varios naipes cayeron de la mano de Billie.

—¿Cómo dices?

—Creo que cuando dice «galletas» se refiere al destino —dijo una voz desde la puerta.

—¡George! —exclamó Billie. ¿Con sorpresa? ¿Con deleite? ¿Qué emoción expresaba su voz? ¿Y por qué ella, justamente, no podía descifrarla?

—Billie —murmuró él con una educada reverencia.

Ella lo observó.

—¿Qué haces aquí?

Su boca formó una expresión seca que, con toda franqueza, no podía considerarse una sonrisa.

—Siempre tan amable...

—Es que... —dijo ella, y se inclinó para recoger los naipes, tratando de no tropezar con el borde de encaje de su falda— hace cuatro días que no me visitas.

Ahora fue él quien sonrió.

—Me has echado de menos, entonces.

—¡No! —Ella lo fulminó con la mirada y se extendió para recoger la sota de corazones. La muy traviesa se había caído debajo del sofá—. No seas ridículo. Thamesly no me dijo que habías venido tú también. Solo mencionó a Andrew.

—Me estaba ocupando de los caballos —explicó George.

Billie, de inmediato, miró a Andrew, enrojeciendo de sorpresa.

—¿Has venido cabalgando?

—Bueno, digamos que lo he intentado —admitió.

—Hemos venido a paso de tortuga —confirmó George. Luego entrecerró los ojos—. ¿Dónde están tus muletas?

—Han desaparecido —respondió, con una sonrisa de orgullo.

—Ya lo veo. —Su frente se arrugó con desaprobación—. ¿Quién te ha dicho que podías dejar de usarlas?

—Nadie —dijo ella, irritada. ¿Quién diablos se creía que era? ¿Su padre? No, por supuesto que no era su padre. Eso era...

¡Uf!

—Me he levantado de la cama —dijo con paciencia exagerada—, he dado un paso y lo he decidido yo solita.

George resopló.

Ella se echó hacia atrás.

—¿Qué se supone que significa eso?

—Permíteme traducirte —dijo Andrew desde el sofá, donde seguía desparramado cuan largo era.

—Sé *muy bien* lo que ha querido decir —replicó Billie.

—Ay, Billie... —suspiró Andrew.

Ella se dio la vuelta y lo fulminó con la mirada.

—Debes salir un poco de casa —observó él.

¡Por favor! Como si ella no lo supiera de sobra. Se volvió hacia George.

—Por favor, disculpa mi falta de amabilidad. Simplemente, no esperaba que vinieras.

Él enarcó las cejas, pero aceptó su disculpa con un gesto y tomó asiento cuando ella lo hizo.

—Debemos alimentarlo —dijo Billie, inclinando la cabeza hacia Andrew.

—¿También darle agua? —murmuró George, como si Andrew fuese un caballo.

—¡Os estoy oyendo! —protestó Andrew.

George extendió la mano hacia la copia del *London Times* del día anterior, que yacía planchada sobre la mesa a su lado.

—¿Te molesta si leo?

—En absoluto —respondió Billie. Ella no esperaba que George buscase entretenerla. Aunque ese hubiese sido el objetivo implícito de su visita. Billie se inclinó hacia adelante y le dio a Andrew un golpecito en el hombro.

—¿Quieres que te ayude a empezar?

—Sí, por favor —dijo él—, y luego no lo toques.

Billie miró a George. El periódico seguía plegado en su falda, y observaba a ambos con divertida curiosidad.

—En el centro de la mesa —dijo Andrew.

Billie lo miró con impaciencia.

—Autócrata, como siempre.

—Soy artista.

—Arquitecto —corrigió George.

Andrew levantó la mirada, como si hubiese olvidado que su hermano estaba presente.

—Sí —murmuró—. Claro.

Billie se deslizó de su silla y se arrodilló frente a la mesa baja, ajustando su peso para no aplicar presión sobre su pie malo. Eligió dos naipes de la pila desordenada cerca del borde de la mesa y los puso en forma de «T». Con cuidado, soltó sus dedos y esperó para ver si la estructura era segura.

—Bien hecho —murmuró George.

Billie sonrió, absurdamente complacida por su halago.

—Gracias.

Andrew puso los ojos en blanco.

—Te lo juro, Andrew —dijo Billie, usando un tercer naipe para transformar la «T» en una «H»—, eres un auténtico fastidio cuando haces esto.

—Solo hago mi trabajo.

Billie oyó que George se reía entre dientes, y luego el crujido del periódico al abrirse y plegarse en una forma fácil de leer. Sacudió la cabeza, convencida de que Andrew era muy afortunado de tenerla como amiga, y colocó algunos naipes más.

—¿Es suficiente para que comiences? —le preguntó a Andrew.

—Sí, gracias. Ten cuidado con la mesa cuando te levantes.

—¿También eres así en alta mar? —quiso saber Billie, renqueando por la habitación para llegar a su libro antes de acomodarse a leer—. No entiendo cómo te soportan.

Andrew entrecerró los ojos mirando hacia la estructura de naipes, no hacia ella, y colocó uno.

—Solo hago mi trabajo —repitió.

Billie se volvió hacia George, que observaba a Andrew con una expresión peculiar en el rostro. Había arrugado la frente, pero no era precisamente seriedad lo que expresaba. Sus ojos eran demasiado brillantes y curiosos para eso. Cada vez que parpadeaba, sus pestañas caían como un abanico, elegante y...

—¿Billie?

Oh, Dios, la había pillado observándolo.

Un momento, ¿*por qué* lo observaba?

—Disculpa —murmuró—. Estaba ensimismada en mis pensamientos.

—Espero que hayan sido interesantes.

Billie se atragantó antes de responder:

—No, en realidad no. —Y luego se sintió muy mal por insultarlo sin que él siquiera lo supiera.

Y sin que fuera su intención.

—Parece una persona desconocida —dijo, señalando a Andrew—. Es algo muy desconcertante.

—¿Nunca lo has visto así antes?

—Sí, lo he visto. —Miró la silla y el sofá, y se decidió por este último. Andrew estaba en el suelo y no era probable que reclamara su sitio pronto.

Billie se sentó, se apoyó sobre su brazo y extendió las piernas. Sin pensar realmente en lo que hacía, buscó la manta que estaba doblada sobre el respaldo y la extendió sobre sus piernas—. Aun así, creo que es desconcertante.

—Es inesperadamente preciso —observó George.

Billie reflexionó.

—¿Inesperado por qué...?

George se encogió de hombros y señaló a su hermano.

—¿Quién pensaría que él es así?

Billie pensó un momento, y luego decidió que estaba de acuerdo.

—Es extraño, pero tiene sentido.

—Todavía os oigo, ¿sabéis? —dijo Andrew.

Había colocado cerca de doce naipes más, y se había echado hacia atrás unos centímetros para examinar el castillo desde diferentes ángulos.

—No creo que nuestra intención haya sido la de mantener una conversación privada —dijo George suavemente.

Billie sonrió para sí misma y deslizó el dedo sobre la página que estaba leyendo. Era uno de esos volúmenes que venía con una cinta incorporada para usar como marcapáginas.

—Solo para que lo sepáis —dijo Andrew, moviéndose al otro lado de la mesa—, os mataré si derribáis mi castillo.

—Hermano —dijo George con admirable gravedad—, apenas estoy respirando.

Billie ahogó una risita. Rara vez veía ese aspecto de George, bromista e irónico. En general, estaba tan enfadado con todos ellos que no tenía sentido del humor.

—¿Es el libro de Prescott? —preguntó George.

Billie se volvió para mirarlo por encima de su hombro.

—Sí.

—Has avanzado mucho.

—A pesar de mí misma, te lo aseguro. Es muy aburrido.

Andrew no levantó la mirada, pero dijo:

—¿Lees una enciclopedia de agricultura y te quejas de que es aburrida?

—El volumen anterior fue brillante —protestó Billie—. No podía parar de leerlo.

Aunque estuviera de espaldas, era evidente que Andrew estaba poniendo los ojos en blanco.

Billie volvió a prestar atención a George, quien, a decir verdad, nunca la había criticado por sus elecciones de lectura.

—Quizá sea por el tema. Esta vez se refiere al abono.

—El abono es importante —dijo George, con ojos brillantes en su rostro sombrío.

Ella lo miró con la misma seriedad. Y, quizá, torciendo los labios mínimamente.

—El abono es el abono.

—Por Dios —gruñó Andrew—. Vais a conseguir que quiera arrancarme el pelo.

Billie le dio un golpecito en el hombro.

—Pero nos amas.

—No me toques —le advirtió.

Ella se volvió para mirar a George.

—Es muy susceptible.

—Muy graciosa, Billie —gruñó Andrew.

Ella se echó a reír y volvió al libro que tenía entre manos.

—Volvamos al tema del abono.

Intentó leer. Realmente se esforzó. Pero Prescott era muy aburrido cuando hablaba de abono, y cada vez que George se movía, su periódico crujía y ella *se veía obligada* a mirarlo.

Pero entonces él levantaba la mirada. Y ella debía fingir que observaba a Andrew. Entonces miraba realmente a Andrew, pues era muy interesante contemplar a un hombre con un solo brazo construyendo un castillo de naipes.

«Vuelve a Prescott», se regañó a sí misma. Por muy aburrido que fuese el abono, tenía que acabar con su lectura. Y logró hacerlo. Pasó una hora en medio de un amistoso silencio. Ella, sobre el sofá con su libro; George, en su sillón con el periódico; y Andrew, en el suelo con sus naipes. Terminó de leer un apartado sobre el abono hecho con paja, y luego otro sobre el abono hecho con turba, pero, cuando llegó al abono ácido, no lo soportó más.

Suspiró, y no de manera elegante.

—Me aburro.

—Eso es justo lo que se le dice a los invitados cuando vienen de visita —bromeó Andrew.

Billie lo miró de reojo.

—Tú no cuentas como invitado.

—¿Y George?

George levantó la vista de su periódico. Ella se encogió de hombros.

—Supongo que tampoco.

—Yo sí que cuento —dijo él.

Billie pestañeó. No se había dado cuenta de que él la escuchaba.

—Yo sí que cuento —repitió, y si Billie no lo hubiese estado mirando lo habría pasado por alto. Habría pasado por alto el fuego de sus ojos, vehemente e intenso, que había durado menos de un segundo, después del cual George había vuelto a prestar atención a su periódico—. A Andrew lo tratas como a un hermano —dijo, cerrando una página con movimientos lentos y deliberados.

—Y a ti te trato...

Él la miró.

—No como a un hermano.

Billie abrió la boca para hablar. No podía dejar de mirarlo. Y luego miró hacia otro lado porque el contacto visual la hacía sentirse extraña. De pronto tuvo urgencia de volver a leer más sobre el abono ácido.

Pero, en ese preciso momento, George hizo un ruido, o quizá solo respiró, y, sin poder evitarlo, lo observó nuevamente.

Decidió que su pelo era bonito. Le gustaba mucho que no se lo empolvara, o, por lo menos, que no lo hiciese todos los días. Era grueso, apenas ondulado, y parecía que se rizaría si crecía más. Dio un pequeño resoplido. A su criada le hubiera encantado esa cabellera. En general, Billie simplemente se ataba el pelo detrás de la cabeza, pero a veces debía peinarse con más adornos. Habían intentado de todo: tenacillas calientes, cintas mojadas... pero su melena no se rizaba por nada del mundo.

También le gustaba el color del pelo de George. Era de color caramelo, rico y dulce, con reflejos dorados. Hubiese apostado que a veces se olvidaba de usar su sombrero bajo el sol. Ella hacía lo mismo.

Era interesante que todos los Rokesby tuvieran exactamente el mismo color de ojos, pero el pelo de la familia era distinto en cada miembro y cubría una amplia gama de colores castaños. Ninguno era rubio ni pelirrojo, y, aunque todos eran morenos, ninguno tenía el mismo color que los demás.

—¿Billie? —preguntó George, con voz entre confundida y risueña.

Mierda, otra vez la había sorprendido observándolo. Esbozó una sonrisa.

—Estaba pensando en que tú y Andrew os parecéis mucho —dijo. De alguna manera era cierto.

Andrew levantó la mirada al escucharla.

—¿De verdad lo crees?

«No», pensó, pero respondió:

—Los dos tenéis los ojos azules.

—Igual que la mitad de Inglaterra —replicó Andrew. Se encogió de hombros y volvió a su trabajo, con la lengua entre los dientes, mientras pensaba en su próximo movimiento.

—Mi madre siempre dice que tenemos las mismas orejas —comentó George.

—¿Orejas? —Billie abrió la boca de par en par—. No sabía que alguien comparara orejas.

—Hasta donde yo sé nadie lo hace, salvo mi madre.

—Lóbulos colgantes —dijo Andrew sin mirarla, pero usó su mano sana para pellizcar uno de sus lóbulos—. Los de ella están pegados.

Billie se tocó el lóbulo de su propia oreja. Ahora era imposible no hacerlo.

—Ni siquiera me había percatado de que había más de una clase de lóbulo.

—Los tuyos también están pegados —dijo Andrew sin levantar la mirada.

—¿Lo sabes?

—Suelo fijarme en las orejas —explicó sin avergonzarse—. Ahora no puedo evitarlo.

—Yo tampoco puedo —admitió George—. Mi madre tiene la culpa.

Billie pestañeó varias veces, todavía pellizcándose el lóbulo.

—Simplemente no... —Frunció el ceño y quitó las piernas del sofá.

—¡Cuidado! —exclamó Andrew.

Ella lo miró muy irritada, pero él no le prestó atención y se inclinó hacia adelante.

Andrew se giró lentamente.

—¿Me estás mirando las orejas?

—Solo trato de ver cuál es la diferencia. Ya te lo he dicho, ni siquiera me había percatado de que había más de una clase.

Chasqueó los dedos en dirección a su hermano.

—Ve a mirarle las orejas a George si quieres. Aquí estás demasiado cerca de la mesa.

—Te lo juro, Andrew —dijo Billie, alejándose con mucho cuidado hasta salir del espacio entre el sofá y la mesa—, estás enfermo con los del castillo de marras.

—Otros se dan a la bebida —sugirió él con malicia.

George se paró al ver que Billie se había puesto de pie.

—O a los naipes —dijo él, esbozando una sonrisa a medias.

Billie se rio con un resoplido.

—¿Cuántos niveles crees que ha construido? —preguntó George.

Billie se inclinó hacia la derecha; Andrew tapaba su visión. Uno, dos, tres, cuatro...

—Seis —respondió Billie.

—Es sorprendente.

Billie esbozó una sonrisa peculiar.

—¿Te llama la atención?

—Posiblemente.

—Dejad de hablar —replicó Andrew.

—Movemos el aire cuando hablamos —explicó Billie con una seriedad que el tema, sin duda, no merecía.

—Ya veo.

—Ayer estornudé.

George se volvió a ella, totalmente admirado.

—¡Bien hecho!

—Necesito más naipes —anunció Andrew. Se levantó de la mesa con lentitud y se arrastró por la alfombra como un cangrejo hasta estar lo suficientemente lejos, y se levantó sin arriesgarse a tirar nada.

—No tengo más —respondió Billie—. Quiero decir, posiblemente sí que tenga, pero no sé dónde están. Antes te traje las dos últimas barajas de la sala de juego.

—No son suficientes cartas —murmuró Andrew.

—Podrías preguntarle a Thamesly —sugirió Billie—. Si alguien sabe dónde hay más naipes, ese es Thamesly.

Andrew asintió lentamente, como si acabase de resolver el problema en su cabeza. Luego se giró y dijo:

—Tendrás que moverte de sitio.

Ella lo miró.

—¿Cómo dices?

—No puedes quedarte aquí de pie. Estás demasiado cerca.

—Andrew —espetó ella—, te has vuelto loco.

—Vas a derribarlo.

—Vete —ordenó Billie.

—Si lo tiras...

—¡Vete! —gritaron al unísono ella y George.

Andrew los miró con odio y salió de la habitación.

Billie miró a George. Él la miró a ella. Ambos estallaron en carcajadas.

—No sé tú —dijo Billie—, pero yo me iré al otro lado de la habitación.

—Ah, estás admitiendo la derrota.

Ella lanzó una mirada por encima de su hombro mientras se alejaba.

—Más bien trato de sobrevivir.

George se rio entre dientes y la siguió hasta las ventanas.

—Lo irónico es que es muy malo jugando a las cartas —dijo.

—¿De verdad? —Arrugó la nariz. Era muy extraño, pero no recordaba que ella y Andrew hubieran jugado alguna vez a las cartas juntos.

—En todos los juegos de azar, en realidad —continuó George—. Si alguna vez necesitas dinero, él es el indicado.

—Vaya, yo no apuesto.

—Con cartas —replicó él.

Ella tuvo la sensación de que él había tenido la intención de ser gracioso, pero a ella le pareció muy condescendiente. Frunció el ceño.

—¿Qué quieres decir con eso?

Él la miró como si la pregunta lo sorprendiera.

—Simplemente que no tienes problema en apostar tu vida en cada momento.

Billie sintió que retraía la barbilla.

—¡Qué absurdo!

—Billie, te has caído de un árbol.

—A un *tejado*.

Él estuvo a punto de soltar una carcajada.

—Eso contradice mi argumento acerca de *cómo*.

—Tú habrías hecho exactamente lo mismo —insistió ella—. En realidad, lo has hecho.

—¡No me digas!

—Yo he subido para salvar a un gato. —Tocó su hombro con el dedo índice—. Y tú has subido para salvarme a mí.

—En primer lugar —replicó él—, yo no he subido al árbol. Y en segundo lugar, ¿te comparas con un gato?

—Sí. ¡No! —Por primera vez se sintió agradecida de haberse hecho daño en el tobillo. De lo contrario, habría dado una patada en el suelo.

—¿Qué habrías hecho si yo no hubiese llegado? —preguntó—. De verdad, Billie. ¿Qué habrías hecho?

—Me las habría arreglado sola.

—Estoy seguro de que sí. Tienes la suerte de los tontos. Pero tu familia se hubiera desesperado, y seguramente hubiese convocado a todo el pueblo para buscarte.

Él tenía razón, maldita sea, y eso empeoraba las cosas.

—¿Te crees que no lo sé? —preguntó ella, y su voz se apagó hasta convertirse en un murmullo.

Él la observó el tiempo suficiente como para ponerla incómoda.

—No —respondió él—, no lo sé.

Ella cogió aire.

—Todo lo que hago, lo hago por las personas que están aquí. Toda mi vida... todo. Estoy leyendo una maldita enciclopedia de agricultura —dijo, señalando el libro en cuestión—. El volumen *cuatro*. ¿A qué otra persona conoces que...? —Dejó de hablar, y pasaron varios instantes antes de que pudiera continuar—. ¿De verdad crees que soy tan poco compasiva?

—No. —Su voz sonó terriblemente baja y segura—. Es solo que creo que no piensas antes de actuar.

Ella se sacudió hacia atrás.

—No puedo creerme que haya pensado que podíamos ser amigos.

Él se quedó callado.

—Eres una persona espantosa, George Rokesby. Eres impaciente e intolerante y...

Él la agarró del brazo.

—Basta.

Billie quiso apartar su brazo, pero los dedos de George la asían con firmeza.

—¿Para qué viniste esta mañana? Solo me observas para sacarme defectos.

—No seas absurda —se burló él.

—Es cierto —replicó ella—. No puedes verte a ti mismo cuando estás cerca de mí. Lo único que haces es fruncir el ceño y regañarme, y... y... todas esas cosas odiosas que haces. Tu actitud, tus expresiones. Siempre me estás reprochando lo que puedes.

—Eres ridícula.

Ella sacudió la cabeza. Sintió que estaba a punto de hacer una revelación.

—Desapruebas todo lo que digo y hago.

Él dio un paso hacia ella, y su mano se cerró sobre su brazo.

—Eso está tan lejos de la verdad que es ridículo.

Billie se quedó boquiabierta.

Luego se dio cuenta de que George parecía tan asombrado por sus palabras como ella.

Y que estaba de pie muy cerca de su cuerpo.

Levantó la barbilla y lo buscó con la mirada.

Dejó de respirar.

—Billie —murmuró él, y levantó su mano, como para tocar su mejilla.

10

Estuvo a punto de besarla.

Madre mía, casi había besado a Billie Bridgerton. Tenía que irse de allí.

—Es tarde —farfulló George.

—¿Qué?

—Es tarde. Tengo que irme.

—No es tarde —dijo ella, pestañeando rápidamente. Parecía confundida—. ¿Qué dices?

«No lo sé», estuvo a punto de responder.

Por poco la había besado. Había bajado la mirada a su boca, había oído la ráfaga de su aliento entre sus labios, y se había inclinado deseando...

Consumiéndose.

Rogaba que ella no se hubiese percatado. Seguramente nunca antes la habían besado. No sabría qué estaba sucediendo.

Pero la había deseado. Por Dios, cómo la había deseado. La sensación lo había inundado como un oleaje, alzándolo y luego azotándolo con tanta rapidez y fuerza que apenas había podido pensar con claridad.

Aún la deseaba.

—¿George? —preguntó ella—. ¿Te ocurre algo malo?

Él abrió la boca. Necesitaba respirar.

Ella lo observaba con curiosidad, casi con cautela.

—Me estabas regañando —le recordó.

Estaba muy seguro de que su cerebro aún no había vuelto a funcionar con normalidad. Pestañeó y trató de asimilar sus palabras.

—¿Querías que continuara?

Ella sacudió la cabeza con lentitud.

—No, la verdad sea dicha.

Él se pasó una mano por el pelo e intentó sonreír. Fue lo mejor que pudo hacer.

Billie arrugó la frente con preocupación.

—¿Estás seguro de que te encuentras bien? Estás muy pálido.

¿Pálido? Sentía que estaba *ardiendo*.

—Discúlpame —dijo—. Creo que estoy algo... —¿Qué? ¿Algo *qué*? ¿Cansado? ¿Hambriento? Se aclaró la garganta y se decidió—: Mareado.

Ella no pareció muy convencida.

—¿Mareado?

—Ha sido algo repentino —explicó. Hasta cierto punto era cierto.

Ella hizo ademán de coger la campanilla para llamar al sirviente.

—¿Quieres que te pida algo para comer? ¿Quieres sentarte?

—No, no —dijo él estúpidamente—. Estoy bien.

—Estás bien —repitió ella. Era evidente que no le creía.

Él asintió con la cabeza.

—Ya no estoy mareado.

—No, en absoluto.

Lo observó como si se hubiese vuelto loco. Y era muy probable. No podía pensar en ninguna otra explicación.

—Debería irme —dijo él. Se dio la vuelta y caminó hacia la puerta. No le daban las piernas para salir con la suficiente rapidez.

—¡George, aguarda!

Casi había logrado huir. Pero se detuvo. Debía detenerse. No podía abandonar la habitación cuando una dama lo llamaba por su nombre; eso equivalía a escupirle en la cara al rey. Era algo que le habían inculcado.

Cuando se volvió, vio que ella se había acercado varios pasos.

—¿No crees que deberías esperar a Andrew? —le recordó.

Exhaló. Andrew. Por supuesto.

—Necesitará ayuda con su montura, ¿no crees?

Maldición. George resopló.

—Esperaré.

Billie se mordió el lado derecho del labio inferior. Siempre se mordía el lado derecho de la boca, como pudo corroborar George.

—No sé por qué tarda tanto —dijo ella, mirando hacia la puerta.

George se encogió de hombros.

—Tal vez no haya podido encontrar a Thamesly.

Y volvió a encogerse de hombros.

—O quizá lo haya detenido mi madre. A veces es un fastidio.

Él comenzó a encogerse de hombros por tercera vez, y, cuando se dio cuenta de lo idiota que parecía al realizar ese gesto de forma frecuente, optó por una sonrisa que sugería «¿quién sabe?».

—Bien —dijo Billie, que parecía haberse quedado sin teorías—. Mmm...

George se agarró las manos detrás de la espalda. Miró hacia la ventana. A la pared. Pero no a Billie. A cualquier sitio menos a Billie.

Aún deseaba besarla.

Ella tosió. Él logró mirar hacia sus pies.

Qué situación tan incómoda.

Una locura.

—Mary y Felix llegarán dentro de dos días —dijo ella.

Él trató de espabilar esa parte de su cerebro que era capaz de mantener una conversación.

—¿No llegan todos dentro de dos días?

—Claro, por supuesto —respondió Billie, con voz de alivio por tener por fin una pregunta que responder—, pero ellos dos son los únicos que me interesan.

George sonrió a pesar de sí mismo. Era muy típico de ella odiar las fiestas, aun cuando en unos días fuese a asistir a una que ella misma organizaba en parte. Aunque, en realidad, no había tenido opción; todos sabían que la fiesta en la casa había sido idea de lady Bridgerton.

—¿Ya está preparada la lista de invitados? —preguntó. Por supuesto, él sabía la respuesta; la lista de invitados se había redactado hacía días, y las invitaciones habían sido despachadas con mensajeros rápidos, con orden de esperar respuesta. Pero había que llenar el silencio. Ella ya no estaba sobre el sofá con su libro, ni él en su sillón con el periódico. No tenían ayuda, nada excepto ellos mismos, y cada vez que él la miraba a los ojos, su mirada caía hacia sus labios y nada, *nada* podría haber sido peor.

Billie caminó sin rumbo hacia un escritorio y dio un golpecito en la mesa.

—Vendrá la duquesa de Westborough —dijo—. Mi madre está feliz de que haya aceptado nuestra invitación. Me han dicho que será un éxito.

—Que en la fiesta haya una duquesa siempre es un éxito —dijo él con ironía—, y, en general, también es una gran molestia.

Billie se volvió y lo miró.

—¿La conoces?

—Nos han presentado.

Billie pareció compungida.

—Imagino que te han presentado a todo el mundo.

Él reflexionó antes de responder.

—Probablemente —dijo—. Al menos, a todos los que llegan a Londres.

—Como la mayor parte de los hombres de su condición, George pasaba todos los años varios meses en la capital. En general, lo disfrutaba. Veía a sus amigos, se mantenía al día sobre asuntos de Estado. Últimamente había encontrado incluso posibles pretendientas, una tarea más tediosa de lo previsto.

Billie se mordió el labio.

—¿Es espléndida?

—¿La duquesa?

Billie asintió.

—No más que otras duquesas.

—¡George! Sabes que no es eso a lo que me refiero.

—Sí —dijo él, apiadándose de ella—, es espléndida. Pero seguramente tú... —Se detuvo y la miró. La observó muy bien, y, por fin, vio que sus ojos no tenían el brillo de siempre—. ¿Estás nerviosa?

Ella quitó una pelusa de la manga.

—No seas tonto.

—Porque...

—Por supuesto que estoy nerviosa.

Su respuesta lo hizo detenerse en seco. ¿Ella estaba nerviosa? ¿Billie?

—¿Qué? —replicó ella al observar su incredulidad.

Él sacudió la cabeza. Para que Billie admitiera estar nerviosa después de todo lo que había hecho... todo lo que había hecho con una sonrisa salvaje en el rostro... Era inconcebible.

—Has saltado de un árbol —dijo él finalmente.

—Me he caído de un árbol —corrigió ella con descaro—. ¿Y qué tiene que ver eso con la duquesa de Westborough?

—Nada —admitió él—, pero es difícil imaginar que estés nerviosa por... —Sacudió la cabeza con movimientos lentos y diminutos, y contra su voluntad sintió admiración. Ella no le tenía miedo a nada. Siempre había sido intrépida—. Cualquier cosa —terminó.

Ella apretó los labios.

—¿Alguna vez has bailado conmigo?

Él la miró boquiabierto.

—¿Qué?

—¿Alguna vez has bailado conmigo? —repitió ella, con voz rayana en la impaciencia.

—¿Sí? —La palabra fue un interrogante.

—No —dijo ella—, no lo has hecho.

—No es posible —replicó él. Por supuesto que había bailado con ella. La conocía de toda la vida.

Ella se cruzó de brazos.

—¿No sabes bailar? —inquirió él.

Ella le lanzó una mirada de pura irritación.

—Por supuesto que sé bailar.

Él tenía ganas de matarla.

—No soy muy buena —continuó—, pero sé bailar lo suficiente, supongo. No es eso a lo que me refiero.

George estaba casi seguro de haber llegado a un punto de *no* retorno.

—La cuestión es —continuó Billie— que nunca has bailado conmigo porque yo no voy a bailes.

—Quizá deberías.

Ella frunció el ceño vigorosamente.

—No camino con elegancia, no sé coquetear, y la última vez que intenté usar un abanico, se lo metí en el ojo a alguien. —Se cruzó de brazos—. Y tampoco, por supuesto, sé hacer que un caballero se sienta inteligente y fuerte, y superior a mí.

Él se rio entre dientes.

—Estoy seguro de que la duquesa de Westborough es una dama.

—¡George!

Él se echó hacia atrás, sorprendido. Estaba verdaderamente disgustada.

—Perdóname —dijo él, y la observó atentamente, casi con cautela. Parecía vacilante, y tocaba nerviosa los pliegues de su falda. Tenía la frente fruncida, pero no con enfado, sino con pena. Jamás la había visto así.

No conocía a esa muchacha.

—No me llevo bien con la gente refinada —dijo Billie en voz baja—. Yo no... no soy buena en eso.

George sabía que era mejor no hacer otra broma, pero no conocía las palabras que ella necesitaba. ¿Cómo era posible consolar a un torbellino? ¿Tranquilizar a una muchacha que lo hacía todo bien y luego lo hacía mal solo por divertirse?

—Te comportas muy bien cuando cenas en Crake —dijo, aunque sabía que ella no se refería a eso.

—Eso no cuenta —respondió ella, impaciente.

—Cuando estás en el pueblo...

—¿Hablas en serio? ¿Vas a comparar a los pueblerinos con una duquesa? Además, conozco a la gente del pueblo de toda la vida. Y ellos me conocen a mí.

George se aclaró la garganta.

—Billie, eres la mujer más segura y competente que conozco.

—Te vuelvo loco —dijo ella sin rodeos.

—Es verdad —respondió él, aunque esa locura había adquirido otro perturbador sentido últimamente—. Sin embargo —continuó, intentando hilar las palabras en el orden correcto—, eres una Bridgerton. La hija de un vizconde. No hay motivo por el cual no puedas caminar con la cabeza bien alta en cualquier salón de la tierra.

Ella soltó un resoplido displicente.

—No lo entiendes.

—Haz que lo entienda. —Para su sorpresa, se dio cuenta de que lo decía convencido.

Billie no respondió de inmediato. Ni siquiera lo miró. Todavía estaba inclinada sobre la mesa, y sus ojos parecían fijos en sus manos. Levantó la mirada un instante, y a él le pareció que ella trataba de decidir si era sincero.

George se indignó, pero se le pasó en seguida. No estaba acostumbrado a que cuestionaran su sinceridad; sin embargo, se trataba de Billie. Desde siempre se habían chinchado mutuamente, tratando de encontrar el punto débil del otro.

Pero todo eso ahora era diferente. *Había* cambiado en el transcurso de esa última semana. Él no sabía por qué; ninguno de *los dos* había cambiado.

Su respeto por ella ya no era tan renuente. Claro que todavía la consideraba empecinada y excesivamente imprudente, pero, en el fondo, su corazón era sincero.

George suponía que siempre lo había sabido. Solo que había estado demasiado ocupado enfadándose con ella como para darse cuenta.

—¿Billie? —preguntó con voz suave y estimulante.

Ella levantó la mirada, y una comisura de su boca se torció con tristeza.

—No se trata de mantener la cabeza bien alta.

Él se aseguró de reprimir cualquier indicio de impaciencia al preguntar:

—Entonces, ¿cuál es el problema?

Ella lo miró un largo rato con los labios apretados y luego dijo:

—¿Sabías que fui presentada en la corte?

—Creía que no habías asistido a la Temporada.

—No asistí —Billie se aclaró la garganta— después de lo sucedido.

Él hizo una mueca de sorpresa.

—¿Qué ocurrió?

Ella no lo miró al responder:

—Es posible que le prendiese fuego al vestido de alguien.

Él casi pierde el equilibrio.

—*¿Le prendiste fuego al vestido de alguien?*

Ella esperó con paciencia excesiva, como si ya hubiese tenido esa conversación y supiese con exactitud cuánto tiempo tardaría en zanjarla. Él la observó, atónito.

—Le prendiste fuego al vestido de alguien.

—No fue adrede.

—Bien —dijo él, impresionado a pesar de sí mismo—, supongo que si alguien va a...

—No sigas por ahí.

—¿Cómo es que yo no sabía nada de todo esto?

—Fue muy poquito fuego —explicó ella con recato.

—Pero, aun así...

—¿De verdad? —dijo ella—. ¿Le prendo fuego al vestido de alguien, y lo que te preocupa es haberte perdido los cotilleos?

—Perdón —dijo él de inmediato, pero luego no puedo evitar la pregunta (con cierta cautela)—: ¿Quieres que te pregunte *cómo* incendiaste el vestido?

—No —respondió ella, irritada—, no lo he mencionado por eso.

El primer impulso de George fue burlarse aún más, pero ella suspiró con tanto cansancio y desconsuelo que a él se le fue la alegría.

—Billie —dijo él, con voz suave y compasiva—, no puedes...

Ella no le dejó terminar la oración.

—No encajo, George.

No, no encajaba. ¿No había pensado en eso mismo tan solo unos días atrás? Si Billie hubiese ido a Londres para la Temporada con su hermana, habría sido un desastre absoluto. Todo lo que la convertía en alguien maravilloso y fuerte habría sido su ruina en el enrarecido mundo de la *alta sociedad*.

La habrían usado como objeto de sus burlas.

No todos los lores y las damas de la alta sociedad eran crueles. Pero los que sí lo eran... Utilizaban sus palabras como armas y las blandían como bayonetas.

—¿Por qué me cuentas esto? —le preguntó él de pronto.

Ella abrió la boca, y en sus ojos vislumbró un brillo de dolor.

—Me refiero... ¿por qué a mí? —se apresuró a decir, por miedo a que creyera que ella no le importaba lo suficiente como para escucharla—. ¿Por qué no a Andrew?

Ella no respondió. No de inmediato. Y luego dijo:

—No lo sé. Yo no... Andrew y yo no hablamos de estas cosas.

—Mary llegará pronto —zanjó él.

—Ay, por el amor de Dios, George, si no quieres hablar conmigo simplemente dilo.

—No —respondió él, y asió su muñeca antes de que ella pudiese zafarse—. No es lo que he querido decir. Me hace feliz hablar contigo —le aseguró—. Te escucho con gusto. Solo que he pensado que quizá querrías hablar con alguien...

Ella lo miró en silencio, esperando. Pero él no se decidió a decir las palabras que tenía en la punta de la lengua.

«Alguien a quien le importe.»

Porque eran hirientes. Y mezquinas. Y porque, más que nada, no eran verdad.

Ella le importaba.

Le importaba... y mucho.

—Yo... —La palabra se desvaneció, perdida en sus pensamientos turbulentos, y lo único que pudo hacer fue mirarla. Contemplarla mientras ella lo miraba a él, e intentaba recordar cómo hablar su lengua materna, trataba de pensar en las palabras correctas, palabras que fueran reconfortantes. Porque ella estaba triste. Y parecía ansiosa. Y él odiaba verla de ese modo.

»Si quieres —dijo, con suficiente lentitud como para poder pensar mientras hablaba—, yo te cuidaré.

Ella lo miró con cautela.

—¿A qué te refieres?

—Me aseguraré de que... —Hizo un movimiento con las manos, que ninguno de los dos supo qué significaba—. De que estés... bien.

—¿De que esté bien? —repitió ella.

—No lo sé —dijo él, frustrado ante su incapacidad para poner en palabras un pensamiento y para traducirlo en oraciones reales—. Es solo que, si necesitas un amigo, allí estaré.

Ella abrió la boca, y él vio que su garganta se movía, como si las palabras estuviesen allí atascadas y sus emociones controladas.

—Gracias —dijo—. Eres...

—No digas que soy amable.

—¿Por qué no?

—Porque no es amabilidad. Es... No sé qué es —dijo con impotencia—. Pero no es amabilidad.

Los labios de Billie temblaron y esbozaron una sonrisa. Una sonrisa traviesa.

—Está bien —dijo—. No eres amable.

—Jamás.

—¿Puedo decir que eres egoísta?

—Sería ir demasiado lejos.

—¿Presuntuoso?

Él dio un paso en su dirección.

—Estás tentando a la suerte, Billie.

—Arrogante. —Ella corrió alrededor de la mesa, riéndose mientras se alejaba—. Vamos, George. No puedes negar que eres arrogante.

Algo endemoniado surgió en su interior. Algo endemoniado e intenso.

—Y yo, ¿cómo debo decir que eres?

—¿Brillante?

Él se acercó aún más.

—¿Qué tal desesperante?

—Ah, pero depende del cristal con que se mire.

—Imprudente —continuó él.

Ella hizo un amago de correr hacia la izquierda cuando él iba hacia la derecha.

—No es imprudencia si sabes lo que haces.

—Te has caído sobre un tejado —le recordó él.

Ella sonrió con picardía.

—Creía que habías dicho que había saltado.

Él masculló su nombre y embistió, persiguiéndola mientras ella chillaba:

—¡Quería salvar a un gato! ¡Fue por pura nobleza!

—Ya te enseñaré yo nobleza...

Ella soltó un chillido y saltó hacia atrás.

Justo sobre el castillo de naipes.

Que no cayó con gracia.

Ni tampoco Billie, a decir verdad. Cuando el polvo se asentó, se quedó sentada sobre la mesa, con los restos de la obra de arte de Andrew desparramados como si le hubiesen encendido un petardo debajo.

Billie levantó la mirada y dijo en voz muy baja:

—Supongo que no podremos volver a construirlo.

Sin decir palabra, él sacudió la cabeza.

Billie tragó saliva.

—Creo que me he vuelto a torcer el tobillo.

—¿Mucho?

—No.

—En ese caso —dijo él—, te recomiendo que hagas hincapié *en eso del tobillo* cuando Andrew regrese.

Y, por supuesto, fue en ese preciso momento cuando Andrew entró por la puerta.

—Me he torcido el tobillo —por poco gritó Billie—. Me duele mucho.

George tuvo que darse la vuelta. Fue la única manera de evitar echarse a reír.

Andrew solo observaba la escena.

—Otra vez —dijo por fin—. Lo has hecho otra vez.

—Era un castillo muy bonito —dijo ella con voz débil.

—Supongo que es un talento tuyo —dijo Andrew.

—Por supuesto que sí —asintió Billie con voz alegre—. Eres brillante.

—No, me refería a ti.

—Ah. —Ella se tragó... su orgullo, probablemente, y esbozó una sonrisa—. Pues sí. No tiene sentido hacer algo si no vas a hacerlo bien, ¿verdad?

Andrew no respondió. George tuvo ganas de aplaudir frente a la cara de su hermano. Solo para asegurarse de que no estuviera sonámbulo.

—Lo siento mucho —dijo Billie—. Te lo compensaré. —Se apartó de la mesa y se puso de pie con esfuerzo—. Aunque realmente no sé cómo.

—Ha sido mi culpa —dijo George de pronto.

Ella se volvió hacia él.

—No es necesario que asumas la culpa.

Él levantó las manos en señal de súplica.

—La estaba persiguiendo.

Ante las palabras de su hermano, Andrew salió de su estupor.

—¿La estabas persiguiendo?

Maldición. No había pensado en la repercusión de lo que había dicho.

—No exactamente —dijo George.

Andrew se volvió hacia Billie.

—¿Te estaba persiguiendo?

Ella no se sonrojó, pero lo miró avergonzada.

—Es posible que me haya puesto un tanto pesada...

—¿Pesada? —dijo George con un resoplido—. ¿Tú?

—Realmente la culpa ha sido del gato —replicó Billie—. Jamás me habría caído si mi tobillo no estuviese tan débil. —Frunció el entrecejo, pensativa—. Voy a culpar a esa bestia sarnosa de todo lo que ocurra de ahora en adelante.

—¿Qué está pasando aquí? —inquirió Andrew, mientras miraba primero a Billie y luego George, y luego a cada uno de los dos otra vez—. ¿Por qué no os estáis matando?

—Por ese castigo mortal llamado «horca» —murmuró George.

—Sin mencionar que tu madre se pondría muy triste —agregó Billie.

Andrew se limitó a observarlos con la boca abierta.

—Me voy a casa —dijo por fin.

Billie se rio tontamente.

Y George... contuvo el aliento. Porque ya había oído a Billie reírse así antes. Ya había oído su risa tonta miles de veces. Pero esta vez era diferente. El sonido era exactamente el mismo, pero cuando la risa de Billie llegó a sus oídos...

Fue el sonido más bonito que había oído jamás.

Y, posiblemente, el más aterrador. Porque creía saber qué significaba. Y si había una persona en el mundo de la que no debía enamorarse, esa era Billie Bridgerton.

11

Billie no sabía exactamente si se había torcido el tobillo al caer sobre el castillo de naipes de Andrew; le dolía solo un poco más que antes, así que, el día previo a la fiesta, decidió que se encontraba lo suficientemente bien como para cabalgar, siempre y cuando lo hiciera sentada de lado.

La verdad era que no tenía otra opción. Sinceramente, si no salía a los campos del oeste para controlar el avance de los cultivos de cebada, no imaginaba quién lo haría. Pero bajarse del caballo le resultaba muy difícil sin ayuda, y por ese motivo tuvo que acompañarla un mozo de cuadra. No fue agradable para ninguno de los dos. Lo último que quería el mozo era vigilar la cebada, y Billie no tenía ganas de ser observada mientras inspeccionaba los campos.

Su yegua también estaba de mal humor, para completar el adusto triunvirato. Hacía mucho tiempo que Billie no montaba de lado, y a Argo no le gustó en absoluto.

Tampoco a Billie. No se había olvidado de lo que odiaba montar de lado, pero sí de lo doloroso que resultaba al día siguiente por la falta de costumbre. Con cada paso que daba sentía una punzada de dolor en la cadera derecha y en el muslo. Sumando el tobillo, que aún le dolía, sorprendía que no anduviera por la casa como un marinero borracho.

O quizá sí lo hacía. Los sirvientes la observaron con extrañeza cuando, a la mañana siguiente, bajó a tomar su desayuno.

Billie suponía que era mejor estar demasiado dolorida como para volver a montar. Su madre había sido muy clara en cuanto a que Billie debía permanecer en Aubrey Hall durante todo el día. En ese momento vivían en la casa cuatro miembros de la familia Bridgerton, había dicho la dueña de casa, y cuatro Bridgerton serían los que se pararan en la entrada para recibir a cada uno de los invitados.

De modo que Billie permaneció junto a su madre y Georgiana a la una del mediodía, cuando llegó la duquesa de Westborough en su imponente carruaje de cuatro caballos, acompañada de sus hijas (una comprometida y la otra no) y su sobrina.

Billie estuvo también junto a su madre y Georgiana a las dos y media, cuando llegó Henry Maynard en su carruaje ligero de dos ruedas con su buen amigo sir Reginald McVie.

Y acompañó a su madre y a Georgiana a las tres y veinte, cuando llegaron Felix y Mary junto a sus vecinos Edward y Niall Berbrooke, ambos de buena familia y, daba la casualidad, en edad núbil.

—Por fin —rezongó lord Bridgerton, estirando su cuello rígido mientras esperaban en perfecto orden a que el carruaje de Felix y Mary se detuviera— alguien conocido.

—¿Conoces a los Berbrooke? —quiso saber Georgiana, y se inclinó hacia adelante para hablar con él, dejando atrás a su hermana y a su madre.

—Conozco a Felix y a Mary —respondió. Miró a su esposa e inquirió—: ¿Cuándo llegan los Rokesby?

—Una hora antes de la cena —respondió ella, sin volver la cabeza. El carruaje se había detenido y, como anfitriona consumada que era, tenía los ojos puestos en la puerta, a la espera de sus huéspedes.

—Recuérdame, ¿por qué se quedan a pasar la noche? —preguntó.

—Porque será infinitamente más divertido.

Lord Bridgerton arrugó la frente, pero con mucha sabiduría decidió no hacer más preguntas.

Billie, sin embargo, no demostró tanta compostura.

—Yo preferiría dormir en mi propia cama —dijo, tirando de la manga de su vestido de algodón estampado.

—Pero no se trata de ti —respondió su madre con aspereza—, y estate quieta.

—No puedo evitarlo. Me pica.

—Creo que te queda bien —dijo Georgiana.

—Gracias —dijo Billie, momentáneamente perpleja—. No me convence mucho la parte de delante. —Miró hacia abajo. El canesú se plegaba en forma entrecruzada, como un mantón. Nunca había usado algo parecido, aunque su madre le había asegurado que estaba de moda desde hacía varios años.

¿Sería demasiado escotado? Tomó la pinza que sostenía la tela cerca de su cintura. Pensó que podía ajustarla un poco...

—Basta —dijo su madre entre dientes. Billie suspiró.

El carruaje por fin se detuvo por completo, y Felix bajó en primer lugar, extendiendo su mano para ayudar a descender a su esposa. Mary Maynard (Rokesby de soltera) llevaba puesta una chaqueta de viaje de *chintz* y un mantón que hasta Billie sabía que era el último grito. Le quedaba absolutamente perfecto. Mary parecía feliz y desenvuelta, desde sus rizos castaños hasta las puntas de sus pies, calzados con gran elegancia.

—¡Mary! —exclamó entusiasmada lady Bridgerton, acercándose con los brazos extendidos—. ¡Estás radiante!

Georgiana le dio un codazo a Billie.

—¿Eso significa lo que sospecho?

Billie la miró de lado y se encogió de hombros, en un gesto universal para indicar que no tenía ni idea. ¿Mary estaba embarazada? Y si así era, ¿cómo diablos lo sabía su madre antes que ella?

Georgiana se inclinó levemente hacia atrás y murmuró entre dientes:

—Ella no parece...

—Bueno, si lo está —la interrumpió Billie, en un murmullo— no puede ser de muchos meses.

—¡Billie! —exclamó Mary, corriendo a saludar a su mejor amiga con un abrazo.

Billie se inclinó hacia adelante y dijo en voz baja:

—¿Hay algo que debas contarme?

Mary ni siquiera fingió hacerse la sorprendida.

—No sé cómo tu madre lo ha adivinado —dijo.

—¿Se lo has contado a *tu* madre?

—Sí.

—Pues bien, ahí tienes tu respuesta.

Mary lanzó una carcajada; entrecerró sus ojos azules de la misma manera que lo hacía George cuando...

Billie pestañeó. Un momento... ¿Qué diablos era *eso*? ¿Desde cuándo George tenía derecho a invadir sus pensamientos? Tal vez se llevaban un poco mejor que antes pero, aun así, él no era una distracción deseable.

«Mary», se recordó a sí misma. Estaba hablando con Mary. O, más bien, Mary estaba hablando con ella.

—¡Qué alegría verte! —dijo Mary. Tomó las manos de Billie entre las suyas.

Billie sintió un cosquilleo tibio detrás de los ojos. Sabía que echaba de menos a Mary, pero no se había dado cuenta de *cuánto* hasta ese momento.

—Yo también —respondió, esforzándose por evitar que le temblara la voz. No se pondría a llorar en la puerta de su casa.

Mejor dicho, no se pondría a llorar y punto. Cielo santo, probablemente su madre llamaría al médico antes de que derramara la primera lágrima. Billie Bridgerton *no* era una llorona.

Ella no lloraba. ¿Qué sentido tenía?

Tragó saliva y logró recuperarse lo suficiente como para sonreírle a Mary y decir:

—No es lo mismo comunicarnos por carta que vernos.

Mary puso los ojos en blanco.

—Especialmente con una destinataria como *tú*.

—¿Qué? —Billie se quedó boquiabierta—. No es cierto. Soy una excelente corresponsal.

—Cuando te dignas a escribir... —replicó Mary.

—Te envío cartas cada dos...

—Cada tres.

—... cada tres semanas —terminó de decir Billie, con suficiente enfado como para disimular que las tornas habían cambiado—. Sin falta.

—Deberías venir a visitarme —dijo Mary.

—Sabes que no puedo —respondió Billie. Mary la llevaba invitando desde hacía más de un año, pero para Billie era muy difícil irse de casa. Siempre había algo que hacer en la finca. Y la verdad era que tenía más sentido que fuera Mary la que viajara a Kent, donde conocía a todo el mundo.

—*Sí* que puedes —insistió Mary— pero no quieres.

—Quizá en invierno —prometió Billie—, cuando no haya tanto que hacer en los campos.

Mary enarcó las cejas, dubitativa.

—Te habría ido a visitar el invierno pasado —insistió Billie—, pero no tenía sentido. Ya habías decidido venir a casa para Navidad.

La expresión dubitativa de Mary no se alteró en lo más mínimo, y le dio un apretón final a la mano de Billie antes de mirar a Georgiana.

—¡Dios mío! —exclamó—. Has crecido ocho centímetros desde la última vez.

—No lo creo —respondió Georgiana con una sonrisa—. Estuviste de visita en diciembre.

Mary miró a una y a otra hermana.

—Creo que serás más alta que Billie.

—Deja de decir eso —le ordenó Billie.

—Pero es verdad. —Mary hizo una mueca, disfrutando el enfado de Billie—. Todos seremos más altos que tú. —Se volvió hacia su marido, que presentaba a los hermanos Berbrooke a lord y lady Bridgerton—. Querido —preguntó—, ¿no crees que Georgiana ha crecido enormemente desde la última vez que la vimos?

Billie reprimió una sonrisa al ver la expresión de sorpresa de Felix, que luego mudó en una de afecto indulgente.

—No tengo ni idea —respondió—, pero, si tú lo dices, ha de ser verdad.

—Odio cuando hace eso —le confesó Mary a Billie.

Esa vez, Billie no se molestó en esconder la sonrisa.

—Billie —dijo Felix mientras se acercaba a saludarlas— y Georgiana. Qué bueno volver a veros.

Billie hizo una reverencia.

—Permitidme que os presente a sir Niall Berbrooke y a sir Edward Berbrooke —continuó Felix, e hizo un gesto hacia los dos caballeros de cabello rubio rojizo que estaban a su lado—. Viven a pocos kilómetros de nuestro hogar, en Sussex. Niall, Ned, os presento a las señoritas Sybilla Bridgerton y Georgiana Bridgerton, amigas de la infancia de Mary.

—Señorita Bridgerton —dijo uno de los Berbrooke, inclinándose sobre su mano—. Señorita Georgiana.

El segundo Berbrooke repitió los saludos de su hermano y luego se enderezó y esbozó una sonrisa impaciente. Parecía un cachorro, decidió Billie, todo en él era alegría ilimitada.

—¿Han llegado mis padres? —preguntó Mary.

—Aún no —respondió lady Bridgerton—. Los esperamos antes de la cena. Tu madre prefiere vestirse en su casa.

—¿Y mis hermanos?

—Llegan con tus padres.

—Supongo que tiene sentido —dijo Mary, algo descontenta—, pero pensaba que Andrew se adelantaría a caballo para saludarme. No lo veo desde hace siglos.

—Ahora no cabalga mucho —observó Billie con despreocupación—. Por su brazo, ¿sabes?

—Eso debe volverlo loco.

—Creo que se volvería loco si no fuera tan experto en sacar todo el provecho que puede de su lesión.

Mary soltó una carcajada y enganchó su brazo con el de Billie.

—Vamos dentro para ponernos al día. ¿Por qué cojeas?

—Un tonto accidente —explicó Billie con un gesto de la mano—. Ya está casi curado.

—Debes de tener muchas cosas que contarme.

—En realidad, no —dijo Billie, mientras subían por la escalera del pórtico—. Por aquí no ha cambiado nada. No mucho.

Mary la miró con curiosidad.

—¿Nada?

—Aparte de que Andrew está en casa, todo sigue igual que antes. —Billie se encogió de hombros, preguntándose si no debía sentirse desilusionada ante una vida tan monótona. Quizá debía contarle a Mary que últimamente pasaba un poco más de tiempo con George, pero eso no podía considerarse un acontecimiento.

—¿Tu madre no intenta casarte con el nuevo vicario? —bromeó Mary.

—No tenemos vicario nuevo, y creo que intenta casarme con el hermano de Félix. —Inclinó la cabeza hacia su amiga. O con uno de los Berbrooke.

—Henry está prácticamente comprometido —explicó Mary con autoridad—. Además, no querrás casarte con uno de los Berbrooke. Yo sé lo que digo.

Billie la miró de lado.

—Cuéntame.

—Déjalo —la reprendió Mary—. No es nada escandaloso. Ni siquiera interesante. Ambos son muy buenos, pero muy sosos.

—Vayamos a mi habitación —propuso Billie, y se dirigió hacia la escalinata principal—. Además —agregó, más que nada para llevarle la contraria—, algunas personas sosas resultan ser divertidas.

—Pero no los Berbrooke.

—Entonces, ¿por qué te has ofrecido a invitarlos?

—¡Tu madre me lo ha rogado! Me ha enviado una carta de tres páginas.

—¿*Mi* madre? —repitió Billie.

—Sí. Compinchada con la mía.

Billie hizo una mueca. Había que temer el poder conjunto de lady Rokesby y lady Bridgerton.

—Necesitaba más caballeros —continuó Mary—. Creo que no ha previsto que la duquesa de Westborough traería a sus dos hijas y a su sobrina. De todos modos, tanto Niall como Ned son muy buenas personas. Serán maridos maravillosos para alguna mujer. —Lanzó a Billie una mirada mordaz—. Pero no para ti.

Billie decidió que no tenía sentido ofenderse.

—¿No me imaginas casada con alguien bueno?

—No te imagino casada con alguien que apenas sabe leer su nombre.

—No lo dices en serio.

—Está bien, es una exageración. Pero eso es importante. —Mary se detuvo en la mitad del vestíbulo de arriba, obligando a Billie a detenerse junto a ella—. Sabes que te conozco más que a nadie.

Billie esperó mientras Mary la miraba con seriedad. A Mary le gustaba dar consejos. Normalmente a Billie no le gustaba aceptarlos, pero hacía mucho tiempo que no veía a su mejor amiga. Solo por esa vez, podía ser paciente. Y también mostrarse tranquila.

—Billie, escúchame —dijo Mary con extraña urgencia—. No puedes tomarte tu futuro con tanta ligereza. Tarde o temprano deberás elegir marido, y te volverás loca si no te casas con un hombre que tenga al menos la misma inteligencia que tú.

—Estás muy segura de que me casaré con alguien. —O, pensó Billie, de que tendré varios para elegir.

Mary se echó hacia atrás.

—¡No digas eso! Por supuesto que te casarás. Solo debes encontrar al caballero correcto.

Billie puso los ojos en blanco. Mary ya había sucumbido a esa enfermedad que aflige a todas las personas recientemente casadas: la fiebre de ver a todo el mundo feliz y casado.

—Es probable que me case con Andrew —dijo Billie, encogiéndose de hombros—o con Edward.

Mary la miró fijamente.

—¿Qué ocurre? —preguntó Billie finalmente.

—Si lo dices con tanta ligereza —respondió Mary, enfadada y sin poder creerlo— como si no te importara *cuál* de los Rokesby te desposa, no tienes por qué casarte con ninguno.

—Bueno, *no importa*. Los quiero a los dos.

—Como *hermanos*. Cielo santo, si vas a optar por esa actitud, bien podrías casarte con George.

Billie se detuvo en seco.

—Estás loca. —¿Ella, casarse con George? Era ridículo—. De verdad, Mary —replicó, hablando entre dientes—. No lo digas ni siquiera en broma.

—Has dicho que cualquiera de los hermanos Rokesby te vendría bien.

—No, *tú* has dicho eso. Yo he dicho que Edward *o* Andrew servirían. —No entendía por qué Mary estaba tan enfadada. Casarse con cualquiera de sus hermanos tendría el mismo efecto. Billie pasaría a ser una Rokesby, y ella y Mary serían hermanas de verdad. A Billie le parecía que era una excelente idea.

Mary se golpeó la frente con su mano y refunfuñó:

—¡Qué poco romántica eres!

—No me parece necesariamente un defecto.

—No —rezongó Mary—, claro que no te lo parece.

Había hablado en tono irónico, pero Billie se echó a reír.

—Algunos necesitamos ver el mundo de manera práctica y sensata.

—Pero no al precio de tu felicidad.

Durante un momento muy largo, Billie no habló. Inclinó su cabeza hacia un lado y entrecerró los ojos, pensativa, mientras observaba la cara de Mary. Mary deseaba lo mejor para ella; podía entenderlo. Pero Mary no tenía ni idea de nada. ¿Cómo podía tenerla?

—¿Quién eres —preguntó Billie con voz suave— para decidir qué constituye la felicidad de otra persona? —Se aseguró de que el tono de sus palabras fuera dulce, sin enfado. No quería que Mary se sintiera atacada con la pregunta; no era su intención al hacérsela. Pero quería que Mary reflexionara, que se detuviera un momento y tratara de entender que, a pesar de la profunda amistad que las unía, eran fundamentalmente dos personas diferentes.

Mary la miró con ojos afligidos.

—No quería...

—Lo sé —le aseguró Billie. Mary siempre había deseado enamorarse y casarse. Suspiró por Felix desde el primer momento en que lo vio, ¡a los doce años! Cuando Billie tenía doce, lo único que le importaba era la camada de cachorros en el granero y si era capaz de subirse al viejo roble antes que Andrew.

A decir verdad, esas cosas todavía le interesaban. No le hubiera gustado que Andrew pudiese llegar a la rama más alta antes que ella. No era que fueran a competir a corto plazo, y menos con el brazo de Andrew y el tobillo de Billie. Sin embargo, esas cosas eran importantes para ella.

Mary nunca las hubiera considerado importantes.

—Lo siento —dijo Mary, pero su sonrisa fue un poco tensa—. No tengo derecho a ponerme tan seria cuando solo acabo de llegar.

Billie estuvo a punto de preguntarle si eso significaba que tenía planes de hacerlo más tarde. Pero no dijo nada.

Tanta compostura. ¿Desde cuándo era ella tan madura?

—¿Por qué sonríes? —preguntó Mary.

—¿Qué? No estoy sonriendo.

—Claro que sí.

Y porque Mary era su mejor amiga, aun cuando intentaba darle consejos sobre cómo vivir su vida, Billie se echó a reír y volvió a tomarla del brazo.

—Si insistes en saberlo —respondió—, me estaba felicitando a mí misma por no hacer un comentario irónico.

—Tanta compostura —dijo Mary, repitiendo precisamente los pensamientos de Billie.

—Lo sé. Es tan poco usual en mí. —Billie inclinó la cabeza hacia el final del vestíbulo—. ¿Podemos ir a mi habitación? Me duele el pie.

—Por supuesto. ¿Cómo te lo torciste?

Billie sonrió con ironía mientras volvía a caminar.

—Nunca me creerás cuando te diga quién fue el héroe que me ayudó a salir del paso...

12

Esa noche, durante la cena, George se dio cuenta rápidamente de que un lado de la mesa era el lado «divertido».

Y él no estaba sentado de ese lado.

A su izquierda estaba sentada lady Frederica Fortescue-Endicott, quien no paraba de hablar de su nuevo prometido, el conde de Northwick. A su derecha estaba la hermana menor de lady Frederica, lady Alexandra, que también hablaba sin cesar sobre el conde de Northwick.

George no sabía cómo debía interpretarlo. Por el bien de lady Alexandra, esperaba que Northwick tuviera un hermano.

Billie estaba sentada directamente frente a George, pero él no podía verla debido al centro frutal que adornaba la mesa. Sin embargo, podía oír su risa, intensa y profunda, seguida, como era inevitable, de la carcajada de Andrew y de algún comentario estúpido en francés de sir Reginald McVie, un hombre ridículamente guapo.

O sir Reggie, como había indicado a todo el mundo que lo llamaran.

A George le caía muy mal.

No importaba que se lo hubiesen presentado apenas una hora atrás; a veces solo era necesaria una hora para conocer a alguien. En este caso, con un minuto le habría bastado. Sir Reggie se había acercado a George y a Billie, quienes se reían de una broma privada sin trascendencia (pero privada, al fin y al cabo) y él había esbozado una sonrisa verdaderamente cegadora.

Los dientes de aquel hombre eran tan rectos que parecían hechos a medida. En serio, ¿quién tenía unos dientes como esos? No eran de este mundo.

Luego el patán había tomado la mano de Billie y la había besado como si fuese un conde francés, declarando que era más bella que el mar, la arena, las estrellas y los cielos (todo eso dicho en francés).

Algo sumamente ridículo. George estaba seguro de que Billie lanzaría una carcajada, pero no. Por el contrario, ella se había ruborizado.

¡Se había ruborizado!

Y luego, había pestañeado. Posiblemente era la actitud menos característica de Billie Bridgerton que él había visto jamás.

Todo por una dentadura extrañamente perfecta. ¡Y ella ni siquiera sabía francés!

Por supuesto, los habían sentado juntos en la cena intencionadamente. Lady Bridgerton tenía una mirada de águila en lo que se refería a las perspectivas matrimoniales de su hija mayor; George no tenía dudas de que había visto a sir Reggie coqueteando con Billie segundos después de la primera sonrisa de dientes perfectos. Aunque no hubiera estado dispuesto a que Billie se sentara a su lado, lo estaría antes de que sonara el gong que anunciaba la cena.

Con Andrew al otro lado de Billie, no había quien la detuviera. Se oían risas sonoras como campanadas desde ese lado de la mesa, mientras comían, bebían y se divertían.

En el lado de George continuaban exaltándose las muchas virtudes del conde de Northwick.

Virtudes numerosas, muy numerosas.

Para cuando retiraron la sopa de la mesa, George estaba en condiciones de proponer la santidad del dichoso señor. Ninguna otra cosa le haría justicia después de escuchar a lady Frederica y a lady Alexandra narrar sus virtudes. Las dos damas habían relatado el momento en el que Northwick sostenía una sombrilla para ambas durante un día especialmente lluvioso. George estaba a punto de comentar que seguramente estarían muy apretadas bajo la sombrilla, cuando sonó otra carcajada del otro lado de la mesa.

George frunció el ceño, aunque Billie no pudiese verlo. Y no lo habría visto aunque el maldito centro de mesa frutal no los hubiese separado. Estaba demasiado ocupada siendo el alma de la fiesta. La muchacha era una verdadera estrella luminosa. En realidad, no le hubiera sorprendido que comenzara a echar chispas, literalmente.

Y pensar que él se había ofrecido a cuidarla...

¡Por favor! Se estaba cuidando muy bien sola.

—¿De qué cree usted que hablarán? —inquirió lady Alexandra después de una andanada de carcajadas especialmente ruidosas.

—De dientes —murmuró George.

—¿Cómo dice?

George se volvió a ella con una sonrisa desabrida.

—No tengo ni idea.

—Parece que se divierten mucho —comentó lady Frederica con expresión pensativa.

George se encogió de hombros.

—Es muy amena la conversación de Northie —observó ella.

—¿De verdad? —murmuró George, mientras apuñalaba un trozo de carne asada.

—Pues, sí. ¿Usted lo conoce?

George asintió distraídamente. Lord Northwick era algunos años mayor que él, pero sus caminos se habían cruzado en Eton y en Cambridge. George no recordaba a aquel hombre, solo sabía que su cabellera era muy rubia.

—Entonces sabrá —continuó lady Frederica con una sonrisa de adoración— que es realmente gracioso.

—Claro que sí —repitió George.

Lady Alexandra se inclinó hacia adelante.

—¿Estáis hablando de lord Northwick?

—Eh... sí —respondió George.

—Es el alma de todas las fiestas —coincidió lady Alexandra—. ¿Por qué no lo habrán invitado?

—Estrictamente hablando —le recordó George—, no he sido yo quien ha redactado la lista de huéspedes.

—Sí, por supuesto. Había olvidado que usted no es miembro de la familia. Parece tan a gusto en Aubrey Hall...

—Los Bridgerton y los Rokesby somos buenos vecinos desde hace mucho tiempo —le informó.

—La señorita Sybilla es prácticamente su hermana —observó lady Frederica, mientras se inclinaba hacia adelante para participar en la conversación.

¿Billie? ¿Su hermana? George frunció el ceño. No, eso no estaba bien.

—Yo no diría... —comenzó a justificarse.

Pero lady Alexandra ya había empezado a hablar otra vez.

—Lady Mary lo dijo hace un rato. Ella cuenta unas anécdotas muy divertidas. ¡Adoro a su hermana!

George tenía la boca llena de comida, así que se limitó a asentir, con la esperanza de que su interlocutora lo interpretara como un agradecimiento.

Lady Alexandra se inclinó hacia adelante.

—Lady Mary dijo que todos vosotros corríais desenfrenadamente cuando erais niños. Me ha parecido algo fascinante.

—Yo era algo mayor —dijo—. Rara vez...

—¡... y luego el bicho se ha *escapado*! —dijo Andrew entre carcajadas desde el otro lado de la mesa, con tanto estruendo que puso fin (George se lo agradecía) a su conversación con ambas ladies Fortescue-Endicott.

Lady Frederica los observó a través del centro de mesa.

—¿De qué creéis que hablarán? —inquirió.

—De lord Northwick —dijo George con firmeza.

A lady Frederica se le iluminó el rostro.

—¿De verdad?

—Pero sir Rokesby ha dicho «bicho» —señaló lady Alexandra—. Seguramente no hablaría de esa manera de Northie.

—Estoy seguro de que ha oído mal —mintió George—. Mi hermano siente mucha admiración por lord Northwick.

—¿De verdad? —Ella se inclinó hacia adelante, lo suficiente como para atraer la atención de su hermana—. Frederica, ¿has oído? Lord Kennard ha dicho que su hermano admira a lord Northwick.

Lady Frederica se ruborizó atractivamente.

George tuvo ganas de hundir la cara entre sus patatas.

—¡... felino desagradecido! —Se oyó la voz de Billie sobre la terrina de espárragos. Se oyeron más carcajadas, y luego—: ¡Estaba furiosa!

George suspiró. Jamás hubiera pensado que añoraría a Billie Bridgerton, pero su sonrisa era brillante, su risa, contagiosa, y estaba seguro de que, si debía soportar un instante más sentado entre las ladies Frederica y Alexandra, su cerebro comenzaría a escurrírsele por las orejas.

Billie debió de presentir su depresión, pues se movió un poco hacia un lado.

—Estamos hablando sobre el gato —le informó.

—Sí, eso me ha parecido.

Ella esbozó una sonrisa alentadora y agradable, que tuvo el efecto de desanimarlo.

Y hacerlo sentirse antipático.

—¿Sabéis a qué se refería? —quiso saber lady Alexandra—. Creo que ha dicho algo acerca de un gato.

—Northie adora los gatos —informó lady Frederica.

—Por mi parte, no los soporto —expresó George, con renovada afabilidad. La afirmación no era del todo cierta, pero le provocó placer llevar la contraria.

Lady Frederica pestañeó sorprendida.

—A todo el mundo le gustan los gatos.

—¡A mí, no!

Ambas hermanas Fortescue-Endicott lo observaron pasmadas. George supuso que no podía culparlas; su tono había sido de descarado regocijo. Sin embargo, ya que, por fin, comenzaba a divertirse, decidió que no le importaba.

—Prefiero los perros —explicó.

—Bueno, por supuesto que todo el mundo ama a los perros —dijo lady Frederica. Pero no pareció muy convencida.

—Y a los tejones —agregó George alegremente, y se metió un trozo de pan en la boca.

—Los tejones —repitió Frederica.

—Y a los topos. —George sonrió. Ahora ella lo observaba con visible inquietud. George se felicitó a sí mismo por un trabajo bien hecho. Algunos minutos más de esa conversación, y sin duda, ella creería que estaba loco.

No recordaba la última vez que se había divertido tanto en una cena formal.

Miró a Billie y de pronto sintió ganas de contárselo todo sobre esa conversación. Era exactamente el tipo de cosas que a ella le divertían. Se hubieran reído mucho los dos.

Pero estaba ocupada con sir Reginald, quien ahora la contemplaba como si fuese una criatura extraña.

Y lo era, pensó George con violencia. Solo que esa criatura extraña *no* le pertenecía.

George sintió el impulso de saltar al otro lado de la mesa y redistribuir los dientes perfectos de sir Reggie hasta convertirlos en algo mucho más abstracto.

Por el amor de Dios, ¿quién nacía con esos dientes? Era evidente que sus padres habían vendido su alma al diablo para proporcionárselos.

—Lord Kennard —dijo lady Alexandra—, ¿tiene pensado asistir mañana al torneo de tiro con arco de damas?

—No sabía que hubiese un torneo —respondió.

—Pues sí. Tanto Frederica como yo pensamos participar. Hemos practicado mucho.

—¿Junto a lord Northwick? —no pudo menos que preguntar.

—Por supuesto que no —respondió ella—. ¿Por qué pregunta eso?

Él se encogió de hombros. Dios mío, ¿cuánto tiempo más se prolongaría esa cena?

Ella apoyó la mano sobre su brazo.

—Espero que venga a vernos.

Él bajó la mirada a su mano. No quedaba nada bien sobre su manga. Sin embargo, tuvo la sensación de que ella malinterpretaba su gesto, ya que apretó los dedos aún más. George no pudo evitar preguntarse qué había sucedido con lord Northwick. Que Dios no permitiera que él reemplazara al conde en el afecto de la señorita.

George quiso apartar la mano, pero se lo impidió su maldita naturaleza caballeresca, así que, en cambio, esbozó una sonrisa tensa y respondió:

—Por supuesto, iré a verlas.

Lady Frederica se inclinó hacia adelante y sonrió.

—A lord Northwick también le gusta mucho asistir a torneos de tiro con arco.

—No me sorprende —dijo George entre dientes.

—¿Ha dicho algo? —preguntó lady Alexandra.

—Solo que la señorita Bridgerton es una excelente arquera —dijo. Era cierto, aunque no era lo que había dicho. Observó a Billie con la intención de hacerle una seña con la cabeza, pero ella lo estaba mirando con enfado.

George se inclinó hacia la derecha para verla mejor.

Ella frunció la boca.

Él ladeó la cabeza.

Ella puso los ojos en blanco y volvió a hablar con sir Reginald. George pestañeó. ¿Qué diablos había ocurrido?

Y, francamente, ¿por qué le importaba?

Billie estaba pasando un rato maravilloso. Realmente no sabía por qué había estado tan nerviosa. Andrew siempre era una compañía divertida, y sir Reggie era muy amable y apuesto; la había hecho sentir cómoda, aunque hubiese empezado a hablar en francés cuando los habían presentado.

No entendió ni una palabra, pero imaginó que eran cumplidos, así que se había limitado a asentir y a sonreír, e incluso había pestañeado algunas veces como había visto hacer a otras damas cuando intentaban parecer especialmente femeninas.

Nadie podía decir que no se esforzaba.

El único inconveniente lo tenía George. O, más bien, el aprieto en el que se encontraba George. Billie lo compadecía muchísimo.

Lady Alexandra le había parecido una dama perfectamente agradable cuando se la presentaron en la entrada, pero en cuanto llegó a la sala para beber algo antes de cenar, la muy bruja se le había pegado a George como una garrapata.

Billie estaba indignada. Claro que George era un hombre rico, apuesto y, además, sería conde, pero ¿no podía ser más disimulada aquella bruja codiciosa?

Pobre George. ¿Con eso tenía que lidiar cada vez que viajaba a Londres? Quizá tendría que haber sido más compasiva con él. Por lo menos debería haber echado un vistazo al comedor antes de que entraran los invitados para ver cómo estaban dispuestos. Podría haberle ahorrado toda una noche de lady Alexandra Cuatro Manos Endicott.

Uf. Podía habérsele ocurrido algo mejor.

Qué desastre... ¡Por Dios!... Por última vez...

Bien. No se le ocurría algo mejor. Pero esa mujer bien podría haber tenido cuatro manos por el modo en que tocaba a George en el salón.

Durante la cena había sido aún peor. Le había resultado difícil ver a George del otro lado con el monstruoso centro de mesa que su madre había puesto en medio. Sin embargo, había podido ver bien a lady Alexandra y, a decir verdad, la señorita había mostrado un escote sumamente generoso y poco práctico.

Billie no se hubiese sorprendido al saber que tenía un servicio de té completo allí escondido.

Y luego, ¡había apoyado su mano en el antebrazo de George, como si fuera de su *propiedad*! Ni siquiera Billie se habría atrevido a un gesto de tanta confianza en un ambiente tan formal.

Se inclinó en su silla para tratar de verle la cara a George. Él no podía sentirse feliz con todo aquello.

—¿Te encuentras bien?

Se dio la vuelta. Andrew la observaba con una expresión entre sospechosa y preocupada.

—Estoy bien —respondió ella con voz entrecortada—. ¿Por qué?

—Estás a punto de caerte encima de mí.

Ella se enderezó.

—No seas absurdo.

—¿Sir Reginald se ha tirado un pedo? —murmuró Andrew.

—¡Andrew!

Él esbozó una sonrisita, sin demostrar arrepentimiento.

—Era eso o que te hubieras enamorado de mí.

Ella lo fulminó con la mirada.

—Te quiero mucho, Billie —dijo, arrastrando las palabras—, pero no en ese sentido.

Ella puso los ojos en blanco porque... Bueno, porque sí. Andrew era un sinvergüenza. Siempre lo había sido. Y a ella tampoco le interesaba en ese sentido.

Sin embargo, no era necesario hacer ese comentario.

—¿Qué opinas de lady Alexandra? —murmuró.

—¿Cuál de todas es ella?

—La que está encima de tu hermano —respondió, impaciente.

—Ah, esa. —Parecía que Andrew trataba de no reírse.

—Él parece muy infeliz.

Andrew ladeó la cabeza mientras observaba a su hermano. A diferencia de Billie, no tenía que vérselas con un gigantesco centro de mesa lleno de frutas.

—No sé —dijo, pensativo—. No parece importarle.

—¿Estás ciego? —dijo Billie entre dientes.

—No, que yo sepa.

—Él... Ay, no importa. Eres un inútil.

Billie volvió a inclinarse, esta vez en dirección a sir Reggie. Este hablaba con la dama que estaba a su izquierda, así, posiblemente, no se daría cuenta.

La mano de lady Alexandra seguía apoyada en el brazo de George. Billie apretó los dientes. Era imposible que él se sintiese feliz en esa situación. George era una persona muy reservada. Billie levantó la mirada, tratando de ver su rostro, pero él le decía algo a lady Alexandra, algo realmente simpático y educado.

No parecía perturbado en absoluto.

Billie echó chispas.

Entonces él levantó la mirada. Debió de haber visto que ella lo observaba, porque se inclinó hacia su derecha lo suficiente como para verla.

Enarcó las cejas.

Ella miró hacia el techo y volvió a dirigirse a sir Reggie, aunque este aún conversaba con la sobrina de la duquesa.

Esperó un momento, pero él no parecía tener prisa por volver su atención hacia ella, así que Billie tomó su tenedor y cuchillo y cortó la carne en trozos diminutos.

Tal vez a George le gustara lady Alexandra. Quizá la cortejaría, y tal vez se casarían y tendrían una multitud de pequeños Rokesby, todos de ojos azules y regordetes.

Si eso era lo que deseaba George, eso mismo debía hacer.

Pero ¿por qué le parecía tan mal? ¿Y por qué le dolía tanto siquiera pensar en ello?

13

A la una de la tarde del día siguiente, George recordó por qué no le gustaban las fiestas en casa. O, más bien, recordó que odiaba las fiestas en casa.

O, quizá, solo le desagradaba esa fiesta en particular. Entre las muchachas Fortescue-Endicott, obsesionadas con lord Northwick, Reggie el de los dientes blanquísimos y Ned Berbrooke, quien, accidentalmente, había derramado oporto sobre las botas de George la noche anterior, estaba preparado para volver arrastrándose hasta Crake House.

Se encontraba a solo cinco kilómetros de distancia. Era capaz de hacerlo.

Se había escabullido durante el almuerzo (era la única manera de evitar a lady Alexandra, quien parecía haber llegado a la conclusión de que él era el mejor, después de Northwick) y ahora estaba de muy mal humor. Tenía hambre y estaba cansado; dos demonios capaces de reducir el temperamento de un hombre adulto al de un quejumbroso niño de tres años.

Por la noche había tenido un sueño...

Perturbador.

Sí, esa parecía ser la palabra más apropiada. Una palabra muy inadecuada, pero apropiada.

Los Bridgerton habían alojado a todos los Rokesby en el ala familiar, y George había permanecido sentado en una silla acolchonada junto a la chimenea mientras escuchaba los ruidos comunes y habituales de la familia al final del día: las criadas asistiendo a las damas, puertas que se abrían y se cerraban...

Todo dentro de la más estricta normalidad. Eran los mismos ruidos que podía oír en Crake. Sin embargo, allí, en Aubrey Hall, parecían demasiado íntimos, casi como si él estuviera espiando.

Con cada sonido suave y soñoliento, su imaginación volaba. Él sabía que no era posible escuchar a Billie, ya que su habitación estaba al otro lado del pasillo y a tres puertas de distancia. Sin embargo, a él le parecía oírla. En el silencio de la noche, creyó oír sus pisadas ligeras sobre la alfombra. Sintió el susurro de su aliento mientras soplaba una vela. Y cuando ella se acomodó en su cama, él estaba seguro de haber podido oír el rumor de sus sábanas.

Ella había dicho que conciliaba el sueño de inmediato, pero ¿entonces qué? ¿Se movía cuando dormía? ¿Se retorcía y pateaba las colchas, empujaba las sábanas hasta el pie de la cama?

¿O se quedaba quieta y dormía dulcemente, con las manos plegadas debajo de su mejilla?

Podía apostar a que se retorcía; después de todo, así era Billie. Había pasado toda su niñez en movimiento constante. ¿Por qué iba a dormir de diferente manera? Y si compartiera la cama con alguien...

La copa de coñac que bebía habitualmente se convirtió en tres, pero cuando, por fin, apoyó la cabeza sobre la almohada, tardó horas en quedarse dormido. Y cuando concilió el sueño, soñó con ella.

Y ese sueño... Ay, qué sueño.

George se estremeció al recordar. Si alguna vez había pensado en Billie como en una hermana...

Sin duda no volvería a hacerlo a partir de aquella noche.

Todo había comenzado en la biblioteca, iluminada por la luna. No recordaba qué llevaba puesto ella, pero era algo que no se parecía en nada a los vestidos que le había visto antes. Tenía que ser un camisón... blanco y transparente. Con cada soplo de brisa, el camisón se pegaba a su cuerpo y revelaba unas curvas exuberantes, hechas para las manos de George.

No importaba que estuviesen en la biblioteca, y no había razón lógica para que soplase una brisa. Era su sueño, y había una brisa, y no tenía importancia porque, cuando él había tomado su mano y la había atraído hacia sí, de pronto estaban en su dormitorio. No *ese* dormitorio, en Aubrey Hall, sino en el de Crake, con su cama de caoba con dosel, el colchón grande y cuadrado, con espacio para todo tipo de alocado desenfreno.

Billie no decía ni una palabra, algo que, debía admitir, no era típico en ella, pero, qué más daba, era un sueño. Sin embargo, cuando sonreía, era Billie, con esa sonrisa amplia y atrevida, y cuando él la acostaba sobre la cama, los ojos de ella se fijaban en los suyos, y era como si ella hubiese nacido para ese momento.

Como si él hubiese nacido para ese instante.

Las manos de George abrían los pliegues de su camisón y Billie se arqueaba debajo, y sus senos perfectos avanzaban hacia él como una ofrenda.

Había sido una locura. Él no sabía qué aspecto tenían sus pechos. Ni siquiera lo suficiente como para poder imaginárselos.

Pero lo había hecho y, en su sueño, los había adorado. Los había acariciado, los había apretado, los había empujado uno contra el otro hasta formar ese valle femenino tan perturbador. Luego él se había inclinado y había tomado su pezón entre sus dientes, provocándola e incitándola hasta que ella había gemido de placer.

Pero no había terminado ahí. Él había deslizado sus manos hasta la unión de sus piernas con sus caderas, y había abierto sus muslos, con los pulgares cada vez más cerca de su centro.

Y luego él la había acariciado... más... cada vez más.... hasta que había podido sentir su húmedo calor, y había sabido que la unión era inevitable. Ella sería suya, y sería glorioso. Entonces, sus ropas habían desaparecido y se había ubicado en su abertura...

En ese momento justo se había despertado.

No podía ser en cualquier otro momento. ¡Maldición!

Se había despertado sin remedio.

La vida era muy injusta.

A la mañana siguiente sería la competición de tiro al arco de damas, y George sintió que su situación era irónica. Allí estaba Billie con un elemento rígido y puntiagudo, y aquí estaba él, todavía rígido y puntiagudo, y, a decir verdad, solo uno de los dos se divertía.

Le llevó una hora entera de gélidos pensamientos poder dejar de cruzar las piernas, sentado en las sillas dispuestas alrededor del campo. De vez en cuando, los caballeros se levantaban para mirar los blancos; George no. Él sonreía y se reía, e inventaba alguna tonta excusa sobre que había que disfrutar del sol. Lo cual era ridículo, ya que el único pedazo de cielo azul era del tamaño de la uña de su pulgar.

Desesperado por estar a solas, se dirigió a la biblioteca de inmediato después del torneo. Nadie del grupo parecía tener aspecto de lector; sin duda en la biblioteca podría tener un poco de paz y tranquilidad.

Y durante diez minutos estuvo tranquilo, antes de que Billie y Andrew irrumpieran por la puerta, peleándose.

—¡George! —exclamó Billie, cojeando en su dirección. Tenía un aspecto radiante, estaba claro que había descansado bien.

Ella sí que no había tenido problemas para conciliar el sueño, pensó George, irritado. Seguramente ella había soñado con rosas y arcoíris.

—Justo la persona a la que esperaba encontrar —dijo Billie con una sonrisa.

—Palabras que infunden terror en su corazón —dijo Andrew con voz cansina.

«Cuánta verdad», pensó George, aunque ni remotamente por las razones que Andrew suponía.

—Basta. —Billie lo miró muy seria antes de volverse hacia George—. Necesitamos que zanjes una cuestión.

—Si se trata de quién puede subir a un árbol más rápido, es Billie —respondió George sin pestañear—. Si queréis saber quién puede disparar con más precisión, es Andrew.

—No es ninguna de las dos cosas —dijo Billie, frunciendo el ceño—. Tiene que ver con un partido de palamallo.

—Entonces, que Dios nos proteja —murmuró George, levantándose y dirigiéndose a la puerta. Él había jugado al palamallo con su hermano y con Billie, un deporte despiadado y sanguinario que se jugaba con una pelota de madera, unos mazos pesados y un riesgo constante de sufrir heridas graves en la cabeza. Sin duda, no era un deporte propicio para la amena fiesta de lady Bridgerton.

—Andrew me ha acusado de hacer trampas —dijo Billie.

—¿Cuándo? —preguntó George, sinceramente perplejo. Hasta donde él sabía, Billie había estado ocupada toda la mañana con el torneo de tiro al arco de las damas. (Había ganado Billie, y ninguno de los Rokesby o Bridgerton se había sorprendido.)

—En abril —respondió Billie.

—¿Y estáis discutiendo ahora?

—Es el principio de la cuestión —explicó Andrew.

George miró a Billie:

—¿Has hecho trampas?

—¡Por supuesto que no! No necesito hacer trampas para vencer a Andrew. Quizá con Edward —admitió, pestañeando rápidamente—, pero no con Andrew.

—Un comentario innecesario, Billie —la regañó Andrew.

—Pero verdadero —replicó ella.

—Me voy —anunció George. Ninguno de los dos lo estaba escuchando, pero le pareció de buena educación anunciar que se marchaba. Además, no estaba seguro de que fuera buena idea para él estar en la misma habitación que Billie en ese momento. Su pulso había empezado a acelerarse lenta pero inexorablemente, y sabía que no quería estar cerca de ella cuando llegara a su punto máximo.

«En esa dirección está tu ruina», le gritaba una voz interior. De forma milagrosa, sus piernas no opusieron resistencia, y llegó hasta la puerta antes de que Billie dijera:

—Ay, no te marches. Está a punto de ponerse interesante.

George consiguió esbozar una sonrisa mínima pero exhausta cuando se dio la vuelta.

—Contigo siempre está a punto de ponerse interesante.

—¿Eso crees? —preguntó ella, encantada.

Andrew la miró, incrédulo.

—No ha sido un cumplido, Billie.

Billie miró a George.

—No tengo ni idea de qué ha sido —admitió.

Billie se limitó a reír entre dientes, y luego giró la cabeza hacia Andrew.

—Te reto a un duelo.

George sabía que no debía hacerlo (¡lo sabía muy bien!), pero no pudo evitar darse la vuelta y mirarla boquiabierto.

—¿Me retas a un duelo? —repitió Andrew.

—Con mazos, al amanecer —respondió ella con naturalidad. Y luego se encogió de hombros—. O mejor, esta misma tarde. Preferiría no despertarme tan temprano, ¿y tú?

Andrew enarcó una ceja.

—¿Retarías a un hombre con un solo brazo a un partido de palamallo?

—Así es.

Él se inclinó, con los ojos azules chispeantes.

—Aun así, te venceré, ¿sabes?

—¡George! —chilló Billie.

Maldición. Había estado a punto de escapar.

—¿Sí? —murmuró, volviendo a retroceder.

—Te necesitamos.

—No es cierto. Lo que necesitas es una niñera. Apenas puedes caminar.

—Puedo caminar perfectamente bien. —Caminó algunos pasos, cojeando—. ¿Lo ves? Ni siquiera me duele.

George miró a Andrew, aunque no esperaba que su hermano demostrara ni remotamente algo parecido al sentido común.

—Tengo un brazo roto —dijo Andrew, y George supuso que servía como explicación. O como excusa.

—Sois unos idiotas. Ambos.

—Seremos idiotas, pero necesitamos más jugadores —dijo Billie—. No podemos jugar solo nosotros dos.

Técnicamente era cierto. El palamallo era un deporte para seis jugadores, aunque también podía jugarse con cuatro si era necesario. Pero George ya había pasado por eso antes; los demás jugadores eran secundarios a los cruces trágicos y despiadados entre Andrew y Billie. Para ellos dos, el juego no tenía tanto que ver con ganar como con asegurarse de que el otro no ganara. Lo único que se esperaba de George era que pasara la pelota en medio de la refriega.

—Aun así no tenéis suficientes jugadores —observó George.

—¡Georgiana! —gritó Billie.

—¿Georgiana? —repitió Andrew—. Sabes que tu madre no le deja jugar.

—Por el amor de Dios, hace un año que no se pone enferma. Es hora de que deje de mimarla.

Georgiana llegó corriendo por la esquina.

—Para de gritar, Billie. A nuestra madre le darán palpitaciones, y luego seré *yo* quien deba atenderla.

—Vamos a jugar a palamallo —le informó Billie.

—Oh, qué bonito. Yo... —Georgiana se detuvo en seco, y sus ojos color avellana se abrieron como platos—. Un momento, ¿yo también puedo jugar?

—Por supuesto —respondió Billie, con tono casi displicente—. Eres una Bridgerton.

—¡Perfecto! —Georgiana estuvo a punto de saltar en el aire—. ¿Puedo ir de naranja? No, mejor de verde. Quiero ir de verde.

—Del color que prefieras —dijo Andrew.

Georgiana se volvió hacia George.

—¿Tú también juegas?

—No me queda más remedio.

—No lo digas con tanta resignación —dijo Billie—. Te lo pasarás genial. Sabes que sí.

—Necesitamos más jugadores —observó Andrew.

—¿Tal vez sir Reggie? —sugirió Georgiana.

—¡No! —fue la respuesta terminante de George.

Tres cabezas se giraron en su dirección.

Pensándolo bien, su objeción quizá había sido un tanto contundente.

—No me parece el tipo de caballero que disfrute de un juego tan bruto —explicó George, encogiéndose de hombros. Se miró las uñas, ya que no podía mirar a nadie a los ojos al decir—: Ya sabéis, por los dientes.

—¿Los dientes? —repitió Billie.

George no necesitó mirarla para saber que ella lo observaba como si temiera que hubiese perdido la razón.

—Supongo que tiene una sonrisa muy elegante —dijo Billie, dispuesta, al parecer, a darle la razón—. Y creo que, aquel verano, le partimos un diente a Edward. —Billie se volvió a Andrew—. ¿Os acordáis? Creo que tenía seis años.

—Claro que lo recuerdo —dijo George, aunque en realidad no recordaba el incidente. Debió de haber sido un diente de leche; los dientes de Edward no se parecían en nada a los de sir Reginald McVie, pero, hasta donde George sabía, a su hermano no le faltaba ninguno.

—No podemos pedírselo a Mary —continuó Billie—. Se ha pasado toda la mañana vomitando en un orinal.

—No necesitaba esa información —dijo Andrew.

Billie lo ignoró.

—Además, Felix jamás se lo permitiría.

—Entonces, preguntadle a Felix —sugirió George.

—Sería injusto para Mary.

Andrew puso los ojos en blanco.

—¿Qué importancia tiene?

Billie se cruzó de brazos.

—Si ella no puede jugar, él tampoco debería.

—Lady Frederica ha ido al pueblo con su madre y su prima —informó Georgiana—. Pero he visto a lady Alexandra en el salón. No parecía estar haciendo nada importante.

George no tenía ganas de pasarse la tarde escuchando más anécdotas de lord Northwick, pero, después de su vehemente oposición a sir Reginald, no podía volver a poner reparos.

—Lady Alexandra será bienvenida al partido —dijo con diplomacia—. Siempre y cuando, por supuesto, desee jugar.

—Que no te quepa duda de que jugará —replicó Billie.

Georgiana pareció perpleja.

Billie miró a su hermana, pero torció la cabeza en dirección a George.

—Dile que lord Kennard estará entre los jugadores. Vendrá corriendo.

—Ay, por el amor de Dios, Billie —murmuró George. Billie soltó un bufido de superioridad moral.

—¡No paró de hablar contigo en toda la noche!

—Estaba sentada a mi lado —replicó George—. Difícilmente habría podido evitarlo.

—No es verdad. El hermano de Felix estaba a su izquierda. Su conversación era perfectamente amena. Podría haber hablado con él sobre infinidad de asuntos.

Andrew se interpuso entre ellos.

—¿Vais a seguir peleándoos como dos enamorados o nos ponemos a jugar?

Billie lo fulminó con la mirada. Y George también.

Andrew pareció muy complacido consigo mismo.

—Eres un idiota —le informó Billie antes de volverse hacia Georgiana—. Supongo que tendremos que conformarnos con lady Alexandra. Ve a buscarla a ella y a quienquiera que puedas encontrar. A algún caballero, si es posible, para que seamos parejos.

Georgiana asintió.

—¿Pero no vale sir Reginald?

—A George le preocupan mucho sus dientes.

Andrew se atragantó de la risa. Pero se calló cuando George le dio un codazo en las costillas.

—¿Nos reuniremos aquí? —preguntó Georgiana.

Billie pensó un momento y luego respondió:

—No, será más rápido si quedamos ya en el jardín del oeste. —Se volvió hacia George y Andrew—. Iré a pedir que traigan el juego de palamallo.

Ella y Georgiana salieron de la habitación, dejando solos a George y a su hermano menor.

—Así que los dientes, ¿eh? —murmuró Andrew.

George lo miró con odio.

Andrew se inclinó poniéndose lo suficientemente cerca como para fastidiarlo.

—Apuesto a que su higiene oral es impecable.

—Cállate.

Andrew se echó a reír, y luego se inclinó hacia él con expresión preocupada.

—Tienes algo... —Hizo un ademán en dirección a sus dientes.

George puso los ojos en blanco y le dio un empujón al pasar.

Andrew saltó, lo alcanzó y luego lo adelanto, sonriendo por encima de su hombro mientras caminaba por el pasillo.

—A las mujeres les encantan las sonrisas deslumbrantes.

Mataría a su hermano, decidió George mientras lo seguía hacia el jardín. Y lo haría con un mazo.

14

Diez minutos después, George, Andrew y Billie estaban de pie sobre el césped y observaban cómo el sirviente se acercaba lentamente, arrastrando el juego de palamallo con él.

—Me encanta jugar al palamallo —anunció Billie, frotándose las manos bajo el fresco aire vespertino—. Es una idea brillante.

—Ha sido idea tuya —señaló George.

—Por supuesto que sí —respondió ella alegremente—. Mira, aquí viene Georgiana.

George puso una mano extendida sobre su frente para hacer sombra en sus ojos y ser capaz de mirar al otro lado del césped. Por supuesto, Georgiana llegaba junto a lady Alexandra. Y, si no se equivocaba, con uno de los hermanos Berbrooke.

—Gracias, William —dijo Billie cuando el sirviente llegó con el juego.

Este asintió.

—Milady.

—Un momento —dijo Andrew—. ¿No rompimos uno de los mazos el año pasado?

—Nuestro padre ha encargado un equipo nuevo —le informó Billie.

—¿Con los mismos colores?

Billie sacudió la cabeza.

—Esta vez no hay rojo.

George se volvió para mirarla.

—¿Por qué no?

—Pues —vaciló ella, un tanto avergonzada—, porque hemos tenido muy mala suerte con el rojo. Las pelotas siempre acaban en el lago.

—¿Y crees que con un color diferente se solucionará el problema?

—No —respondió—, pero espero que el amarillo sea más fácil de ver bajo la superficie.

Un momento después, Georgiana y su pequeño grupo de jugadores llegaron a la escena. George, instintivamente, se acercó a Billie, pero lo hizo con demasiada lentitud. Lady Alexandra ya lo había agarrado de la manga.

—Lord Kennard —dijo—. Será muy divertido jugar al palamallo. Gracias por invitarme.

—Fue la señorita Georgiana, en realidad —respondió él.

Ella esbozó una sonrisa cómplice.

—Por petición suya, seguramente.

Billie parecía a punto de hacer arcadas.

—Teniente Rokesby —continuó lady Alexandra, con su mano pequeña aferrada fuertemente al brazo de George, incluso mientras hablaba con Andrew—. No tuvimos oportunidad de hablar anoche.

Andrew se inclinó con suma caballerosidad.

—¿Conoce usted a lord Northwick? —preguntó.

George intentó con desesperación mirar a su hermano.

Aquella era una conversación que ninguno de los dos quería entablar.

Por fortuna para todos, en ese momento el sirviente quitó la tapa del juego de palamallo y Billie comenzó a organizarlo todo con eficiencia.

—Muy bien —dijo, y sacó uno de los mazos—. Andrew ya le había prometido a Georgiana el mazo verde, así que, veamos: sir Berbrooke usará el azul; lady Alexandra, el rosa; yo, el amarillo; el teniente Rokesby, el púrpura; y lord Kennard, el negro.

—¿No puedo usar yo el mazo color púrpura? —preguntó lady Alexandra.

Billie la miró como si le hubiese pedido que enmendara la Carta Magna.

—Me encanta el color púrpura —dijo lady Alexandra con serenidad. Billie se puso rígida.

—Háblelo con el teniente Rokesby. A mí me da igual.

Andrew miró a Billie con curiosidad, y luego le ofreció su mazo a lady Alexandra con una reverencia galante.

—Como la señorita desee...

Lady Alexandra asintió con deferencia.

—Muy bien —dijo Billie, resoplando—. Georgiana el verde, sir Berbrooke el azul, el teniente Rokesby el rosa, yo el amarillo, lord Kennard el negro y lady Alexandra el... —dijo mirándola de lado— púrpura.

George comenzaba a darse cuenta de que Billie no sentía mucha simpatía por lady Alexandra.

—Nunca he jugado a esto —dijo sir Berbrooke. Balanceó su mazo unas cuantas veces, peligrosamente cerca de la pierna de George—. Parece muy divertido.

—Bien —repuso Billie—. Las reglas son muy simples. La primera persona que haga pasar su pelota por todos los arcos en el orden correcto, gana.

Lady Alexandra observó la colección de arcos que aún estaban guardados.

—¿Y cómo sabremos cuál es el orden correcto?

—Pregúnteme a mí —respondió Billie—. O al teniente Rokesby. Hemos jugado millones de veces.

—¿Quién de los dos suele ganar? —preguntó sir Berbrooke.

—Yo —dijeron al unísono Billie y Andrew.

—Ninguno de los dos —dijo George con firmeza—. Rara vez consiguen terminar un partido. Tengan cuidado con los pies. El juego puede volverse violento.

—Estoy impaciente —dijo Georgiana, casi repiqueteando de emoción. Se volvió a lady Alexandra—. También tiene que golpear el poste al final del juego. Billie no ha mencionado ese detalle.

—Ella suele olvidarse de mencionar algunas reglas —manifestó Andrew—. Para poder penalizar a los jugadores si estos ganan.

—¡No es verdad! —protestó Billie—. Por lo menos la mitad de las veces que te he ganado, lo he hecho sin hacer trampas.

—Si alguna vez vuelve a jugar al palamallo —George le aconsejó a lady Alexandra—, yo en su lugar pediría que le informen bien de cuáles son las reglas y normas. Nada de lo que aprenda aquí tendrá el más mínimo valor.

—Ya he jugado antes —informó lady Alexandra—. Lord Northwick tiene un juego de palamallo.

Georgiana se volvió hacia ella, confundida.

—Creía que lord Northwick estaba comprometido con su hermana.

—Así es —respondió lady Alexandra.

—Ah. Pensaba que... —Georgiana hizo una pausa y abrió la boca uno o dos segundos antes de continuar—: Habla usted tan a menudo de él.

—Él no tiene hermanas propias —replicó lady Alexandra resueltamente—. Es natural que estemos tan unidos.

—Yo tengo una hermana —intervino sir Berbrooke.

El comentario fue recibido en silencio, y luego Georgiana dijo:

—¡Qué maravilla!

—Nellie —confirmó él—. Es el diminutivo de Eleanor. Ella es muy alta.

Nadie supo qué responder.

—Pues bien —dijo Andrew para romper el silencio, decididamente incómodo—. Es hora de disponer los arcos.

—¿No puede hacerlo el sirviente? —inquirió lady Alexandra.

Billie y Andrew se volvieron hacia ella como si hubiese dicho una locura.

George se apiadó y se acercó para explicar:

—Ellos son muy especiales en lo que se refiere a la disposición de los arcos.

Lady Alexandra levantó la barbilla un centímetro.

—Lord Northwick siempre dice que los arcos deben ir en forma de cruz.

—Pero lord Northwick no está aquí —dijo Billie bruscamente. Lady Alexandra lanzó un pequeño grito de asombro.

»Es cierto, él no está aquí —protestó Billie, mirando al resto del grupo, como buscando apoyo.

George entrecerró los ojos, lo que era el equivalente visual a un codazo en las costillas, y Billie debió de darse cuenta de que se había pasado del límite; un límite absurdo, pero un límite al fin y al cabo. Ella era la anfitriona, lo sabía, y debía comportarse como tal.

Sin embargo, observar su modo de actuar era fascinante. Billie era una competidora nata, y no era famosa por su abundante paciencia. Y, por supuesto, no iba a aceptar la sugerencia de lady Alexandra. Sin embargo, enderezó sus hombros y esbozó una sonrisa casi agradable cuando se dirigió a su invitada.

—Creo que le gustará que lo hagamos a nuestra manera —dijo con remilgo—. Y, si no es así, podrá contárselo a lord Northwick; así sabrá sin lugar a dudas que su disposición es mejor.

George resopló.

Billie lo ignoró.

—Los arcos —les recordó Andrew.

—George y yo lo haremos —dijo Billie, y le quitó los arcos a Andrew.

George la observó con cierta complacencia.

—Ah, ¿lo haremos?

—Lord Kennard —dijo Billie con los dientes apretados—, ¿sería tan amable de ayudarme a colocar los arcos?

Él miró su tobillo lastimado.

—¿Por qué, quiere decir que no puede caminar?

Ella esbozó una sonrisa sarcástica.

—Porque disfruto de su compañía.

Él casi se echó a reír.

—Andrew no puede —continuó ella—, y ninguna otra persona sabe dónde van.

—Si jugáramos con forma de cruz —comentó lady Alex a Sir Berbrooke—, cualquiera de nosotros podría disponer los arcos.

Sir Berbrooke asintió.

—Comenzaríamos en la nave —indicó lady Alexandra—, y luego pasaríamos al transepto y luego al altar.

Sir Berbrooke observó su mazo y frunció el ceño.

—No parece ser un juego muy eclesiástico.

—Podría serlo —respondió lady Alexandra.

—Pero no queremos que sea de esa manera —dijo Billie con voz seca. George la tomó del brazo.

—Los arcos —le recordó, apartándola antes de que las dos damas llegaran a los golpes.

—Esa mujer no me gusta nada —gruñó Billie cuando ya nadie podía oírlos.

—¿De verdad? —murmuró George—. Jamás lo habría imaginado.

—Ayúdame con los arcos —dijo ella, dirigiéndose hacia un roble de grandes dimensiones al borde del claro—. Sígueme.

Él observó cómo caminaba. Todavía cojeaba, pero ahora de una manera diferente. Más torpe.

—¿Has vuelto a lastimarte?

—¿Mmm? Ah, sí. —Billie soltó un resoplido irritado—. Ha sido la silla de amazona.

—¿Cómo dices?

Ella se encogió de hombros.

—No puedo apoyar el pie torcido en el estribo. Así que he tenido que montar de lado.

—Y debías montar porque...

Ella lo miró como si él fuera idiota. Y él estaba seguro de que no lo era.

—Billie —dijo, tomándola de la muñeca de manera que ambos se detuvieron—, ¿qué era tan importante para que hayas ido a caballo con el tobillo así?

—La cebada —se limitó a responder.

—¿Qué?

—Alguien debía asegurarse de que se plantara como es debido —respondió, apartando su mano hábilmente.

Él tenía ganas de matarla. *Iba* a matarla, pero, probablemente, ella se le adelantara. Respiró y luego preguntó, con la mayor paciencia de la que pudo armarse:

—¿No es eso trabajo del administrador?

Ella frunció el ceño.

—No sé qué crees que hago todo el día cuando no estoy perdiendo el tiempo en fiestas privadas, pero soy una persona muy ocupada. —Algo cambió en su expresión; algo indefinible para George, y luego agregó—: Soy una persona útil.

—No creo que nadie piense lo contrario —observó George, aunque tenía la sensación de haber pensado lo mismo no hacía mucho tiempo.

—¿Qué diablos hacéis vosotros dos ahí? —gritó Andrew.

—Voy a masacrarlo —dijo Billie, furiosa.

—Los arcos —dijo George—. Dime dónde quieres que los coloque.

Billie separó un arco del montón y se lo extendió.

—Allí. Debajo del árbol. Pero sobre la raíz. Asegúrate de ponerlo sobre la raíz. De lo contrario será demasiado fácil.

George estuvo a punto de hacer un saludo militar.

Cuando finalizó su tarea, ella ya se había alejado para colocar otro arco en su sitio. Había dejado el resto en una pila, así que George se inclinó y los recogió.

Ella levantó la mirada cuando terminó de asegurar el arco.

—¿Qué tienes en contra de sir Reginald?

George apretó los dientes. Debió haber sabido que no se escaparía tan fácilmente.

—Nada —mintió—. Es solo que no creo que disfrutase del juego.

Ella se puso de pie.

—No puedes saber eso.

—Ha pasado toda la competición de tiro al arco tendido en una silla quejándose del calor.

—Tampoco tú te has levantado.

—Yo disfrutaba del sol. —No había hecho sol, pero tampoco iba a contarle el verdadero motivo por el cual no se había movido de su silla.

—Muy bien —accedió Billie—. Sir Reggie, probablemente, no sea el mejor candidato para un partido de palamallo. Pero sigo pensando que podríamos haber conseguido a alguien mejor que lady Alexandra.

—Estoy de acuerdo.

—Ella... —Billie pestañeó—. ¿De verdad?

—Por supuesto. Tuve que pasar toda la noche hablando con ella, como has señalado con tanta elocuencia.

Billie pareció a punto de levantar los brazos con frustración.

—Entonces, ¿por qué no has dicho nada cuando Georgiana la ha sugerido?

—Ella no es mala, solo es completo un fastidio.

Billie murmuró algo entre dientes.

George no pudo evitar la sonrisa que se extendió en su rostro.

—Ella no te gusta nada, ¿verdad?

—La verdad es que no.

Él se rio entre dientes.

—Deja de hacer eso.

—¿Reírme?

Billie hundió un arco en el suelo.

—Eres tan malvado como yo. Cualquiera creería que sir Reggie era culpable de traición por el escándalo que has montado.

¿Escándalo? George apoyó las manos sobre sus caderas.

—Podría culpársele por algo completamente diferente.

Ella levantó la mirada de su tarea.

—¿En qué sentido?

—Ese hombre es un payaso.

Billie lanzó un resoplido de risa. No fue una risa especialmente femenina, pero en ella resultaba encantadora. Se inclinó hacia él, con una expresión desafiante.

—Creo que estás celoso.

George sintió un nudo en el estómago. Seguramente ella no se daba cuenta... No. Estos pensamientos que había tenido sobre ella... una locura pasajera. Provocada por la proximidad entre ambos. Debía de ser eso. Había pasado más tiempo con ella durante la última semana que en años.

—No seas ridícula —dijo él con desdén.

—No sé —bromeó Billie—. Todas las damas se le pegan como moscas. Tú mismo has dicho que tiene una sonrisa bonita.

—*He dicho*... —respondió George, pero se dio cuenta de que no recordaba precisamente qué había dicho. Por fortuna para él, Billie ya lo había interrumpido.

—La única dama que no ha caído rendida a sus encantos es la ilustre lady Alexandra. —Le lanzó una mirada por encima del hombro—. Probablemente porque está demasiado ocupada tratando de ganarse *tu* atención.

—¿Estás celosa? —replicó él.

—¡Por favor! —se mofó ella mientras avanzaba hacia el siguiente sitio donde clavaría otro arco.

Él la siguió un paso por detrás.

—No has dicho que no...

—*No* —respondió ella con gran énfasis—. Por supuesto que no estoy celosa. Sinceramente, creo que está tocada de la cabeza.

—¿Porque intenta ganarse mi atención? —George no pudo evitar la pregunta.

Billie extendió la mano para pedir otro arco.

—Por supuesto que no. Probablemente eso sea lo más sensato que ha hecho en su vida.

Él se quedó callado un momento.

—¿Por qué suena como un insulto?

—No lo es —le aseguró Billie—. Jamás sería tan ambigua.

—Es cierto —murmuró él—. Insultas con mucha transparencia.

Ella puso los ojos en blanco antes de volver al tema de lady Alexandra.

—Me refería a su obsesión por lord Northwick. ¡Está comprometido con su hermana, por todos los cielos!

—Ah, es eso.

—*Ah, es eso* —lo imitó ella, clavando otro arco en el suelo—. ¿Cuál es su *problema*?

George se salvó de responder gracias a Andrew, que volvió a gritar sus nombres y obligarlos a que se diesen prisa.

Billie resopló.

—No me puedo creer que piense que puede vencerme con un brazo roto.

—Te das cuenta de que, si ganas...

—Cuando gane.

—*Si llegaras* a ganar, serás la peor campeona de todos los tiempos por aprovecharte de la debilidad de tu rival.

Ella lo miró con ojos grandes e inocentes.

—Yo casi no puedo caminar.

—Usted, señorita Bridgerton, maneja la realidad como le conviene.

Ella sonrió.

—Como me conviene a mí, es verdad.

Él sacudió la cabeza, sonriendo a pesar de sí mismo.

—Ahora bien —dijo ella, bajando el tono de voz, aunque nadie pudiese oírlos—, estás en mi equipo, ¿verdad?

George entrecerró los ojos.

—¿Desde cuándo hay equipos?

—Desde hoy. —Se acercó todavía más—. Debemos aplastar a Andrew.

—Estás empezando a asustarme, Billie.

—No seas tonto, eres tan competitivo como yo.

—¿Sabes? No creo que lo sea.

—Por supuesto que sí. Solo que lo demuestras de otra manera.

George pensó que ella iba a explayarse, pero, por supuesto, no lo hizo.

—No querrás que Andrew gane, ¿verdad? —preguntó ella.

—No estoy seguro de que me importe.

Ella se apartó.

Él se echó a reír. No pudo evitarlo. Parecía muy ofendida.

—No, por supuesto que no quiero que gane —dijo él—. Es mi hermano. Pero, al mismo tiempo, no veo la necesidad de recurrir al espionaje para asegurarnos el resultado.

Ella lo observó con ojos caídos y desilusionados.

—Está bien —se dio por vencido—. Entonces, ¿quién está en el equipo de Andrew?

A Billie se le iluminó el rostro de inmediato.

—Nadie. Eso es lo bueno del plan. Él no sabrá que hemos formado una alianza.

—Esto no puede terminar bien —dijo él, hablándole al mundo en general.

Pero estaba seguro de que el mundo no lo escuchaba. Billie puso el último arco en su sitio.

—Este arco es una trampa —explicó—. Si la lanzas muy fuerte, la bola se cae en los rosales.

—Lo tendré en cuenta.

—Tenlo en cuenta. —Ella sonrió y él contuvo el aliento. Nadie sonreía como Billie. Nadie tenía esa sonrisa. La conocía desde hacía años y, sin embargo... solo ahora...

Maldijo mentalmente. Esa era la atracción más inconveniente de la historia del universo. ¡Era Billie Bridgerton, por el amor de Dios! Ella representaba todo lo que a él nunca le había gustado en una mujer. Era empecinada, tontamente imprudente, y, si alguna vez había tenido un instante de misterio y feminidad en su vida, jamás lo había visto.

Y, sin embargo...

Tragó saliva.

La deseaba. La deseaba como nunca había deseado a nadie en su vida. Deseaba su sonrisa, y la deseaba solo para él. La quería tener entre sus brazos, debajo de su cuerpo... porque, de algún modo, él sabía que en su cama, ella sería todo lo misterioso y femenino que deseaba.

También sabía que, para hacer realidad cualquiera de esas deliciosas actividades, debía casarse con ella, lo cual era tan absurdo que...

—Ay, por el amor de Dios —murmuró Billie.

George volvió a la realidad.

—Allí viene Andrew —anunció ella—. ¡So, caballo! —gritó—. Te lo juro —dijo a George—, tu hermano es muy impaciente.

—Mira quién...

—*No* sigas. —Ella empezó a volver al inicio del recorrido. Caminaba lo mejor que podía; estaba bastante ridícula cojeando de esa manera.

Él aguardó un momento, sonriendo a espaldas de ella.

—¿Estás segura de que no quieres el mazo negro?

—¡Te odio! —gritó ella.

Él solo fue capaz de esbozar una sonrisa. Era la declaración de odio más graciosa que jamás había oído.

—Yo también te odio —murmuró él.

Pero él tampoco lo dijo de verdad.

15

Billie llegó tarareando alegremente al comienzo del circuito de palamallo. Estaba de muy buen humor, teniendo en cuenta la situación. Andrew continuaba horriblemente impaciente, y lady Alexandra seguía siendo la persona más horrible de la historia del mundo, pero nada de eso parecía tener importancia.

Miró a George por encima de su hombro. Él la había seguido todo el camino con una sonrisa voraz.

—¿Por qué estás tan feliz? —preguntó Andrew.

Billie sonrió enigmáticamente. Que sufriera un rato. Además, ni ella misma sabía *por qué* se sentía feliz. Simplemente lo estaba.

—¿Quién empieza? —preguntó lady Alexandra.

Billie abrió la boca para responder, pero Andrew le ganó de mano.

—En general, jugamos desde el más joven hasta el mayor —dijo—, pero sería poco delicado preguntar la edad.

—Entonces voy yo primero —anunció Georgiana, apoyando la pelota verde junto al poste de inicio—. De eso no hay duda.

—Creo que yo soy la segunda —dijo lady Alexandra, mirando con lástima a Billie.

Billie la ignoró.

—Sir Berbrooke, ¿podríamos preguntarle cuál es su edad?

—¿Qué? Ah, tengo veinticinco. —Esbozó una amplia sonrisa. Era algo que hacía con mucha frecuencia—. Un cuarto de siglo, en realidad.

—Muy bien —dijo Billie—. Entonces el orden será: Georgiana, lady Alexandra, suponemos, Andrew, yo, sir Berbrooke y George.

—¿No querrá decir lord Kennard? —inquirió lady Alexandra.

—No, estoy muy segura de que quiero decir George —replicó Billie. ¡Cielo santo, esa mujer la sacaba de sus casillas!

—Me gusta jugar con la pelota negra —dijo George, sutilmente cambiando de tema. Pero Billie lo había estado observando; no estaba segura, pero le *pareció* ver que escondía una sonrisa.

Bien.

—Es un color muy masculino —confirmó lady Alexandra.

Billie estuvo a punto de vomitar.

—Es el color de la muerte —dijo Andrew, poniendo los ojos en blanco.

—El mazo de la muerte —meditó George. Agitó el mazo varias veces, como un péndulo macabro—. Su nombre quiere decirnos algo.

Andrew resopló.

—Te ríes —lo desafió George—, pero sabes muy bien lo que quieres.

Billie lanzó una carcajada, que solo aumentó de volumen cuando Andrew miró malhumorado en su dirección.

—Ay, vamos, Andrew, sabes que es cierto —dijo.

Georgiana miró desde su posición en el poste de inicio.

—¿Quién querría el mazo de rosas y claveles cuando puede tener el mazo de la muerte? —opinó, ladeando la cabeza hacia el mazo rosado de Andrew.

Billie sonrió con aprobación. ¿Cuándo se había vuelto tan ocurrente su hermana?

—Mis rosas y claveles triunfarán —declaró Andrew, haciendo una mueca con las cejas—. Pasen y vean.

—A tus rosas y claveles les falta un pétalo vital —replicó Billie, indicando su brazo fracturado.

—No entiendo de qué estamos hablando —admitió sir Berbrooke.

—Son solo tonterías —explicó Georgiana mientras se preparaba para el primer golpe—. A Billie y a Andrew les encanta burlarse el uno del otro. Siempre lo han hecho. —Dio un golpe a su pelota, que pasó a través de los dos arcos iniciales. No llegó mucho más lejos, pero a ella no pareció importarle.

Lady Alexandra se acercó y apoyó su pelota en el suelo.

—El teniente Rokesby juega después de mí, ¿verdad? —confirmó. Alzó la mirada hacia Billie con expresión aparentemente sosegada—. No me había percatado de que usted es mayor que él, señorita Bridgerton.

—Soy mayor que una gran cantidad de personas —respondió Billie con serenidad.

Lady Alexandra dio un respingo y golpeó su mazo contra la pelota, que corrió a toda velocidad por el césped.

—¡Bien hecho! —gritó con entusiasmo sir Berbrooke—. ¡Vaya! No será la primera vez que juega.

Lady Alexandra sonrió con modestia.

—Como ya he dicho, lord Northwick tiene un juego de palamallo.

—Y usa la forma de la sagrada cruz —dijo Billie entre dientes.

George le dio un codazo.

—Es mi turno —anunció Andrew.

—¡Claveles a la vista! —exclamó Billie con desenfado.

Junto a ella, oyó que George se reía entre dientes. Hacerlo reír le producía una inmensa satisfacción.

Andrew la ignoró por completo. Dejó caer la pelota rosada y luego la acomodó con su pie.

—Aún no entiendo cómo vas a jugar con un brazo roto —dijo Georgiana.

—Observa y aprende, mi querida niña —murmuró Andrew. Entonces, después de varias oscilaciones de prueba (una de las cuales incluyó una rotación completa de trescientos sesenta grados), dio un fuerte golpe a la pelota, que atravesó los arcos de inicio y continuó rodando por el césped.

—Casi tan lejos como lady Alexandra —expresó Georgiana con admiración.

—Tengo un brazo roto —protestó Andrew.

Billie caminó hasta el punto de partida y apoyó su pelota en el suelo.

—¿Me repites cómo te lo rompiste? —preguntó con tono inocente.

—Un ataque de tiburón —respondió él, sin alterarse.

—¡No! —Lady Alexandra lanzó un grito ahogado.

—¿Un tiburón? —dijo sir Berbrooke—. ¿No es uno de esos peces dentados?

—Sumamente dentado —confirmó Andrew.

—No me gustaría cruzarme con uno —observó sir Berbrooke.

—¿A lord Northwick lo ha mordido un tiburón alguna vez? —preguntó Billie con dulzura.

George se atragantó de la risa.

Lady Alexandra entrecerró los ojos.

—No podría asegurarlo.

—Qué lástima. —Billie dio un mazazo a la pelota con todas sus fuerzas. Salió disparada por el césped, muy lejos del resto.

—¡Bien hecho! —volvió a exclamar sir Berbrooke—. Es muy buena en este juego, señorita Bridgerton.

Era imposible permanecer inmutable frente a su gesto. Billie esbozó una sonrisa cordial y respondió:

—He jugado con bastante frecuencia todos estos años.

—A menudo hace trampa —mencionó Andrew al pasar.

—Solo contigo.

—Supongo que será mejor que lo intente —dijo sir Berbrooke, y se agachó para colocar la pelota azul junto al poste de inicio.

George, precavido, retrocedió un paso.

Sir Berbrooke frunció el ceño ante la pelota y probó el mazo varias veces antes de decidirse a golpearlo. La pelota salió volando, pero, lamentablemente, también lo hizo uno de los arcos.

—¡Oh! Lo siento muchísimo —se disculpó.

—No hay problema —dijo Georgiana—. Podemos volver a ponerlo en su sitio.

Arregló el recorrido y fue el turno de George. Su pelota negra terminó en algún sitio entre la de lady Alexandra y la de Billie.

—El mazo de la muerte, ya lo creo —se burló Andrew.

—Es una especie de asesinato estratégico —replicó George con una sonrisa enigmática—. Adoptaré el plan longitudinal.

—¡Es mi turno! —gritó Georgiana. No debió caminar muy lejos para alcanzar su pelota. Esta vez dio un golpe mucho más fuerte, y la bola fue volando por el césped hasta el siguiente arco y se detuvo a unos cinco metros de su destino.

—¡Bien hecho! —exclamó sir Berbrooke.

Georgiana esbozó una sonrisa radiante.

—Gracias. Creo que le he cogido el tranquillo.

—Cuando termine el partido nos dará una paliza a todos —sentenció sir Berbrooke.

Lady Alexandra ya estaba en su sitio cerca de la pelota púrpura. Le llevó casi un minuto ajustar su puntería, y luego dio un golpe suave. La pelota rodó hacia adelante y se detuvo justo enfrente del arco.

Billie ahogó un grito. Lady Alexandra era bastante habilidosa.

—¿Acabas de gruñir? —preguntó George.

Billie estuvo a punto de saltar. No se había dado cuenta de que estaba tan cerca. George se había parado casi detrás de ella, y no podía verlo a menos que girara la cabeza y perdiera de vista el partido.

Pero podía sentirlo. No la tocaba, pero estaba tan cerca... Se le erizó la piel, y, de pronto, pudo sentir el latido de su corazón, bajo e insistente en su pecho.

—Debo preguntarte —dijo él, muy cerca de su oído—, ¿cómo vamos a trabajar en equipo exactamente?

—No estoy segura —admitió Billie, observando cómo Andrew se disponía a jugar—. Espero que lo sepamos a medida que avanzamos.

—¡Tu turno, Billie! —gritó Andrew.

—Discúlpame —le dijo Billie a George, de pronto ansiosa por poner distancia entre ellos. Se sentía casi aturdida cuando él estaba tan próximo.

—¿Qué harás, Billie? —preguntó Georgiana cuando Billie se acercó a su pelota.

Billie frunció el ceño. No estaba lejos del arco, pero la pelota púrpura de lady Alexandra obstruía su camino.

—Un tiro difícil —opinó Andrew.

—Cállate.

—Podrías usar tu fuerza bruta. —Levantó la mirada hacia el grupo—. Es su *modus operandi* habitual. —Bajó el tono de voz, como si transmitiera información confidencial—. Para el palamallo y para la vida en general.

Billie pensó un momento en abandonar el juego allí mismo y lanzar la pelota para destrozarle los pies a Andrew.

—¿De ese modo, no harías pasar la pelota de lady Alexandra por el arco? —preguntó Georgiana.

Andrew se encogió de hombros, como diciendo: «*c'est la vie*». Billie se concentró en su pelota.

—O también podría ser paciente —continuó Andrew—. Y esperar a que lady Alexandra se aleje del arco. Pero todos sabemos que ella no es paciente.

Billie emitió un ruido. Esta vez fue sin duda un gruñido.

—Una tercera opción...

—¡Andrew! —replicó Billie.

Andrew sonrió.

Billie alineó su mazo. No tenía manera de transponer el arco sin hacer pasar la pelota de lady Alexandra, pero si la rozaba por un lado...

Dio un golpe.

La pelota amarilla de Billie corrió a toda velocidad hacia el arco y chocó contra la bola púrpura tocándola por el lado izquierdo. Todos observaron cómo la pelota de lady Alexandra rodaba hacia la derecha y quedaba en un ángulo tal que no podría hacerla pasar por el arco cuando llegara su turno.

La pelota de Billie ahora ocupaba el lugar casi exacto en el que había estado la de lady Alexandra.

—¡Lo ha hecho a propósito! —acusó lady Alexandra.

—Por supuesto que sí. —Billie la miró con desdén. En serio, ¿qué esperaba?—. Así es como se juega.

—No es como *yo* juego.

—Pues no estamos en la cruz —replicó Billie, perdiendo la paciencia. Por Dios, qué mujer tan horrible.

Escuchó que alguien se atragantaba de risa.

—¿Qué quiere decir? —inquirió lady Alexandra.

—Creo —dijo sir Berbrooke pensativamente— que ella se refiere a que jugaría de manera más piadosa si el partido fuera una iniciativa religiosa. Y no creo que lo sea.

Billie le dirigió una mirada de aprobación. Quizá era más inteligente de lo que parecía.

—Lord Kennard —dijo lady Alexandra, dirigiéndose a George—, seguramente usted no aprobará una táctica tan turbia.

George se encogió de hombros.

—Me temo que es así como jugamos.

—Pero no es como *usted* juega —persistió lady Alexandra.

Billie le clavó la mirada a George, esperando su respuesta.

No la desilusionó.

—Juego de esta manera con ellos de competidores.

Lady Alexandra se retiró, enfurruñada.

—No se preocupe —dijo Georgiana para consolarla—, ya le cogerá el tranquillo.

—No está en mi naturaleza —replicó lady Alexandra.

—Está en la naturaleza de todos —gritó Andrew—. ¿De quién es el turno?

Sir Berbrooke dio un salto.

—Creo que es mi turno. —Retrocedió hasta su pelota—. ¿Puedo apuntar a la pelota de la señorita Bridgerton?

—Por supuesto —respondió Andrew—, pero quizá quiera...

Sir Berbrooke dio un golpe a su bola sin esperar el resto de las instrucciones de Andrew, que seguramente eran que no golpeara la pelota de frente, cosa que hizo exactamente.

La pelota amarilla atravesó el arco y fue más allá, recorriendo casi un metro más antes de detenerse. La pelota azul también atravesó el arco, pero, al trasladar su fuerza a la pelota amarilla, se detuvo justo al otro lado.

—¡Bien hecho, Sir Berbrooke! —gritó con entusiasmo Billie.

Él se dirigió a ella con una amplia sonrisa.

—¡Gracias!

—¡Ay, por el amor de Dios! —dijo lady Alexandra con voz áspera—. Ella no lo dice de verdad. Solo está feliz porque usted ha hecho pasar su pelota por el arco.

—Me retracto de todo —murmuró Billie a George—. Olvídate de Andrew. Es a ella a quien debemos aplastar.

Sir Berbrooke apeló al resto del grupo.

—De todos modos, la señorita Bridgerton habría atravesado el arco en la próxima vuelta, ¿verdad?

—Así es —confirmó Billie—. Realmente no me ha hecho adelantar mucho, se lo aseguro.

—Además, usted ha logrado pasar por el arco —agregó Georgiana—. Eso lo pone en segundo lugar.

—Así es, ¿cierto? —dijo sir Berbrooke, muy complacido ante esa novedad.

—*Además* —agregó Billie con gran elegancia—, ha bloqueado el paso de todos los demás. ¡Bien hecho!

Lady Alexandra dio un resoplido.

—¿De quién es el turno?

—El mío, creo —respondió George con voz suave.

Billie sonrió para sí misma. Le parecía encantador lo mucho que decía con solo un comentario educado. Lady Alexandra solo escucharía el dicho casual de un caballero, pero Billie lo conocía bien. Lo conocía más de lo que esa presuntuosa hija de duque lo conocería jamás.

Percibió su sonrisa en ese comentario. A él le divertía toda la conversación, pero era demasiado educado para demostrarlo.

También percibió su reconocimiento. Billie había ganado; la estaba felicitando.

Y oyó su suave reprimenda, una especie de advertencia. Le aconsejaba que no insistiera.

Aunque ella seguramente no le haría caso. Él la conocía tanto como ella lo conocía a él.

—Es tu turno, George —dijo Andrew.

Billie observó cómo George avanzaba y preparaba su jugada. Él miraba de reojo mientras apuntaba. Era adorable.

¡Menuda idea! ¿George Rokesby, adorable? Era lo más ridículo que se le había ocurrido.

Soltó una risita, justo cuando George golpeó la pelota. Fue un buen tiro, y llegó directamente frente al arco.

—¡Dios mío! —exclamó Georgiana, pestañeando—. Ahora nunca lograremos avanzar.

Tenía razón. Las pelotas negra y azul estaban a solo centímetros de distancia, a cada lado del arco. Cualquiera que intentara pasar por allí provocaría un atasco.

George retrocedió hacia Billie y despejó el camino para los siguientes jugadores. Se inclinó hacia ella, acercando la boca a su oído.

—¿Te estabas riendo de mí? —murmuró.

—Solo un poco —respondió ella, mientras observaba cómo Georgiana intentaba calcular su tiro.

—¿Por qué?

Billie abrió la boca para responder, pero se dio cuenta de que no podía darle una respuesta sincera. Se volvió para mirarlo, y, una vez más, él estaba más cerca de lo esperado, más cerca aún de lo debido.

De pronto fue *consciente*.

De su aliento, cálido sobre su piel.

De sus ojos, tan azules y clavados en los suyos.

De sus labios, seductores, carnosos, curvados en una leve sonrisa. De *él*. Simplemente, de él.

Murmuró su nombre.

Él ladeó la cabeza, interrogante, y ella se dio cuenta de que no tenía ni idea de por qué lo había llamado, solo sabía que se sentía bien estando junto a él, y, cuando él la miraba de ese modo, como si pensara que ella era extraordinaria, ella se *sentía* extraordinaria.

Se sentía bella.

Sabía que no podía ser cierto, porque él nunca había pensado en ella en ese sentido. Tampoco quería que lo hiciera.

¿O sí?

Dio un grito ahogado.

—¿Ocurre algo malo? —murmuró él.

Ella sacudió la cabeza. *Todo* estaba mal.

—¿Billie?

Quería besarlo. Quería besar a George. Había llegado a los veintitrés años de edad sin siquiera querer coquetear con un caballero, ¿y ahora deseaba a George Rokesby?

Ay, eso estaba mal. Muy, muy mal. Tan mal como para sembrar el pánico, una catástrofe, la muerte.

—Billie, ¿ocurre algo malo?

Ella reaccionó, y luego recordó que debía respirar.

—No es nada —respondió con demasiada intensidad—. Nada en absoluto.

Pero ¿qué haría él? ¿Cómo reaccionaría si ella se acercara, lo tomara por la nuca y aproximara su boca a la de él?

Le diría que estaba completamente loca, eso haría. Sin mencionar a los otros cuatros jugadores de palamallo, que estaban a menos de veinte metros.

¿Qué hubiera ocurrido si no hubiese habido nadie presente? ¿Y si el resto del mundo hubiese desaparecido, y no hubiese habido ningún testigo de su locura? ¿Lo hubiese hecho?

Y él, ¿le hubiese respondido de la misma manera?

—¿Billie? *¿Billie?*

Se dio la vuelta, aturdida, hacia el sonido de su voz.

—Billie, ¿qué te ocurre?

Billie pestañeó para poder enfocar su cara. Parecía preocupado. Ella estuvo a punto de soltar una carcajada. Era lógico que estuviera preocupado.

—Billie...

—Estoy bien —se apresuró a decir—. De verdad. Hace... ¿tienes calor? —Se abanicó con la mano—. Tengo mucho calor.

Él no respondió. No tuvo necesidad. No hacía calor en absoluto.

—¡Creo que es mi turno! —gritó.

No tenía ni idea de si era su turno.

—No —dijo George—, todavía está jugando Andrew. Me atrevería a decir que lady Alexandra está en apuros.

—Ah, ¿sí? —murmuró ella, pensando todavía en el beso imaginario.

—Maldición, Billie, ahora sí sé que te ocurre algo malo. —George frunció el entrecejo—. Pensé que querías aplastarla.

—Así es —respondió ella, recuperando poco a poco el uso de su cerebro. Cielo santo, no podía permitirse tanto desconcierto. George no era estúpido. Si ella se convertía en una idiota cada vez que él la miraba, se daría cuenta de que le ocurría algo. Y si él se daba cuenta de que, quizá, ella estaba un poco *enamorada* de él...

No. Él no podía sospecharlo jamás.

—¡Tu turno, Billie! —gritó Andrew.

—Bien —dijo—. Bien, bien, bien. —Miró a George sin mirarlo realmente—. Discúlpame. —Se apresuró a llegar hasta su pelota, observó ligeramente el terreno y la golpeó hasta el siguiente arco.

—Creo que se ha pasado —dijo lady Alexandra, acercándose a ella.

Billie forzó una sonrisa, tratando de parecer enigmática.

—¡Cuidado! —gritó alguien.

Billie dio un salto hacia atrás justo antes de que la bola azul se estrellara contra sus dedos. Lady Alexandra demostró igual agilidad, y ambas observaron cómo la pelota de sir Berbrooke llegaba a pocos metros del arco.

—Supongo que a ambas nos serviría de lección si ese idiota ganara el partido —expresó lady Alexandra.

Billie la miró, sorprendida. Una cosa era intercambiar insultos con ella; sin duda podía proferirlos tanto como recibirlos. Pero menospreciar a sir Berbrooke, posiblemente el hombre más amable que había conocido jamás...

Verdaderamente, esa mujer era un monstruo.

Billie miró todo el recorrido que había quedado atrás. La bola púrpura aún seguía plantada firmemente detrás del primer arco.

—Es casi su turno —dijo con dulzura.

Lady Alexandra entrecerró los ojos y emitió un ruido sorprendentemente desagradable antes de alejarse.

—¿Qué le has dicho? —preguntó George un momento después. Acababa de jugar, y estaba bien situado para llegar al segundo arco.

—Es una persona horrible —murmuró Billie.

—No es lo que te he preguntado —dijo George, observando a la dama en cuestión—, pero probablemente sea suficiente respuesta.

—Ella... Ay, no importa. —Billie sacudió la cabeza—. No vale la pena que gaste palabras en ella.

—No hay duda —coincidió George.

El corazón de Billie dio un vuelco al oír el cumplido, y se dio la vuelta.

—George, ¿acaso tú... —Frunció el ceño y ladeó la cabeza—. ¿Es Felix el que viene hacia nosotros?

George se hizo sombra con la mano en la frente para mirar en la dirección que ella señalaba.

—Sí, eso creo.

—Camina con mucha prisa. Espero que no ocurra nada malo.

Observaron cómo Felix se acercaba a Andrew, quien estaba más cerca que ellos de la casa. Hablaron durante algunos instantes, y luego Andrew salió corriendo.

—Pasa algo malo —dijo George. Con el mazo aún en la mano, comenzó a caminar hacia Felix, cada vez con más prisa.

Billie se apresuró detrás de él todo lo que pudo, cojeando y saltando; el resto de los elementos de palamallo quedaron olvidados sobre el césped. Frustrada por su lentitud, Billie se levantó las faldas y comenzó a correr, maldiciendo el dolor. Alcanzó a George momentos después de que este llegara a Felix.

—Ha llegado un mensajero —estaba diciendo Felix. George escudriñó su rostro.

—¿Edward?

Billie se llevó la mano a la boca. «Edward no. Por favor, que no sea Edward.»

Felix asintió con tristeza.

—Ha desaparecido.

16

George ya se encontraba a mitad de camino hacia Aubrey Hall cuando se dio cuenta de que Billie correteaba junto a él, obligada a esforzarse solo para mantenerse a la par de su paso largo y rápido.

Corría. Estaba corriendo.

Con el tobillo torcido.

Se detuvo en seco.

—¿Qué estás hacien...

Entonces lo supo, sin siquiera detenerse a pensar. Esa era Billie. Por supuesto que correría con el tobillo torcido. Se empecinaba con poco. Era imprudente.

Porque *se preocupaba*.

George no dijo nada más. Simplemente la alzó entre sus brazos y siguió caminando hacia la casa a una velocidad un poco menor.

—No era necesario que me cargaras —dijo ella.

George percibió el dolor en su voz.

—Sí —respondió él—. Era necesario.

—Gracias —murmuró ella, y sus palabras se fundieron en la camisa de él.

Pero él no pudo responderle. En este momento no podía hablar, o, por lo menos, hacer comentarios sin sentido. No era necesario decir nada para que Billie supiese que él la había escuchado. Ella lo entendería. Ella sabría que su cabeza estaba en otro sitio, donde las palabras «por favor» y «gracias» no eran importantes.

—Están en el salón privado —indicó Felix cuando llegaron a la casa. George supuso que con «están» se refería al resto de su familia. Y, quizá, también a los Bridgerton.

Se dio cuenta de que también ellos eran parte de la familia. Siempre lo habían sido.

Cuando llegó a la sala, el panorama que le esperaba era tal que hubiese hecho palidecer a cualquier hombre adulto. Su madre estaba sentada en el sofá, sollozando en brazos de lady Bridgerton. Andrew parecía estar conmocionado. Y su padre...

Su padre lloraba.

Lord Manston permanecía apartado del resto del grupo; sin volverse hacia ellos, pero tampoco completamente de espaldas. Sus brazos caían como varas a los lados de su cuerpo, y tenía los ojos cerrados con fuerza, como si de esa manera pudiese contener las lágrimas que caían lentamente por sus mejillas. Como si, quizá, al no poder ver el mundo a su alrededor, nada de eso estuviera ocurriendo.

George jamás había visto llorar a su padre. No imaginaba que eso fuera posible. Intentó no mirarlo, pero era algo tan asombroso, tan conmovedor, que no pudo dejar de hacerlo.

Su padre era el conde de Manston, sólido y severo. Desde que George era niño, había dirigido a la familia Rokesby con mano firme pero justa. Era un pilar; era todo fortaleza. Su autoridad era incuestionable. Trataba a sus hijos con escrupulosa justicia, lo cual a veces significaba que nadie estaba conforme con sus decisiones. Sin embargo, siempre se le obedecía.

Gracias a su padre, George supo lo que significaba dirigir una familia. Y en las lágrimas de su padre vio su propio futuro.

Pronto llegaría el momento de dirigir para George.

—¡Cielo santo! —exclamó lady Bridgerton cuando por fin los vio junto a la puerta—. ¿Qué le ha ocurrido a Billie?

George la observó un instante. Había olvidado que cargaba a Billie en sus brazos.

—Aquí está —dijo, depositando a Billie cerca de su madre. George miró a su alrededor. No sabía a quién dirigirse para pedir información. ¿Dónde estaba el mensajero? ¿Seguía allí siquiera?

—George —oyó que le decía Felix. Levantó la mirada y vio que su amigo sostenía una hoja de papel. Sin decir nada, tomó la carta.

Al conde de Manston:

Lamento informarle de que el honorable capitán Rokesby ha desaparecido el 22 de marzo de 1779 en la colonia de Connecticut. Se está haciendo todo lo posible para encontrarlo sano y salvo.

Que Dios os bendiga y proteja,

General de Brigada Geo. Garth

—Desaparecido —dijo George, mirando con impotencia alrededor de la habitación—. ¿Qué significa eso?

Nadie pudo darle respuesta.

George se quedó mirando el papel entre sus manos, observando hasta el último detalle de la letra. El mensaje era espectacular por su falta de información. ¿Por qué estaba Edward en la colonia de Connecticut? Las últimas noticias que ellos habían tenido de él eran que estaba en la ciudad de Nueva York, alojado en una taberna del régimen, vigilando las tropas del general Washington del otro lado del río Hudson.

—Si está desaparecido... —dijo, pensando en voz alta—. Ellos tienen que saberlo.

—¿Saber qué? —inquirió Billie. Ella lo miró desde el sofá; probablemente era la única que estaba lo bastante cerca como para oírlo.

Él sacudió la cabeza; aún trataba de encontrarle sentido al mensaje. A partir del texto (ciertamente escaso) de la misiva, el ejército parecía estar seguro de que Edward aún estaba vivo. Eso significaba que el general tenía una ligera idea de dónde estaba.

En ese caso, ¿por qué no lo comunicaba directamente?

George se pasó los dedos por el pelo y apoyó la base de la mano con fuerza sobre su frente.

—¿Cómo puede desaparecer un soldado condecorado? —preguntó, volviéndose al resto de los presentes—. ¿Ha sido secuestrado? ¿Es eso lo que intentan decirnos?

—No estoy seguro de que lo sepan —dijo Felix en voz baja.

—Oh, sí que lo saben, maldita sea —soltó George—. Es solo que no quieren...

Pero Andrew lo interrumpió.

—No es igual que aquí —dijo, con voz apagada y desanimado.

George le clavó una mirada irritada.

—Lo sé, pero qué...

—No es igual que aquí —repitió Andrew, esta vez con cólera creciente—. Los pueblos están muy lejos unos de otros. Las fincas ni siquiera limitan unas con otras. Hay enormes extensiones de tierras que no pertenecen a nadie.

Todo el mundo lo miró.

—Y hay salvajes —dijo Andrew.

George se acercó aún más, tratando de que su madre no viera el rostro angustiado de Andrew.

—No es este el momento —dijo con un susurro seco. Quizá su hermano estaba nervioso; todos lo estaban. Pero era hora de que Andrew madurara y controlara sus emociones, antes de que destruyera la poca serenidad que les quedaba.

Pero Andrew siguió hablando con imprudencia.

—Allí es fácil desaparecer.

—No has estado allí —replicó George.

—Lo he oído.

—Lo has *oído*.

—Basta —dijo alguien—. Basta, parad ahora mismo.

Los dos hombres se enfrentaron cara a cara.

—En mi barco hay hombres que lucharon en las colonias —subrayó Andrew.

—Ah, y *eso* nos ayudará a rescatar a Edward —soltó George, casi gritando.

—Sé más que tú sobre este tema.

George se resistió. Cómo odiaba todo aquello. Muchísimo. La impotencia. Sentirse inútil. Maldición, había estado jugando al palamallo mientras su hermano estaba desaparecido en algún páramo olvidado de la mano de Dios en las colonias.

—Todavía sigo siendo tu hermano mayor —dijo entre dientes—, y seré el jefe de esta familia...

—Pero aún no lo eres.

Bien podría haberlo sido. George observó a su padre, quien no había emitido opinión.

—Muy sutil por tu parte —se mofó Andrew.

—Cállate. Simplemente cállate...

—¡Basta!

Unas manos se interpusieron entre ambos y los separaron. Cuando George por fin miró hacia abajo, se dio cuenta de que pertenecían a Billie.

—Esto no nos ayuda —dijo, casi empujando a Andrew hacia una silla.

George pestañeó, tratando de recuperar su compostura. No sabía por qué le estaba gritando a Andrew. Miró a Billie, aún de pie entre los dos como una diminuta guerrera.

—No deberías estar de pie sobre el tobillo malo —dijo.

Billie lo miró boquiabierta.

—¿*Eso* es todo lo que tienes que decir?

—Es probable que te lo hayas vuelto a torcer.

Ella lo miró. George sabía que sonaba como un tonto, pero el tobillo de Billie era el único maldito problema sobre el cual podía hacer algo.

—Deberías sentarte —dijo ella con dulzura.

Él sacudió la cabeza. No quería sentarse. Quería actuar, *hacer* algo, cualquier cosa que le permitiera a su hermano regresar a casa a salvo. Pero estaba allí, atado de pies y manos, siempre lo había estado, a esa tierra, a esas personas.

—Yo puedo ir —farfulló Andrew.

Todos se volvieron para mirarlo. Todavía estaba sentado en la silla a la que Billie lo había empujado. Tenía muy mal aspecto. Estaba estupefacto. George tuvo la sensación de que Andrew se sentía como él.

Pero con una enorme diferencia. Andrew por lo menos creía poder ayudar.

—¿Ir adónde? —preguntó alguien por fin.

—A las colonias. —Andrew levantó la mirada. La sombría desesperación de su rostro lentamente dio paso a una rígida determinación—. Pediré que me asignen a otro barco. Probablemente haya uno que zarpe el mes próximo.

—¡No! —exclamó lady Manston. Sonó como un animal herido. George jamás la había oído hablar en ese tono.

Andrew se puso de pie.

—Madre...

—No —repitió ella, esta vez con fuerza, mientras se alejaba de los brazos reconfortantes de lady Bridgerton—. No lo permitiré. No perderé a otro hijo.

Andrew se puso de pie con rigidez, con más aspecto de soldado del que jamás le había visto George.

—No es más peligroso que servir donde lo hago ahora.

George cerró los ojos. «No deberías haber dicho eso, Andrew.»

—No puedes —dijo lady Manston, esforzándose por ponerse de pie—. No puedes.

Su voz empezó a quebrarse otra vez, y George maldijo por lo bajo a Andrew por su falta de tacto. Se acercó a ella.

—Madre...

—No puede —sollozó, y sus ojos angustiados se posaron sobre el rostro de George—. Debes decírselo... no puede.

George tomó a su madre entre sus brazos y miró a Andrew antes de murmurar:

—Hablaremos más tarde.

—Lo dices para tranquilizarme.

—Creo que deberías acostarte.

—Deberíamos ir a casa —dijo lord Manston.

Todos se volvieron para mirarlo. Eran las primeras palabras que pronunciaba desde que habían recibido el terrible mensaje.

—Necesitamos estar en casa —dijo.

Esta vez fue Billie quien actuó.

—Por supuesto —dijo, acudiendo rápidamente a su lado—. Allí estaréis más cómodos. —Miró a George—. Lo último que necesitáis es una fiesta.

George estuvo a punto de refunfuñar. Había olvidado a los demás huéspedes. La mera idea de tener que conversar con cualquiera de ellos le parecía intolerable. Habría preguntas, pésames, aunque ninguno de ellos conocía a Edward.

¡Por Dios, todo parecía tan insignificante! Eso. La fiesta. Todo excepto las personas en ese salón.

Miró a Billie. Ella aún lo observaba, con preocupación evidente en el rostro.

—¿Alguien ha hablado con Mary? —inquirió.

—Yo mismo lo haré ahora —dijo Felix—. Iremos con vosotros a Crake, si os parece bien. Estoy seguro de que ella deseará estar con su familia. No es necesario que volvamos a Sussex de inmediato.

—¿Qué haremos? —dijo lady Manston con desconsuelo.

George miró a su padre. Él tenía derecho a tomar la decisión.

Pero el conde parecía perdido. Había dicho que debían volver a casa; aparentemente era lo único que podía decidir.

George se volvió hacia el resto de los presentes e inspiró profundamente.

—Nos tomaremos un momento —dijo con firmeza—. Haremos una pausa para recuperarnos y decidir cuál es el mejor camino a seguir.

Andrew abrió la boca para hablar, pero George ya había tenido suficiente. Lo miró con severidad, y agregó:

—El tiempo es esencial, pero estamos demasiado lejos del cuartel militar como para que un día influya en algo.

—Tiene razón —dijo Billie.

Varios pares de ojos se volvieron a ella con sorpresa, incluidos los de George.

—Ninguno de nosotros está en condiciones de tomar una decisión correcta en este momento. —Se volvió a George—. Ve a casa. A estar con tu familia. Os haré una visita mañana para ver cómo os puedo ayudar.

—Pero ¿qué puedes hacer? —preguntó lady Bridgerton.

Billie la miró con afabilidad calma y férrea.

—Lo que sea necesario.

George tragó saliva, sorprendido ante el cúmulo de emociones que amenazaban con arrancarle las lágrimas. Su hermano estaba desaparecido; su padre, desmoronado, ¿y ahora él estaba a punto de llorar?

Debió haberle dicho que no necesitaban ayuda, que apreciaba su oferta pero que era innecesaria.

Era lo que dictaba la buena educación. Era lo que hubiese dicho a cualquier otra persona.

Pero le respondió:

—Gracias.

Al día siguiente, Billie se dirigió a Crake House con una calesa de un solo caballo. No estaba segura de cómo lo había logrado su madre, pero la fiesta había concluido varios días antes de lo esperado. Todo el mundo se había marchado ya o pensaba hacerlo a la mañana siguiente.

A Billie le llevó una cantidad de tiempo ridícula decidir con qué vestirse. Sin duda, los pantalones estaban descartados. A pesar de lo que pensara su madre, Billie sabía cómo y cuándo vestirse de manera apropiada, y jamás se pondría ropa de trabajo para una visita social.

Sin embargo, esa no era una visita social normal y corriente. No podía usar colores brillantes. Pero tampoco podía usar negro. Ni lavanda, ni gris, ni ningún color que sugiriera duelo. Edward no estaba muerto, se dijo a sí misma con insistencia.

Finalmente decidió ponerse un sencillo vestido de día que había comprado el año anterior. Su madre había elegido el diseño, muy primaveral, de flores verdes, rosadas y anaranjadas sobre muselina color crema, y a Billie le había gustado en cuanto lo había visto. Evocaba un jardín en un día nublado, y, en cierto modo, parecía exactamente lo que necesitaba para visitar a los Rokesby.

Cuando llegó, Crake estaba en silencio. Se percibía que algo malo había ocurrido. Era una casa enorme, y, al igual que en Aubrey Hall, podían pasarse días sin ver a otro miembro de la familia. Aun así, siempre parecía vibrante, viva. Siempre había un Rokesby u otro presente, feliz, ocupado.

Crake House era enorme, pero era un hogar.

Sin embargo, en ese momento parecía apagada. Incluso los sirvientes, que normalmente trabajaban con diligencia y discreción, parecían más callados que de costumbre. Nadie sonreía, nadie hablaba.

Era casi desgarrador.

Billie fue conducida a la sala, pero antes de salir del vestíbulo apareció George, a quien, evidentemente, habían avisado sobre su llegada.

—Billie —dijo, inclinando la cabeza a modo de saludo—. Qué alegría verle.

El primer impulso de Billie fue preguntar si habían llegado más noticias, pero por supuesto que no habrían llegado. No habría ningún jinete veloz que llegara de Londres con un informe. Edward estaba demasiado lejos. Probablemente pasarían meses antes de que conocieran su paradero.

—¿Cómo está tu madre? —preguntó.

Él sonrió con tristeza.

—Tan bien como puede esperarse.

Billie asintió y lo siguió a la sala.

—¿Y tu padre?

George se detuvo, pero no se volvió a mirarla.

—Se queda sentado en su estudio y mira por la ventana.

Billie tragó saliva, acongojada ante la actitud sombría de George. No necesitaba ver su rostro para saber que sufría. Él amaba a Edward, igual que ella. Igual que todos.

—Es inservible —dijo George.

Billie abrió la boca, sorprendida ante ese comentario, pero luego se dio cuenta de que la intención de George no era despreciarlo.

—Está incapacitado —aclaró—. La pena...

—No creo que ninguno de nosotros sepa cómo reaccionará frente a una crisis hasta que debemos enfrentarla.

George se dio la vuelta, esbozando una media sonrisa.

—¿Cuándo te has vuelto tan sabia?

—No es sabiduría repetir lugares comunes.

—Es sabiduría saber cuáles vale la pena repetir.

Muy sorprendida, Billie sintió una chispa de buen humor en su interior.

—Estás empeñado en alabarme.

—Eres el único momento brillante del día —murmuró George.

Era el tipo de comentario que normalmente hubiera conseguido que su corazón se desbocara, pero, al igual que todos, estaba demasiado aturdida por el dolor y la preocupación. Edward estaba desaparecido, y George sufría...

Inspiró profundamente. No se trataba de George. George estaba bien. Estaba allí mismo, frente a ella, saludable y robusto.

No, no se trataba de George. No podía tratarse de él.

Excepto por el hecho de que... últimamente, parecía que todo giraba en torno a George. Pensaba en él constantemente, y, por todos los cielos, ¿el día anterior habían estado jugando al palamallo y ella prácticamente lo había besado?

Había querido hacerlo. Por todos los cielos, había deseado hacerlo, y si él hubiese demostrado algún interés (y si no hubiese habido otras cuatro personas alrededor portando mazos) lo habría hecho. Ella nunca antes había besado a nadie, pero ¿desde cuándo había sido eso un impedimento? Había saltado su primera valla cuando tenía seis años. Antes de eso nunca había saltado siquiera un arbusto, pero después de observar la valla de un metro y medio de altura, supo que debía saltarla. Así que, simplemente, se subió a su yegua y saltó. Porque había querido hacerlo.

Y también porque Edward la había desafiado. Sin embargo, no lo habría intentado si no se hubiese visto capaz de hacerlo.

Y si no hubiese sabido que le encantaría.

Desde muy temprano, había sabido que no era como las demás niñas. No le gustaba tocar el pianoforte ni dedicarse a la costura. Ella deseaba estar al aire libre, volar montada en su caballo, mientras el sol bañaba la piel y su corazón brincaba y corría con el viento.

Quería elevarse. Aún deseaba hacerlo.

Si besaba a George... si él la besaba... ¿Se sentiría de la misma manera?

Arrastró los dedos por el respaldo del sofá, tratando de llenar el tiempo de movimientos inútiles. Entonces cometió el error de levantar la mirada...

Él la estaba contemplando, con ojos intensos y curiosos. Había algo más en su mirada, algo que ella no podía precisar.

Pero fuera lo que fuese... ella lo percibió. El corazón le dio un vuelco y su respiración se aceleró; se dio cuenta de que le ocurría lo mismo cuando corría montada en su yegua. Sin aliento, aturdida, decidida y salvaje... Todo eso albergaba en su interior, luchando por liberarse.

Todo porque él la había mirado.

Dios mío, si llegaba a *besarla*, podría desmoronarse.

Golpeó con dedos nerviosos el borde del sofá, y luego señaló estúpidamente una silla.

—Debería sentarme.

—Si lo deseas.

Pero sus pies no le respondían.

—Parece que no sé qué hacer conmigo misma —admitió.

—Bienvenida al club —murmuró él.

—Ay, George...

—¿Quieres beber algo? —preguntó él repentinamente.

—¿Ahora? Apenas pasan de las once.

George se encogió de hombros con insolencia. Billie se preguntó cuánto habría bebido ya.

Sin embargo, no fue hacia la botella de coñac. En cambio, se quedó de pie junto a la ventana, mirando hacia el jardín. Había comenzado a llover; una fina llovizna que hacía que el aire fuera pesado y gris.

Ella esperó un momento, pero él no se dio la vuelta. Tenía las manos agarradas detrás de la espalda, la pose clásica de un caballero. Pero no era del todo correcta. Había cierta dureza en su actitud, una tensión en sus hombros que no estaba acostumbrada a ver.

Estaba crispado. Sombrío.

—¿Qué harás? —se obligó a preguntar finalmente. No creía poder soportar el silencio un instante más.

La postura de George cambió. Movió levemente el cuello y luego volvió la cabeza hacia un lado. Pero no lo suficiente como para mirarla. Ella solo vio su perfil cuando respondió:

—Ir a Londres, supongo.

—¿A Londres? —repitió ella.

Él lanzó un resoplido.

—No puedo hacer mucho más.

—¿No quieres ir a las colonias a buscarlo?

—Por supuesto que quiero ir a las colonias —respondió con voz seca, girándose para enfrentarse a ella—. Pero eso no es lo que yo *hago*.

Billie abrió la boca, pero el único ruido que oyó fue su pulso, que vibraba furiosamente en sus venas. Ese arrebato había sido inesperado. Sin precedentes.

Ya había visto a George perder los estribos antes. Era imposible no haberlo visto durante la infancia, junto a sus hermanos menores. Pero jamás lo había visto de esa manera.

Había desprecio en su voz, y se dio cuenta de que el desprecio iba dirigido hacia sí mismo.

—George —dijo ella, tratando de que su voz sonara tranquila y razonable—, si lo deseas...

Él dio un paso adelante, con ojos severos y furiosos.

—No me digas que puedo hacer lo que deseo, porque, si de verdad lo crees, eres tan ingenua como todos.

—Yo no iba a... —Fue igual que si él la hubiese interrumpido con un resoplido burlón, porque eso era exactamente lo que ella había estado a punto de decir, y se daba cuenta de lo ridículo que hubiese sido. Él no podía partir hacia las colonias; todos lo sabían.

Él jamás sería libre como sus hermanos. El orden en el que habían nacido lo había garantizado. George heredaría el título, la casa, la tierra. La mayor parte del dinero. Sin embargo, el privilegio iba acompañado de responsabilidad. Él estaba atado a ese sitio. Estaba en su sangre, del mismo modo que Aubrey Hall estaba en la sangre de Billie.

Quiso preguntarle si le molestaba que fuera así. Si le hubieran dado la oportunidad, ¿se habría cambiado de lugar con Andrew o con Edward?

—¿Qué harás en Londres? —preguntó sin embargo. Porque no podía preguntarle lo que realmente quería saber. No mientras el destino de Edward fuera incierto.

George se encogió de hombros, aunque no tanto con los hombros como con la cabeza y los ojos.

—Hablar con gente. Hacer averiguaciones. —Se rio con amargura—. Soy muy bueno hablando con la gente y haciendo averiguaciones.

—Sabes qué es lo que hay que hacer —coincidió ella.

—Sé hacer que otras personas se ocupen —replicó con sorna.

Ella apretó los labios antes de hacer un comentario estúpido como «Es una habilidad importante». Pero *sí* que lo era, aun cuando ella nunca lo había puesto en práctica. Ella jamás delegaba nada en el administrador de su padre; seguramente era el empleado mejor pagado de esas tierras. Ella actuaba primero y pensaba después; siempre lo había hecho de ese modo. Y no soportaba dejar que otra persona desempeñara una tarea cuando ella misma podía realizarla mejor.

Y, la mayor parte de las veces, lo hacía mejor.

—Necesito beber algo —George murmuró de pronto. Billie no se atrevió a volver a señalar que era muy temprano para beber alcohol.

George caminó hasta la mesa auxiliar y se sirvió un coñac de la licorera. Bebió un sorbo. Un sorbo largo.

—¿Quieres uno?

Billie sacudió la cabeza.

—Qué sorpresa —murmuró George.

Hubo algo severo en su voz. Algo casi desagradable. Billie sintió que su espalda se tensaba.

—¿Cómo dices?

Pero George solo se rio, arqueando las cejas de manera burlona.

—Ay, vamos, Billie. Vives para escandalizarte. No puedo creer que no aceptes un coñac cuando te lo ofrecen.

Ella apretó los dientes y se dijo a sí misma que George no era el de siempre en ese momento.

—Ni siquiera es mediodía.

Él se encogió de hombros y se tragó el resto del coñac.

—No deberías estar bebiendo.

—Y *tú* no deberías decirme lo que debo hacer.

Se quedó quieta, incluso rígida, para que la larga pausa expresara su desaprobación. Por fin, como necesitaba ponerse a la par que él, lo miró con serenidad y dijo:

—Lady Alexandra te envía sus saludos.

Él la miró sin poder creerse sus palabras.

—Se marcha hoy.

—Qué amable por tu parte transmitirme sus saludos.

Sintió que estaba a punto de replicar, pero, en el último instante, soltó:

—¡No! Esto es ridículo. No voy a quedarme aquí parada para decir estupideces. He venido para ayudar.

—No puedes ayudar —repuso él.

—Por supuesto que no, si tienes esa actitud —replicó ella. Él apoyó su vaso de un golpe y se le acercó.

—¿Qué has dicho? —dijo. Sus ojos eran feroces y furiosos, y ella estuvo a punto de retroceder un paso.

—¿Cuánto has bebido?

—No estoy borracho —dijo él con voz peligrosa—. Esta... *esa* —corrigió, señalando con el brazo el vaso que había dejado sobre el aparador— ha sido mi primera y única copa del día.

Billie tuvo la sensación de que debía disculparse, pero no se atrevió a hacerlo.

—Me gustaría estar borracho —dijo, acercándose con la elegancia silenciosa de un felino.

—No lo dices de verdad.

—Ah, ¿no? —Lanzó una risa estridente—. Si lo estuviese, quizá no recordaría que mi hermano está perdido en algún páramo olvidado de la mano de

Dios, donde los lugareños no están predispuestos a favorecer a nadie que vista chaqueta roja.

—George —intentó decir ella, pero él siguió hablando.

—Si lo estuviese —repitió con fuerza—, quizá no habría advertido que mi madre se ha pasado toda la mañana llorando en su cama. Pero eso no es lo mejor de todo. —Dejó caer las manos sobre una mesa que estaba a su lado y la miró con furia desesperada—. ¡Si lo estuviera, podría olvidar que estoy a merced del resto del mundo, maldita sea! Si encuentran a Edward...

—Cuando lo encuentren —lo interrumpió Billie con intensidad.

—Lo que sea, pero no será gracias a mí.

—¿Qué *quieres* hacer? —le preguntó ella en voz baja. Porque tenía la sensación de que él no lo sabía. Decía querer ir a las colonias, pero no estaba segura de que eso fuese lo que deseaba de verdad. No creía que se hubiese permitido siquiera pensar en lo que quería hacer. Estaba tan hundido en sus limitaciones que no podía pensar con claridad qué deseaba realmente.

—¿Qué *quiero* hacer? —repitió. Pareció... no sorprendido exactamente, pero quizá un tanto anonadado—. Quiero... Quiero... —Pestañeó, y luego fijó sus ojos en los de ella—. Te quiero a ti.

Billie se quedó sin respiración.

—Te quiero a ti —repitió, y fue como si toda la habitación temblara. El aturdimiento abandonó su mirada, y sus ojos reflejaron algo intenso.

Voraz.

Billie se quedó sin palabras. Solo pudo observar mientras él se acercaba y el aire entre los dos se volvía más ardiente.

—No quieres hacer esto —dijo ella.

—Oh, sí. Quiero hacerlo.

Pero él no quería. Ella sabía que él no quería hacerlo, y sentía que se le rompía el corazón, porque ella sí lo deseaba. Ella quería que él la besara como si fuera la única mujer que él anhelaba besar, como si fuese a morir si no rozaba sus labios con los de ella.

Quería que él la besara y que lo sintiera.

—No sabes lo que haces —dijo, retrocediendo un paso.

—¿Eso crees? —murmuró él.

—Has estado bebiendo.

—Solo lo suficiente como para que sea perfecto.

Billie pestañeó. No tenía ni idea de qué significaba eso.

—Vamos, Billie —se burló él—. ¿Por qué tantas dudas? No es típico de ti.

—Tú no eres *así* —replicó ella.

—No tienes ni idea. —Se acercó todavía más; sus ojos brillaban de una manera que ella sentía terror de definir. Extendió su mano y tocó su brazo, solo un dedo sobre su piel, pero fue suficiente para hacerla temblar—. ¿Cuándo te has negado a un desafío?

Ella sintió un nudo en el estómago, su corazón estaba desbocado, pero, aun así, tensó los hombros en una línea recta.

—Nunca —respondió, mirándolo directamente a los ojos.

Él sonrió, y su mirada se volvió ardiente.

—Esa es mi chica —murmuró él.

—No soy...

—Lo serás —susurró él, y antes de que ella pudiera pronunciar otra palabra, su boca apresó la de ella en un beso ardiente.

17

La estaba besando.

Era una locura por definición.

Estaba besando a *Billie Bridgerton*, la última mujer en el mundo a la que hubiera debido desear. Sin embargo, ¡por Dios! Cuando ella lo había mirado, y su barbilla había temblado y se había extendido, lo único que él había podido ver habían sido sus labios, y lo único que había percibido había sido su aroma.

Y lo único que había podido sentir había sido el calor de su piel debajo de sus dedos, y había querido más. Más de *eso*.

Más de ella.

Con su otra mano la rodeó con velocidad asombrosa, y no pensó, no *podía* pensar. Simplemente la atrajo hacia él con fuerza, y enseguida comenzó a besarla.

Deseaba devorarla.

Deseaba poseerla.

Deseaba tomarla entre sus brazos y apretarla con fuerza, y besarla hasta que entrara en razón, hasta que dejara de hacer locuras y de correr riesgos, y comenzara a comportarse de la manera en que una mujer debía comportarse, pero, aun así, siendo *ella*, y...

No podía pensar. Sus pensamientos eran confusos, estaban destrozados por el simple calor del momento.

«Más...», su mente le rogaba. «Más», era lo único que tenía algún sentido para él. Más de eso. Más de Billie.

Apresó su rostro entre sus manos y la sostuvo. Pero ella no estaba quieta. Sus labios se movían debajo de los de él, y devolvían el beso con la intensidad característica de Billie. Ella montaba con pasión y jugaba con pasión, y, sin duda besaba de la misma manera, como si él fuera un trofeo del que se sentía orgullosa.

Todo aquello era una locura, era un verdadero error, y, sin embargo, era deliciosamente perfecto. Eran todas las sensaciones del mundo reunidas en una sola mujer, y nada lo saciaba. En ese momento, en esa habitación, nada lo saciaba.

La palma de su mano avanzó hacia el hombro de ella, luego hacia su espalda, y la atrajo hacia sí hasta apretar sus caderas con fuerza sobre su vientre. Ella era pequeña, y fuerte, pero se curvaba en los mejores sitios.

George no era ningún santo. Había besado a muchas mujeres antes, mujeres que sabían besar. Pero nunca había deseado a nadie tanto como deseaba a Billie. Jamás había deseado nada tanto como deseaba ese beso.

Ese beso y todo lo que podía venir después.

—Billie —murmuró—. Billie.

Ella emitió un sonido. Podría haber sido el nombre de George.

Y, de alguna manera, eso fue suficiente.

«¡Cielo santo!» De pronto recuperó la razón. Su cerebro despertó y recuperó la cordura. George se apartó, y la electricidad que los había fundido hasta ese momento se desvaneció.

¿Qué diablos acababa de ocurrir?

George respiró. No, mejor dicho, *intentó* respirar. Era algo completamente distinto.

Ella le había preguntado qué deseaba.

Y él le había respondido. La deseaba *a ella*. Ni siquiera había tenido que pensar en la respuesta.

Era evidente que él *no* lo había pensado, pues si lo hubiese pensado, no lo habría hecho.

Se pasó una mano por el pelo. Y luego la otra. Entonces se dio por vencido y apretó ambas manos, tirándose del pelo hasta que soltó un gruñido de dolor.

—Me has besado —dijo ella, y él tuvo suficiente presencia de ánimo para no responder que ella también lo había besado. Porque él había comenzado todo. Él lo había comenzado, y ambos sabían que ella jamás lo habría hecho.

Él sacudió la cabeza con pequeños movimientos, que no lograron aclarar sus pensamientos.

—Lo siento —dijo, tenso—. No ha sido... quiero decir...

Maldijo. Al parecer hasta ahí llegaba su coherencia.

—Me has besado —repitió ella, y esta vez hubo desconfianza en su voz—. ¿Por qué...

—No lo sé —replicó él. Volvió a maldecir y se pasó la mano por el pelo mientras se alejaba. Maldición. Maldita, maldita...

Tragó saliva.

—Ha sido un error —dijo.

—¿Qué?

Fue solo una palabra. No fue suficiente poder descifrar el tono en el que la dijo. Lo cual probablemente fue mejor. Se dio la vuelta, obligándose a mirarla, pero al mismo tiempo sin permitirse *ver*.

No quería ver su reacción. No quería saber lo que ella pensaba de él.

—Ha sido un error —dijo, porque era lo que debía decir—. ¿Me entiendes?

Billie entrecerró los ojos. Su rostro se endureció.

—Perfectamente.

—Por el amor de Dios, Billie, no te ofendas...

—¿Que no me ofenda? ¿Que no me ofenda? Tú... —Ella se detuvo, lanzó una mirada furtiva a la puerta abierta y habló entre dientes, furiosa—. Yo no he comenzado esto.

—Lo sé muy bien.

—¿En qué estabas pensando?

—Es evidente que no he pensado —respondió él con voz seca.

Ella abrió los ojos como platos, brillantes de dolor, y luego se dio la vuelta, abrazándose a sí misma.

Entonces George conoció el verdadero significado del remordimiento. Soltó un resoplido vacilante y se pasó la mano por el pelo de nuevo.

—Te pido disculpas —dijo, por segunda vez en minutos—. Me casaré contigo, claro está.

—¿*Qué?* —Ella se dio la vuelta—. No.

George se puso rígido. Fue como si alguien lo hubiese golpeado en la espalda con una barra de hierro.

—¿Cómo dices?

—No seas tonto, George. No quieres casarte conmigo.

Era cierto, pero él no era tan estúpido como para decirlo en voz alta.

—Y sabes que yo no quiero casarme contigo.

—Lo has dicho con mucha claridad.

—Solo me has besado porque estás disgustado.

Eso *no* era verdad; de todos modos, él se calló.

—Entonces, acepto tus disculpas. —Billie levantó la barbilla—. Y nunca más volveremos a hablar de esto.

—De acuerdo.

Permanecieron de pie por un momento, sin moverse, en una situación muy incómoda. Él debería haber saltado de alegría. Y cualquier otra joven hubiera gritado de desesperación. O llamado a su padre. Y al párroco. Y exigido una licencia especial para ahorcar al desalmado.

Pero no Billie. No, Billie solo lo miró con altanería casi sobrenatural y dijo:

—Espero que aceptes mis disculpas.

—Tus... —¿*Qué?* George se quedó boquiabierto. ¿Por qué diablos tenía que disculparse ella? ¿O simplemente trataba de llevarle ventaja? Ella siempre había sabido cómo alterarlo.

—No puedo fingir que yo no he devuelto el... mmm... —Tragó saliva, y él disfrutó verla ruborizarse antes de terminar de hablar—. El... mmm...

A él le encantó que no pudiera terminar de hablar.

—Te ha gustado —dijo él, esbozando una sonrisa. Era tremendamente insensato provocarla en un momento como ese, pero no pudo evitarlo.

Ella se mantuvo firme.

—Todo el mundo debe recibir un primer beso.

—Entonces, ha sido un honor —dijo él con una distinguida reverencia. Billie abrió la boca, sorprendida, quizá también consternada. Bien. Él le había dado la vuelta a la situación.

—No esperaba que fueras tú, claro está —repuso.

Él contuvo su irritación; por el contrario, murmuró:

—¿Quizá esperabas que fuera otra persona?

Ella se encogió de hombros.

—Nadie en particular.

Él decidió no analizar el repentino placer que había sentido al escucharla.

—Supongo que siempre he pensado que sería uno de tus hermanos —continuó—. Quizá Andrew.

—*No*, Andrew no —replicó él.

—No, probablemente no —coincidió ella, ladeando la cabeza mientras pensaba—. Pero podría haber sido una posibilidad.

Él la observó cada vez más enfadado. Si bien no parecía totalmente *indiferente* a la situación, no la veía tan afectada como él pensaba que debería haber estado.

—No habría sido igual —se escuchó decir a sí mismo.

Billie pestañeó.

—¿Cómo dices?

—Si hubieses besado a otra persona. —Se acercó a ella, sin poder ignorar la manera en que su pulso se aceleraba con expectativa—. No habría sido lo mismo.

—Bueno... —Parecía nerviosa, deliciosamente ansiosa—. Supongo que no —respondió finalmente—. Quiero decir... diferentes personas...

—Muy diferentes —acordó él.

Ella abrió la boca, y pasaron varios segundos antes de que surgieran palabras.

—No estoy segura de con quién te comparas.

—Con cualquiera. —Él se acercó todavía más—. Con todos.

—¿George? —Los ojos de ella estaban abiertos de par en par, pero no lo rechazaba.

—¿Quieres que vuelva a besarte? —preguntó él.

—Por supuesto que no. —Pero lo dijo con demasiada prisa.

—¿Estás segura?

Billie tragó saliva.

—Sería una muy mala idea.

—Muy mala idea —dijo él con voz suave.

—¿Entonces... no deberíamos?

Él tocó su mejilla, y esta vez murmuró.

—¿Quieres que vuelva a besarte?

Ella se movió... un poco. Él no supo decir si estaba diciendo que sí o que no. Tenía la sensación de que ella tampoco lo sabía.

—¿Billie? —murmuró, acercándose lo suficiente como para que su aliento rozara su piel.

Ella contuvo la respiración y dijo:

—He dicho que no me casaría contigo.

—Así es.

—Bien, he dicho que tú no tienes *obligación* de casarte conmigo.

Él asintió.

—Eso seguiría siendo cierto.

—¿Si volviera a besarte?

Ella asintió.

—¿Así que esto no significa nada?

—No...

Algo cálido y estupendo se abrió en su pecho. Eso nunca podría no significar nada. Y ella lo sabía.

—Solo significa... —Ella tragó saliva, y sus labios temblaron cuando los apretó—... que no hay consecuencias.

Él rozó su mejilla con los labios.

—No hay consecuencias —repitió él suavemente.

—Ninguna.

—Podría besarte otra vez... —La tomó de la cintura, pero solo aplicó un mínimo de presión. Ella podía alejarse en cualquier momento. Podía escaparse de su abrazo, cruzar la habitación y marcharse. Necesitaba que ella lo supiera. *Necesitaba* saber que ella lo sabía. No habría recriminaciones, no se diría a sí misma que había sido arrastrada por la pasión de él.

Si a ella la arrastraba la pasión, sería la suya propia.

Los labios de él tocaron su oreja.

—Podría besarte otra vez —repitió.

Ella asintió con un pequeño movimiento de la cabeza. Diminuto. Pero él lo percibió.

—Otra vez —murmuró ella.

Los dientes de él encontraron el lóbulo de su oreja y lo mordisquearon suavemente.

—Y otra vez.

—Creo que...

—¿Qué crees? —Él sonrió contra su piel. No podía creer lo maravilloso que era todo aquello. Había conocido besos apasionados, de pura lujuria. Así era todo aquello, pero había algo más.

Algo de felicidad.

—Creo... Ella tragó saliva—. Creo que *deberías* volver a besarme. —Levantó la mirada, y sus ojos eran sorprendentemente claros—. Y creo que deberías cerrar la puerta.

George jamás había actuado con tanta velocidad. Estuvo a punto de trabar el picaporte con una silla para que la maldita puerta quedara cerrada.

—Sin embargo, esto no significa nada —repitió mientras los brazos de él la envolvían.

—Por supuesto que no.

—Y no hay consecuencias.

—Ninguna.

—No tienes obligación de casarte conmigo.

—No tengo obligación, no.

Pero podría. El pensamiento se cruzó por su cabeza con cálida sorpresa. *Podría* casarse con ella. No había ningún motivo para no hacerlo.

Su cordura, quizá. Pero tenía la sensación de que la había perdido desde el primer momento en que sus labios habían rozado los de ella.

Ella se paró de puntillas, ladeando el rostro.

—Si eres mi primer beso —dijo, haciendo una mueca con sutil picardía—, bien podrías ser el segundo.

—Y quizá tu tercero —dijo él, apresando su boca.

—Es importante aprender —dijo ella, pronunciando las palabras entre besos.

—¿Aprender? —La boca de él se movió hasta su cuello, y ella se arqueó provocativamente en sus brazos.

Ella asintió, y contuvo la respiración cuando, con una de sus manos, él acarició su tórax.

—Aprender a besar —aclaró ella—. Es una habilidad.

Él se sintió sonreír.

—Y a ti te encanta tener habilidades.

—Sí.

Él besó su cuello, luego su clavícula, y agradeció los canesús modernos, redondos y profundos, que desnudaban su piel tersa desde los hombros hasta la parte superior de sus senos.

—Preveo un futuro brillante para ti.

Su única respuesta fue un suspiro de sorpresa. Por qué, no estaba seguro; quizá se debía a su lengua, que recorría la sensible piel que sobresalía del borde de encaje del vestido. O quizá se debía a sus dientes, que mordisqueaban suavemente un lado de su cuello.

No se atrevió a recostarla en la *chaise longue*; no tenía la seguridad de poder contenerse. Sin embargo, la empujó suavemente hacia el sofá y la levantó los pocos centímetros necesarios para colocarla encima del respaldo.

Y, por el amor de Dios, Billie supo instintivamente qué debía hacer. Abrió las piernas, y cuando él levantó su falda, las envolvió a su alrededor. Quizá lo había hecho solo para no perder el equilibrio, pero cuando se apretó contra ella, no le importó. La falda continuaba estorbando, como también el pantalón, pero, aun así, *sintió* su cuerpo. Su erección era exquisitamente turgente, y la apoyó contra ella; su cuerpo sabía bien adónde quería dirigirse. Ella era una muchacha de campo; tenía que saber qué significaba todo eso. Sin embargo, estaba perdida en la misma pasión y lo atrajo aún más hacia sí, y sus piernas se apretaron alrededor de las caderas de él.

Dios mío, a ese ritmo alcanzaría el orgasmo como un adolescente.

Inspiró profundamente.

—Es demasiado —murmuró, obligándose a apartarse.

—No —fue lo único que ella dijo, pero levantó sus manos hacia la cabeza de él para que la besara aun con sus cuerpos separados.

Así que la besó. La besó infinitamente. La besó con delicadeza, eludiendo el límite de su propio deseo, consciente de lo cerca que estaba del límite de la razón.

Y la besó con ternura, porque se trataba de Billie, y de algún modo supo que nadie pensaba en ser tierno con ella.

—George —dijo ella.

Él apartó sus labios, solo un poco, solo un instante.

—Mmm.

—Debemos... debemos parar.

—Mmm. —Él estuvo de acuerdo. Pero no se detuvo. Podría haberlo hecho; había controlado su pasión. Pero no quería parar.

—George —repitió ella—. Viene alguien.

George se echó hacia atrás. Escuchó.

Maldijo.

—Abre la puerta —murmuró Billie entre dientes.

Él lo hizo. Con presteza. No había nada más sospechoso que una puerta cerrada. La miró.

—Podrías... —Se aclaró la garganta e hizo un gesto cerca de su cabeza—. Podrías arreglar...

No era experto en peinados para damas, pero estaba seguro de que el cabello de Billie no estaba como debería.

Billie palideció y, con desesperación, se lo alisó; sus dedos ágiles quitaron horquillas y volvieron a ponerlas.

—¿Está mejor?

Él hizo una mueca. Había un sitio detrás de su oreja derecha en el que un mechón castaño parecía habérsele saltado de la cabeza.

Oyeron una voz desde el vestíbulo.

—¿*George?*

Era su madre. ¡Cielo santo!

—¡George!

—En el salón, madre —respondió él, dirigiéndose hacia la puerta. Podía entretenerla en el vestíbulo al menos unos segundos. Se volvió hacia Billie, compartiendo una última mirada urgente. Ella se quitó las manos del cabello y las extendió, como diciendo: «¿Y bien?».

Tendría que ser suficiente.

—Madre —dijo él, saliendo al vestíbulo—. No sabía que habías salido ya de la cama.

Ella ofreció su mejilla, que él se apresuró a besar.

—No voy a permanecer en mi habitación indefinidamente.

—No, aunque, sin duda, tienes todo el derecho a...

—¿Llorar? —interrumpió ella—. Me niego a llorar. No hasta que recibamos noticias definitivas.

—Iba a decir «a descansar» —dijo él.

—Ya lo he hecho.

«Bien hecho, lady Manston», pensó su hijo. Era curioso cómo su madre lograba sorprenderlo con su resistencia.

—Estaba pensando —comenzó a decir su madre, y entró en la sala—. Ah, hola, Billie, no sabía que estabas aquí.

—Lady Manston. —Billie hizo una reverencia—. Esperaba poder ayudar en algo.

—Es muy amable por tu parte. No estoy segura de qué puede hacerse, pero tu compañía siempre es bienvenida. —Lady Manston ladeó la cabeza—. ¿Hace mucho viento fuera?

—¿Qué? —Billie se llevó la mano al cabello tímidamente—. Ah. Sí, un poco. He olvidado mi sombrero.

Todos se volvieron a mirar el sombrero que Billie había dejado sobre la mesa.

—Es decir, me he olvidado de ponérmelo —aclaró Billie con una risita nerviosa, que George esperaba que su madre no detectara—. O, a decir verdad, no lo he olvidado. Es que el aire era delicioso.

—No se lo diré a tu madre —dijo lady Manston con una sonrisa indulgente.

Billie se lo agradeció haciendo un gesto con la cabeza y luego se produjo un silencio incómodo. Aunque quizá no fuera incómodo en absoluto. Quizá George pensó que era un silencio incómodo, porque sabía lo que Billie estaba pensando, y él sabía lo que *él* pensaba, y parecía imposible que su madre pensara otra cosa.

Pero, al parecer, era así; ya que lo miró con una sonrisa que él sabía que era forzada, y preguntó:

—¿Aún piensas ir a Londres?

—Sí —respondió él—. Conozco algunas personas en el Ministerio de Guerra.

—George ha pensado en viajar a Londres para hacer averiguaciones —explicó su madre a Billie.

—Sí, me lo ha dicho. Es una idea excelente.

Lady Manston asintió con la cabeza y se volvió a George.

—Tu padre también conoce a algunas personas, pero...

—Yo puedo ir —se apresuró a decir George, para ahorrarle a su madre el dolor de tener que describir el estado de incapacidad actual de su marido.

—Probablemente tú conoces a las mismas personas —repuso Billie.

George le dirigió una mirada.

—Precisamente.

—Creo que iré contigo —informó su madre.

—Madre, no, deberías quedarte en casa —repuso George de inmediato—. Mi padre te necesita, y para mí será más fácil hacer lo que debo estando solo.

—No seas tonto. Lo único que tu padre necesita son noticias de su hijo, y aquí no puedo hacer nada para que eso suceda.

—¿Y en Londres podrás?

—Probablemente no —admitió lady Manston—, pero al menos tendré la posibilidad.

—No podré hacer nada si estoy preocupado por ti.

Su madre enarcó una ceja.

—Entonces no te preocupes.

George apretó los dientes. No tenía sentido discutir con su madre en ese estado, y, a decir verdad, ni siquiera estaba seguro de por qué no quería que su madre lo acompañara. Simplemente tenía una extraña e insistente sensación de que algunas cosas era mejor hacerlas solo.

—Todo saldrá bien —dijo Billie, tratando de aliviar la tensión entre madre e hijo. George la miró agradecido, pero no creyó que Billie lo captara. Se dio cuenta de que ella era más parecida a su madre de lo que cualquiera hubiera pensado. Era conciliadora a su manera, única e irrepetible.

La observó mientras tomaba una mano de su madre entre las suyas.

—Sé que Edward volverá a casa —dijo con un ligero apretón.

Una sensación cálida de orgullo, casi acogedora, lo invadió. Y sintió que ella le había dado un apretón a su mano también.

—Eres muy cariñosa, Billie —dijo su madre—. Tú y Edward siempre habéis sido muy amigos.

—Es mi mejor amigo —confirmó Billie—. Bueno, además de Mary, por supuesto.

George cruzó los brazos.

—No te olvides de Andrew.

Ella lo miró con el ceño fruncido.

Lady Manston se inclinó hacia adelante y besó a Billie en la mejilla.

—Lo que daría por veros a ti y a Edward juntos una vez más.

—Y así será —dijo Billie con firmeza—. Él volverá a casa... Aunque no sea pronto, lo hará en algún momento. —Esbozó una sonrisa casi tranquilizadora—. Volveremos a estar juntos. Lo sé.

—*Todos* volveremos a estar juntos —dijo él, algo irritado.

Billie volvió a mirarlo con el ceño fruncido, esta vez bastante contrariada.

—No dejo de ver su rostro —dijo su madre—. Cada vez que cierro los ojos.

—Yo también —admitió Billie.

George estaba fuera de sí. Maldita sea, acababa de besarla... y estaba seguro de que sus ojos habían estado cerrados.

—¿George? —inquirió su madre.

—¿Qué? —respondió él con voz seca.

—Has hecho un ruido extraño.

—Me he aclarado la garganta —mintió. ¿Billie había estado pensando en Edward durante el beso? No, ella no haría algo así. ¿O sí? ¿Cómo iba a saberlo? ¿Y podía culparla? Si había estado pensando en Edward, no lo había hecho adrede.

Lo que empeoraba las cosas aún más.

Observó a Billie mientras hablaba en voz baja con su madre. ¿Estaría enamorada de Edward? No, no era posible.

Porque si lo *estaba*, Edward nunca habría sido tan tonto como para no devolver su afecto. Y si hubiera sido así, ya estarían casados.

Además, Billie había dicho que nunca había dado un beso. Y Billie no mentía.

Edward era un caballero, quizá incluso más que George, considerando los acontecimientos, pero si hubiera estado enamorado de Billie, de ningún modo habría partido hacia América sin haberla besado.

—¿George?

Él levantó la mirada. Su madre lo observaba con cierta preocupación.

—No tienes buen aspecto —dijo ella.

—No me encuentro bien —respondió él con voz cortante.

Su madre se echó hacia atrás ligeramente, dando un indicio de sorpresa.

—Imagino que ninguno de nosotros se encuentra bien —manifestó.

—Ojalá pudiese ir a Londres —dijo Billie.

George volvió a prestar atención.

—¿Bromeas? —Cielo santo, sería un desastre. Si le preocupaba que *su madre* fuera una distracción...

Billie se echó hacia atrás, visiblemente ofendida.

—¿Por qué habría de estar bromeando?

—Porque odias Londres.

—Solo he ido una vez —dijo ella, tensa.

—¡Cómo! —exclamó lady Manston—. ¿Cómo es posible? Sé que no has tenido Temporada, pero se llega en apenas un día a caballo.

Billie se aclaró la garganta.

—Mi madre no ha querido que volviese después de lo sucedido durante mi presentación en la corte.

Lady Manston se estremeció levemente, pero luego se recuperó y declaró con entusiasmo:

—Bien, entonces problema resuelto. No podemos vivir en el pasado.

George miró a su madre con cierto temor y preguntó:

—¿Qué problema está resuelto exactamente?

—Billie debe ir a Londres.

18

Y así fue como, menos de una semana después, Billie se encontró despojada hasta de sus prendas íntimas, con dos costureras parloteando en francés mientras la pinchaban con alfileres y agujas.

—Podría haber usado uno de los vestidos que tengo en casa —le dijo a lady Manston, probablemente por quinta vez.

Lady Manston ni siquiera levantó la mirada de los maniquís vestidos con diseños a la última moda que estaba contemplando.

—No, no podrías.

Billie suspiró y observó las ricas telas de brocado que cubrían las paredes de la lujosa tienda de trajes, que se había convertido en su segundo hogar allí, en Londres. Era un sitio muy exclusivo, según le habían informado; el discreto letrero que colgaba sobre la puerta solo rezaba «Madame Delacroix, sastre», pero lady Manston llamaba Crossy a la pequeña dínamo francesa, y le había indicado a Billie que hiciera lo mismo.

Normalmente, había dicho lady Manston, Crossy y sus muchachas iban a visitarla a su casa, pero como no había mucho tiempo para tomar medidas y vestir a Billie, era más práctico trasladarse hasta la tienda.

Billie había intentado protestar. No había ido a Londres para la Temporada. Ni siquiera era la época del año adecuada. Bueno, lo sería pronto, pero no aún. Y, por supuesto, no habían viajado a Londres para asistir a fiestas y bailes. A decir verdad, Billie no estaba del todo segura de para qué había ido. Se había quedado atónita cuando lady Manston se lo había anunciado, y ella debió haberlo visto en su rostro.

—Acabas de decir que querías ir a Londres —dijo lady Manston—, y confieso que mi ofrecimiento no es del todo altruista. Yo también quiero ir, y necesito una compañera de viaje.

George también protestó, lo cual, dadas las circunstancias, a Billie le había parecido sensato e insultante *al mismo tiempo*, pero a su madre no había quien la detuviera.

—No puedo llevar a Mary —dijo con firmeza—. Está demasiado descompuesta, y, de todos modos, dudo que Felix lo permita. —Y miró a Billie—. Él es muy protector.

—Bastante —había murmurado Billie... un comentario estúpido, en su opinión. Pero no se le había ocurrido otra cosa que decir. Sinceramente, nunca se había sentido menos segura de sí misma que en presencia de una indómita matrona de la sociedad, aunque fuese alguien a quien conocía desde niña. La mayor parte del tiempo, lady Manston era su amada vecina, pero, de vez en cuando, aparecía como líder de la sociedad, alguien que daba órdenes y dirigía a las personas, y, en general, era experta en todo. Billie no tenía ni idea de qué actitud debía tener frente a ella. Le ocurría lo mismo con su propia madre.

Pero después, George había echado por la borda lo *sensato* y se había vuelto *insultante*.

—Perdona, Billie —había dicho, mirando a su madre—, pero serías una distracción.

—Una distracción agradable —repuso lady Manston.

—No para mí.

—¡George Rokesby! —Su madre se indignó de inmediato—. Discúlpate ahora mismo.

—Ella sabe lo que he querido decir —respondió él.

Ante eso, Billie no pudo mantenerse callada.

—¿Lo sé?

George se volvió hacia Billie con una expresión de vaga irritación y evidente suficiencia, y afirmó:

—En realidad no quieres ir a Londres.

—Edward era mi amigo también —dijo ella.

—No «era» —replicó George.

Ella tuvo ganas de darle una bofetada. La malinterpretaba deliberadamente.

—Por el amor de Dios, George, ya sabes a qué me refiero.

—¿Lo sé? —se burló él.

—¿Qué diablos sucede aquí? —Lady Manston había estallado—. Sé que vosotros dos nunca os habéis llevado bien, pero este tipo de comportamiento es inadmisible. Cielo santo, cualquiera pensaría que tenéis tres años de edad.

Y eso fue todo. Billie y George fueron llamados al silencio y lady Manston salió de la habitación para escribirle una nota a lady Bridgerton, en la que le explicaba que Billie había aceptado gentilmente acompañarla a la ciudad.

Naturalmente, a lady Bridgerton le había parecido una idea brillante.

Billie pensó que los días en Londres transcurrirían visitando los sitios de interés turístico, quizá asistiendo al teatro, pero, el día después de llegar, lady Manston había recibido una invitación a un baile que le había enviado una amiga muy, muy querida, y, para gran sorpresa de Billie, había decidido aceptarla.

—¿Está segura de estar en condiciones de asistir? —le había preguntado Billie. (En ese momento no creía que también la obligarían a ir, de modo que, a decir verdad, sus motivos habían sido puramente altruistas.)

—Mi hijo no está muerto —respondió lady Manston, sorprendiendo a Billie con su brusquedad—. No voy a actuar como si lo estuviera.

—Por supuesto que no, pero...

—Además —prosiguió lady Manston, sin dar señales de haber escuchado a Billie—, Ghislaine es una amiga muy querida y sería de mala educación rechazar su invitación.

Billie frunció el ceño, observando la abultada pila de invitaciones que habían aparecido misteriosamente en la delicada bandeja de porcelana festoneada que descansaba sobre el escritorio de lady Manston.

—¿Cómo sabe ella que usted está aquí, en Londres?

Lady Manston se encogió de hombros mientras revisaba el resto de sus invitaciones.

—Supongo que se habrá enterado por George.

Billie esbozó una sonrisa tensa. George había llegado a Londres dos días antes que ellas dos. Había ido a caballo, el muy afortunado. Sin embargo, desde su llegada lo había visto exactamente tres veces. Una vez en la cena, otra vez durante el desayuno y una vez en el salón, cuando había ido a buscar un coñac mientras ella leía un libro.

Se había mostrado perfectamente educado, si bien un poco distante. Ella suponía que podía justificarlo; hasta donde Billie sabía, él había estado tratando de conseguir noticias de Edward, y no quería distraerlo de su objetivo. Sin embargo, no había imaginado que «no hay consecuencias» significara que iba a ignorarla por completo.

Billie no creía que a él no le hubiese afectado el beso. No tenía mucha (a decir verdad, *ninguna*) experiencia con los hombres, pero conocía a George, y sabía que él la había deseado tanto como ella a él.

Ella lo había deseado. Dios, y mucho.

Aún lo deseaba.

Cada vez que cerraba los ojos veía su rostro, y lo extraño era que no era el beso lo que volvía a revivir una y otra vez en su cabeza. Era el instante anterior al beso, cuando su corazón había latido como un colibrí y ansiado mezclar su aliento con el de él. El beso había sido mágico, pero el momento previo había sido un instante en el que había sabido...

Que se había transformado.

Él había despertado algo en su interior que no sabía siquiera que existía, algo salvaje y egoísta. Y deseaba más.

El problema era que no tenía ni idea de cómo conseguirlo. Si alguna vez había habido un momento para desarrollar artimañas femeninas, era ese. Sin embargo, estaba fuera de su elemento allí, en Londres. Sabía cómo actuar en su casa, en Kent. Quizá no fuera la versión ideal de feminidad para su madre, pero cuando estaba en su casa, en Aubrey o en Crake, Billie sabía quién era. Si decía algo extraño o hacía algo fuera de lo común, no tenía importancia, porque ella era Billie Bridgerton y todo el mundo sabía qué significaba eso.

Ella sabía qué significaba.

Pero allí, en esa casa formal de la ciudad, con sirvientes desconocidos y matronas adustas que iban de visita, se sentía perdida. Se anticipaba a cada palabra.

¿Y ahora lady Manston quería asistir a un baile?

—La hija de Ghislaine tiene dieciocho años, creo —musitó lady Manston, mientras le daba la vuelta a la invitación y miraba el reverso—. Quizá diecinueve. Ya está en edad de casarse.

Billie se mordió la lengua.

—Una muchacha preciosa. Tan bonita y refinada. —Lady Manston alzó la mirada con una sonrisa amplia y artera—. ¿Deberé insistir para que George me acompañe? Es hora de que empiece a buscar esposa.

—Estoy segura de que estará encantado —respondió Billie con diplomacia. Sin embargo, en su imaginación ya había dibujado a la hermosa hija de Ghislaine con cuernos y horca.

—Tú también asistirás.

Billie levantó la vista, asustada.

—Ay, no creo que...

—Tendremos que buscarte un vestido.

—Realmente, no es...

—Y zapatos, me imagino.

—Pero lady Manston, yo...

—Me pregunto si podremos evitar la peluca. Podría ser difícil de manejar si no estás acostumbrada.

—La verdad es que no me gusta usar pelucas —repuso Billie.

—Entonces no tendrás que usarla —declaró lady Manston, y solo entonces Billie supo con cuánta destreza la había manipulado.

Eso había sido dos días atrás. Dos días y cinco pruebas de vestidos. Seis, contando esa.

—Billie, contén la respiración un momento —indicó lady Manston.

Billie la miró, entrecerrando los ojos.

—¿Qué? —Era muy difícil concentrarse en otra cosa que no fueran las dos costureras que le tiraban de todos lados. Había oído que la mayoría de las modistas fingían el acento francés para parecer más sofisticadas, pero esas dos parecían genuinas. Billie no entendía ni una palabra de lo que decían.

—Ella no habla francés —informó lady Manston a Crossy—. No sé en qué estaría pensando su madre. —Volvió a mirar a Billie—. La respiración, querida. Deben apretar el corsé.

Billie miró a las dos asistentes de Crossy, que esperaban con paciencia a sus espaldas, con las cuerdas del corsé en las manos.

—¿Se necesitan dos personas?

—Es un corsé muy bueno —indicó lady Manston.

—El *mejog* —confirmó Crossy.

Billie suspiró.

—No, *inspira* —ordenó lady Manston—. Contén la respiración. —Billie obedeció, metiendo hacia adentro el estómago de modo que las dos costureras pudieron tironear de tal manera que la espalda de Billie se curvó de una forma totalmente nueva. Sus caderas sobresalieron hacia adelante y su cabeza pareció estar mucho más atrás en su cuello. No estaba segura de cómo debía caminar así ataviada.

—No es muy cómodo —gritó.

—No. —Lady Manston no pareció preocupada—. No será cómodo.

Una de las damas dijo algo en francés y luego empujó los hombros de Billie hacia adelante y su estómago hacia atrás.

—¿*Meilleur?* —preguntó.

Billie ladeó la cabeza, y luego torció la espalda un poco. Estaba mejor. El uso del corsé era otro aspecto del refinamiento femenino al que no tenía ni idea de cómo enfrentarse. O más bien, el «buen» uso del corsé. Al parecer, los que ella había usado eran demasiado permisivos.

—Gracias —dijo a las costureras, y luego se aclaró la garganta—. Eh, *merci*.

—*Paga* usted, el *cogsé* no debería ser demasiado incómodo —dijo Crossy, que se acercó para revisar su obra de arte—. Su estómago es bonito y plano. El problema que tenemos son sus senos.

Billie levantó la mirada, asustada.

—Mis...

—Tienen muy poca carne —explicó Crossy, agitando la cabeza con tristeza.

Ya era bastante vergonzoso oír hablar de sus senos como si fueran alitas de pollo, pero luego Crossy la *agarró*. Miró a lady Manston.

—Debemos empujarlos un poco más hacia arriba, ¿no cree?

Entonces hizo una demostración. Billie quiso morirse allí mismo.

—¿Mmm? —Lady Manston hizo una mueca mientras miraba dónde habían quedado los senos de Billie—. Ah, sí, creo que tiene razón. Quedan mucho mejor ahí arriba.

—Estoy segura de que no es necesario... —empezó a decir Billie, pero luego se dio por vencida. Allí no tenía poder de decisión.

Crossy dijo algo a sus asistentes en rapidísimo francés, y, antes de que Billie supiera qué sucedía, le quitaron los lazos y volvieron a ajustarlos, y, cuando miró hacia abajo, sin duda su pecho no estaba en el mismo lugar que un momento antes.

—Mucho mejor —declaró Crossy.

—Cielo santo —murmuró Billie. Si movía la cabeza, podía tocar sus senos con la barbilla.

—Él no podrá resistirse —dijo Crossy, acercándose a ella y guiñándole un ojo.

—¿Quién?

—Siempre hay un quién —respondió Crossy con una risita.

Billie trató de no pensar en George. Pero no lo consiguió. Le gustara o no, él era ese *quién*.

Mientras Billie intentaba no pensar en George, este trataba de no pensar en pescado. En arenques ahumados, para ser más preciso. Había pasado la mayor parte de la semana en el Ministerio de Guerra, intentando conseguir información sobre Edward. Para ello había tenido que comer varias veces con lord Arbuthnot, quien, antes de contraer gota, había sido un general condecorado en el ejército de Su Majestad. La gota era una maldita molestia (fue lo primero que dijo) pero gracias a ella había vuelto a suelo inglés, donde podía desayunar en condiciones todos los días.

Parecía que lord Arbuthnot aún estaba compensando sus años de desayunos inadecuados, ya que, cuando George fue a cenar con él, la mesa había sido preparada con alimentos típicos. Huevos cocinados de tres maneras, tocino, tostadas. Y arenques ahumados. Montones y montones de arenques ahumados.

Pensándolo bien, lord Arbuthnot comía grandes cantidades de arenques ahumados.

George había visto al viejo soldado solo una vez antes; Arbuthnot había asistido a Eton con el padre de George, y George con el hijo de Arbuthnot, y si había un contacto más efectivo para averiguar la verdad, George no imaginaba cuál podía ser.

—Bien, he estado haciendo averiguaciones —dijo Arbuthnot, cortando un trozo de jamón con el ímpetu de un hombre rubicundo que prefiere estar al aire libre—, pero no he sabido gran cosa de su hermano.

—Pero alguien sabrá dónde está.

—En la colonia de Connecticut. Es la información más precisa que he podido obtener.

George apretó los dedos en un puño debajo de la mesa.

—Pero no debería *estar* en la colonia de Connecticut.

Arbuthnot masticó su comida y luego miró a George con expresión sagaz.

—Usted nunca ha sido soldado, ¿verdad?

—No, desgraciadamente.

Arbuthnot asintió. Evidentemente, aprobaba la respuesta de George.

—Los soldados rara vez están donde se supone —dijo—. Por lo menos los que son como su hermano.

George apretó los labios, esforzándose por mantener una expresión ecuánime.

—Me temo que no comprendo a qué se refiere.

Arbuthnot se reclinó en su asiento, golpeteando sus dedos finos mientras observaba a George con mirada pensativa y ojos entrecerrados.

—Su hermano no es un soldado raso, lord Kennard.

—Pero un capitán también debe obedecer órdenes.

—¿E ir adonde le indican? —dijo Arbuthnot—. Por supuesto. Pero eso no significa que termine estando donde se «supone» que debe estar.

George tardó un momento en asimilar esa información, y luego dijo, con tono de incredulidad:

—¿Está tratando de decirme que Edward es espía?

Era algo incomprensible. El espionaje era algo muy sucio. Los hombres como Edward llevaban la chaqueta roja con orgullo.

Arbuthnot sacudió la cabeza.

—No. Al menos, no lo creo. El espionaje es algo sumamente desagradable. Su hermano no tendría que hacerlo.

«Él no lo haría», pensó George. Y punto.

—De todos modos, no tendría sentido —repuso Arbuthnot—. ¿Realmente cree que su hermano podría hacerse pasar por otra cosa que no fuera un perfecto caballero inglés? No creo que un rebelde crea que el hijo de un conde simpatizará con su causa.

Arbuthnot se limpió la boca con su servilleta y extendió la mano hacia los arenques.

—Creo que su hermano es un explorador.

—Un explorador —repitió George.

Arbuthnot asintió, y luego le ofreció la fuente.

—¿Más?

George sacudió la cabeza e intentó no hacer una mueca.

—No, gracias.

Arbuthnot emitió un leve gruñido y deslizó el resto de los arenques en su plato.

—Dios, cómo me gustan los arenques —suspiró—. En el Caribe no es posible encontrarlos. Al menos, no de estos.

—Un explorador —repitió George, tratando de volver a encauzar la conversación—. ¿Por qué cree eso?

—Bueno, nadie me lo ha contado, y para ser sincero, no creo que nadie de aquí conozca toda la historia, pero, atando cabos..., parece encajar. —Arbuthnot se metió un arenque en la boca y masticó—. No soy hombre de apuestas, pero, si lo fuera, diría que a su hermano lo han enviado lejos para investigar el terreno. No ha habido mucha acción en Connecticut, no desde lo ocurrido con ese fulano Arnold en Ridgefield en el setenta y siete.

George no conocía al tal Arnold, ni tenía la más remota idea de dónde estaba situado Ridgefield.

—Hay unos puertos excelentes en esa costa —continuó Arbuthnot, volviendo a la importante actividad de cortar su carne—. No me sorprendería que los rebeldes los estuviesen usando. Y no me sorprendería tampoco que hubiesen enviado al capitán Rokesby a investigar. —Levantó la mirada, y frunció las frondosas cejas—. ¿Su hermano posee conocimientos de cartografía?

—No, que yo sepa.

Arbuthnot se encogió de hombros.

—No significaría nada que no los tenga, supongo. Quizá no estén buscando algo tan preciso.

—Pero entonces, ¿qué ha sucedido? —insistió George.

El viejo general sacudió la cabeza.

—Me temo que no lo sé, mi querido muchacho. Y estaría mintiendo si dijera que conozco a alguien que sí lo sepa.

George no había ido con la esperanza de encontrar respuestas, pero, aun así, se decepcionó.

—Es un camino muy largo hasta las colonias, hijo —dijo Arbuthnot con voz sorprendentemente suave—. Las noticias nunca llegan tan rápido como uno desearía.

George escuchó el comentario con una leve inclinación de cabeza. Tendría que procurarse otra fuente de investigación, aunque por más que lo intentara, no tenía ni idea de cuál podría ser.

—A propósito —agregó Arbuthnot, casi con excesiva indiferencia—, no estará planeando asistir al baile de lady Wintour mañana por la noche, ¿verdad?

—Así es —confirmó George. No deseaba asistir, pero su madre había pergeñado una complicada historia, y en consecuencia él tenía la *absoluta* obligación de asistir. Y, francamente, le daba lástima desilusionarla. Sobre todo mientras estaba tan preocupada por Edward.

Además estaba Billie. También a ella la habían obligado a asistir. Había visto su cara de pánico cuando su madre la había arrancado del desayuno para visitar a la *modiste*. Un baile en Londres posiblemente fuera el infierno personal de Billie Bridgerton, y de ningún modo él podía abandonarla cuando más lo necesitaba.

—¿Conoce a Robert Tallywhite? —inquirió lord Arbuthnot.

—Algo. —Tallywhite era un par de años mayor que él en Eton. Un tipo callado, recordó George. Cabello rubio rojizo y frente ancha. Ratón de biblioteca.

—Es el sobrino de lady Wintour, y seguramente asistirá al baile. Le harías un gran servicio a esta oficina si le transmitieras un mensaje.

George enarcó las cejas, con expresión inquisidora.

—¿Es eso un sí? —dijo lord Arbuthnot con voz áspera. George ladeó la cabeza afirmativamente.

—Dígale... potaje de avena.

—Potaje de avena —repitió George, dudoso.

Arbuthnot rompió un trozo de tostada y la hundió en la yema de su huevo.

—Él lo entenderá.

—¿Qué significa?

—¿Necesita saberlo? —replicó Arbuthnot.

George se reclinó en su silla, observando a Arbuthnot con mirada inexpresiva.

—Pues, sí.

Lord Arbuthnot soltó una carcajada estridente.

—Por eso mismo, mi querido muchacho, sería usted un soldado atroz. Debe cumplir órdenes sin cuestionarlas.

—No si uno está al mando.

—Es verdad —dijo Arbuthnot con una sonrisa. Pero no explicó el significado del mensaje. Por el contrario, miró a George inexpresivo y preguntó—: ¿Podemos confiar en usted?

Se trataba del Ministerio de Guerra, pensó George. Si transmitía mensajes, al menos sabría que lo hacía para las personas correctas.

Por lo menos, sentiría que hacía *algo útil*.

Miró a Arbuthnot a los ojos y respondió:

—Podéis confiar en mí.

19

Manston House permanecía en silencio cuando George regresó más tarde esa misma noche. El vestíbulo estaba iluminado con dos candelabros, pero el resto de las habitaciones parecían cerradas hasta el día siguiente. Frunció el ceño. No era tan tarde; seguro que alguien estaría despierto.

—Ah, Temperley —dijo George cuando el mayordomo se acercó a coger su sombrero y su chaqueta—, ¿mi madre ya se ha retirado a sus aposentos?

—Lady Manston ha pedido que le enviaran la cena en una bandeja a su habitación, milord —respondió Temperley.

—¿Y la señorita Bridgerton?

—Creo que ha hecho lo mismo.

—Ah. —George no debería haberse sentido desilusionado. Después de todo, había pasado gran parte de los últimos días evitando a ambas damas. Y parecía que le habían facilitado el trabajo.

—¿Milord también desea que le envíen la cena a su habitación?

George pensó un momento y respondió:

—¿Por qué no? —Parecía que no tendría compañía esa noche, y no había comido gran cosa en la cena de lord Arbuthnot.

Seguramente debido a los arenques. A decir verdad, el olor le había quitado el hambre.

—¿Desea beber un coñac en el salón antes de cenar? —inquirió Temperley.

—No, creo que iré a mis aposentos directamente. Ha sido un día muy largo. —Temperley asintió con sus modales típicos de mayordomo.

—Lo ha sido para todos, milord.

George lo observó con expresión irónica.

—¿Mi madre lo ha hecho trabajar hasta el cansancio, Temperley?

—En absoluto —respondió el mayordomo, y un esbozo de sonrisa asomó en su expresión lúgubre—. Hablo de las damas. Si se me permite la observación, parecían bastante cansadas cuando regresaron esta tarde. En especial la señorita Bridgerton.

—Me temo que mi madre la ha hecho trabajar *a ella* hasta el cansancio —dijo George con una media sonrisa.

—Efectivamente, milord. No hay nada que haga más feliz a lady Manston que encontrarle marido a una joven señorita.

George se quedó inmóvil, y luego dedicó una atención excesiva a quitarse los guantes para ocultar su flaqueza.

—Sería una meta un tanto ambiciosa, dado que la señorita Bridgerton no tiene pensado permanecer en la ciudad para la Temporada.

Temperley se aclaró la garganta.

—Han llegado una gran cantidad de paquetes.

Fue su modo de expresar que ya se habían adquirido y entregado todos los artículos necesarios para la travesía matrimonial de la joven.

—Estoy seguro de que la señorita Bridgerton tendrá el éxito esperado —expresó George sin alterarse.

—Es una joven muy vivaz —coincidió Temperley. George esbozó una sonrisa tensa mientras se retiraba. Era difícil imaginar cómo Temperley había llegado a la conclusión de que Billie era vivaz. Las pocas veces que George se había cruzado con ella en Manston House, la había visto apagada, algo poco común en ella.

Suponía que debería haberse esforzado un poco más, invitarla a tomar un helado o algo parecido, pero había estado demasiado ocupado buscando información en el Ministerio de Guerra. Se sentía muy bien *haciendo* algo, para variar, aunque el resultado fuera tan desolador.

Avanzó hacia la escalera, y luego se detuvo y regresó. Temperley seguía en su sitio.

—Siempre he pensado que mi madre ansiaba casar a la señorita Bridgerton con Edward —dijo George con tono casual.

—Ella no ha considerado pertinente confiarme esa información —manifestó Temperley.

—No, por supuesto que no —respondió George. Agitó levemente la cabeza. Hasta dónde se había rebajado. Estaba pendiente de lo que pudiera decirle el mayordomo—. Buenas noches, Temperley.

Se acercó a la escalera, y había apoyado un pie en el primer peldaño cuando el mayordomo le dijo:

—Sin embargo, hablan de él.

George giró en redondo.

Temperley se aclaró la garganta.

—No considero un abuso de confianza informarle de que hablan de él durante el desayuno.

—No —dijo George—. En absoluto.

Se produjo un largo silencio.

—Tenemos presente al señor Edward en nuestras oraciones —dijo Temperley finalmente—. Todos lo echamos de menos.

Era cierto. Sin embargo, ¿qué decía de George el hecho de que echara de menos a Edward ahora que estaba más desaparecido que nunca antes, cuando solo los separaba un océano?

Ascendió la escalera lentamente. Manston House era mucho más pequeña que Crake; los ocho dormitorios estaban agrupados en una planta. A Billie le habían asignado el segundo mejor cuarto de huéspedes. George insistía en que era algo absurdo, pero su madre siempre dejaba libre el mejor cuarto de huéspedes. «Nunca se sabe quién puede caer de visita», decía. George bromeaba y le preguntaba: «¿El rey ha venido ya de visita?».

En general, el comentario le costaba una mirada seria. Y una sonrisa. Su madre era comprensiva, aun cuando el mejor cuarto hubiese estado vacío durante los últimos veinte años.

George se detuvo en mitad del pasillo, no frente a la puerta de Billie pero más cerca que de cualquier otro cuarto. Había una pequeña rendija por la que se filtraba el tenue parpadeo de una vela. Se preguntó qué estaría haciendo allí dentro. Era demasiado temprano como para irse a dormir.

La echaba de menos.

El sentimiento lo invadió como un rayo. La echaba de menos. Ahí estaba él, en la misma casa, durmiendo a solo tres puertas de distancia, y la echaba de menos.

Era culpa suya. Él sabía que la había estado evitando. Pero ¿qué podía hacer? Había besado a Billie, la había besado hasta casi perder la razón, ¿y se suponía que debían conversar educadamente en la mesa del desayuno? ¿Delante de su *madre*?

George nunca sería tan sofisticado.

Debería casarse con ella. Más bien, pensaba que le gustaría, aunque solo un mes atrás eso le hubiese parecido una locura. En Crake había empezado a convencerle la idea. Billie le había dicho «no tienes obligación de casarte conmigo», y en lo único en lo que había podido pensar había sido...

«Pero podría.»

Solo había contemplado la idea un momento. No había tenido tiempo para pensar o analizar, solo tiempo para sentir.

Y había sido maravilloso. Cálido.

Como un día de primavera.

Pero luego había llegado su madre y había comenzado a hablar sobre lo adorables que eran Billie y Edward y qué pareja perfecta harían, y George no recordaba qué más, pero todo había sido de una dulzura repugnante. Y según Temperley, hablaban al respecto durante el desayuno, entre tostadas y mermelada de naranja.

Tostadas y mermelada. George sacudió la cabeza. Era un idiota.

Y se había enamorado de Billie Bridgerton.

Así era. Claro como el día. Casi se echó a reír. Se *habría* reído, si no hubiese sido él mismo el objeto de la broma.

Si se hubiese enamorado de otra persona (alguien nuevo, cuya presencia no evocara tantos recuerdos), ¿hubiera estado tan claro para él? Con Billie, la emoción que sentía era un cambio radical, después de toda una vida de considerarla un fastidio. Ella siempre estaba presente, brillando en su cabeza como una promesa fulgurante.

¿Estaría enamorada de Edward? Quizá. Su madre parecía estar convencida. Claro que no lo había dicho con todas las letras, pero su madre tenía el increíble talento de asegurarse de que sus opiniones se dieran a conocer sin manifestarlas.

Aun así, era suficiente para volverlo loco de celos.

Enamorado de Billie. Era una locura.

Soltó un largo resoplido y comenzó a caminar hacia su habitación. Debía pasar junto a su puerta, junto al tentador haz de luz. Caminó más despacio, porque no pudo evitarlo.

Entonces la puerta se abrió.

—¿George? —Se asomó la cara de Billie. Aún estaba vestida, pero se había deshecho el peinado, y su cabello descansaba sobre su hombro en una trenza larga y gruesa—. Me parecía que venía alguien —explicó.

Él consiguió esbozar una sonrisa hermética antes de hacer una reverencia.

—Ya lo ves.

—Estaba cenando —dijo ella, volviendo a entrar en el cuarto—. Tu madre estaba cansada. —Sonrió con vergüenza—. Yo también estaba cansada. No sirvo para ir de compras. No tenía ni idea de que estaría tanto tiempo de pie.

—Permanecer de pie siempre es más cansado que caminar.

—¡Sí! —exclamó ella, animada—. Eso mismo digo yo.

George comenzó a hablar, pero en su cabeza brotó el recuerdo de cuando la había cargado en brazos, después del incidente con el gato en el tejado. Había tratado de describir esa extraña sensación que se tiene cuando las piernas se aflojan y se doblan sin motivo.

Billie lo había entendido a la perfección.

La ironía residía en que sus piernas no se habían debilitado. Él se lo había inventado para esconder otra cosa. No recordaba qué.

Pero recordaba el momento. Recordaba que ella lo había entendido a la perfección.

En general, recordaba cómo ella lo miraba, con una breve sonrisa que indicaba que se alegraba de ser comprendida.

Levantó la mirada. Ella lo observaba con una expresión algo expectante. Recordó que era su turno de hablar. Y como no podía decir lo que pensaba, hizo una observación evidente.

—Aún estás vestida.

Ella miró su ropa. Llevaba lo mismo que había usado cuando él la había besado. Un vestido floreado. Le sentaba bien. Debería haber estado siempre en medio de flores.

—Pensé en bajar después de terminar mi cena —dijo—. Quizá buscar algo para leer en la biblioteca.

Él asintió.

—Mi madre dice que, una vez que estás en camisón, ya no puedes salir de tu cuarto.

George sonrió.

—¿Eso dice?

—En realidad, dice muchas cosas. Creo que olvido cuál de ellas no he ignorado.

George se quedó parado como una estatua, sabiendo que debía despedirse hasta el día siguiente. Sin embargo, no se decidía. El momento era demasiado íntimo y bonito, perfecto a la luz de las velas.

—¿Has cenado? —preguntó ella.

—Sí. Bueno, no. —Pensó en los arenques—. No exactamente.

Ella enarcó las cejas.

—¡Qué interesante!

—No lo es. En realidad, he hecho que llevaran una bandeja a mi cuarto. Nunca me ha gustado comer solo abajo.

—A mí tampoco —acordó ella. Permaneció callada durante un momento, y luego agregó—: Es pastel de jamón. Delicioso.

—Excelente. —George se aclaró la garganta—. Bueno, yo... debo irme. Buenas noches, Billie.

Se dio la vuelta. No quería marcharse.

—¡George, aguarda!

Odiaba estar en vilo.

—George, esto es una locura.

Él regresó. Ella continuaba de pie en la entrada de su cuarto, con una mano apoyada levemente sobre el marco de la puerta. Su rostro era tan expresivo. ¿Siempre habría sido de esa manera?

Sí, pensó. Billie nunca había sido de las que ocultaban sus sentimientos bajo una máscara de indiferencia. Era una de las cosas que le molestaban de ella cuando eran más pequeños. Ella simplemente se negaba a ser ignorada.

Pero eso había sido antes. Lo de ahora era...

Algo completamente diferente.

—¿Una locura? —repitió él. No estaba seguro de a qué se refería. No quería hacer suposiciones.

Los labios de ella temblaron en un intento de sonrisa.

—Seguramente podemos ser amigos.

¿Amigos?

—Es decir, yo qué sé...

—¿Que te he besado? —dijo él.

Ella contuvo el aliento, y luego dijo, casi entre dientes:

—No iba a decirlo tan rotundamente. Por el amor de Dios, George, tu madre aún está despierta. —Y mientras ella miraba con desesperación el pasillo, George echó por la borda toda una vida de comportamiento caballeresco y entró en su dormitorio—. ¡George!

—Aparentemente es *posible* murmurar y gritar al mismo tiempo —musitó.

—No puedes estar aquí —dijo ella.

Él sonrió mientras ella cerraba la puerta.

—He pensado que no querrías tener este tipo de conversación en el pasillo.

La mirada que ella le lanzó fue de sarcasmo en su forma más pura.

—Creo que abajo hay dos salones y una biblioteca.

—Y mira lo que sucedió la última vez que estuvimos juntos en un salón.

Ella se ruborizó de inmediato. Pero tenía experiencia, y después de un momento de apretar los dientes y calmarse a sí misma, preguntó:

—¿Has sabido algo de Edward?

Instantáneamente él dejó de lado su desenfado.

—Nada importante.

—¿Absolutamente nada? —preguntó ella, esperanzada.

Él no quería hablar sobre Edward. Por muchos motivos. Pero Billie se merecía una respuesta, así que respondió:

—Solo las conjeturas de un general retirado.

—Lo siento. Qué decepción. Desearía poder hacer algo para ayudar. —Se inclinó sobre el borde de su cama y lo miró con seriedad—. Es tan *difícil* no poder hacer nada. Odio eso.

Él cerró los ojos. Soltó aire por la nariz. Una vez más, estaban en perfecta sintonía.

—A veces creo que tendría que haber nacido hombre.

—No. —Su respuesta fue inmediata y enfática.

Ella soltó una risita.

—Eres muy amable. Supongo que es lo que debes decir después de... ya sabes...

Él lo sabía. Pero no lo suficiente.

—Me encantaría ser dueña de Aubrey —dijo con añoranza—. Conozco cada rincón. Puedo nombrar cada cultivo de los campos y el nombre de cada arrendatario, y la mitad de sus fechas de cumpleaños, también.

Él la observó, maravillado. Era más de lo que él se había permitido ver.

—Habría sido un excelente vizconde Bridgerton.

—Tu hermano aprenderá a hacerlo —dijo George con dulzura. Se sentó en la silla junto al escritorio. Ella no estaba sentada, pero tampoco estaba exactamente de pie, y como estaba a solas con ella tras una puerta cerrada, pensó que no se consideraría una falta de decoro.

—Ah, sé que lo hará —repuso Billie—. A decir verdad, Edmund es muy inteligente cuando deja de ser un completo fastidio.

—Solo tiene quince años. No puede evitar serlo.

Ella lo observó.

—Si mal no recuerdo, cuando tenías su edad, tú ya eras un dios entre los hombres.

Él enarcó una ceja lentamente. Había tantas contestaciones que podía dar, pero decidió pasarlas por alto y, simplemente, disfrutar la camaradería del momento.

—¿Cómo lo llevas? —preguntó ella.

—¿Cómo llevo el qué?

—Esto. —Ella alzó las manos en un gesto de derrota—. La impotencia.

Él se incorporó en su asiento, pestañeando para verla con más claridad.

—Así te sientes, ¿verdad?

—No estoy seguro de entender qué quieres decir —murmuró. Sin embargo, tenía la sensación de que sí la entendía.

—Sé que desearías haber tomado las armas. Lo veo en tu rostro cada vez que tus hermanos hablan de ello.

¿Era tan evidente su actitud? Esperaba que no lo fuera. Pero al mismo tiempo...

—¿George?

Él levantó la mirada.

—Te has quedado en silencio —dijo ella.

—Solo pensaba...

Ella sonrió con indulgencia, dejándole pensar en voz alta.

—Que *no* deseo tomar las armas.

Ella se echó hacia atrás; se sorprendió tanto que hundió su barbilla en el cuello.

—Mi sitio está aquí —dijo.

Los ojos de Billie se encendieron con algo parecido al orgullo.

—Parece que acabas de darte cuenta de ello.

—No —musitó él—. Lo he sabido siempre.

—¿Pero no lo habías aceptado? —insistió ella.

Él rio con ironía.

—No, por supuesto que lo había aceptado. Solo creo que no me había permitido... —Levantó la mirada, directamente hacia los bellos ojos marrones de Billie, y calló un momento para pensar en lo que quería decir—. No me había permitido *desearlo*.

—¿Y ahora sí?

George asintió rápidamente y con firmeza.

—Sí. Si no me ocupo... —Se detuvo para corregir lo que decía—. Si no *nos ocupamos* de la tierra y su gente, ¿con qué objetivo pelearían Edward y Andrew?

—Si ellos arriesgan su vida por el rey y por la patria —agregó ella con dulzura—, nosotros debemos hacer que valga la pena.

Sus miradas se cruzaron y Billie sonrió. Fue una sonrisa breve. Y no siguieron hablando. Porque no fue necesario. Hasta que, finalmente, ella dijo:

—Pronto subirán con tu comida.

Él enarcó una ceja.

—¿Intentas deshacerte de mí?

—Intento proteger mi reputación —replicó ella—. Y también la tuya.

—Debes recordar que te he pedido que te casaras conmigo.

—No, no es cierto —se burló ella—. Has dicho «por supuesto que me casaré contigo» —dijo con voz de anciana—, lo cual no es lo mismo en absoluto.

Él la miró pensativo.

—Podría arrodillarme ante ti.

—Basta de burlas, George. Es muy cruel por tu parte. —Su voz tembló, y él sintió un nudo en el pecho. Abrió la boca para hablar, pero ella se levantó del borde de la cama y caminó hasta su ventana, cruzándose de brazos mientras miraba hacia la noche.

»No es algo con lo que deba bromearse —dijo, pero pronunció las palabras de manera rara, como si surgieran desde lo más profundo de su garganta.

Él se puso de pie rápidamente.

—Billie, lo siento. Debes saber que yo nunca...

—Debes marcharte.

Él se calló un momento.

—Debes marcharte —repitió ella, esta vez con más energía—. En cualquier momento llegará tu cena.

Le pedía que se retirara de forma clara y sensata. En realidad, le hacía un favor. Estaba impidiendo que quedara en ridículo. Si ella quería que él le propusiera matrimonio, ¿no habría mordido el anzuelo que él había lanzado con tanta soltura?

—Como desees —dijo él, haciendo una educada reverencia aun cuando ella estaba de espaldas. Vio que ella asentía, y luego se retiró de la habitación.

¡Cielo santo! ¿Qué había hecho?

Él podría haberle pedido matrimonio. Allí mismo, en ese momento. George.

Y ella se lo había *impedido*. Se lo había impedido porque... maldita sea, no sabía por qué. ¿Acaso no había pasado el día entero en medio de una bruma azul, preguntándose por qué él la evitaba y pensando en cómo podría hacer que él volviera a besarla?

¿Acaso el matrimonio no le garantizaría incontables besos en el futuro? ¿No era *precisamente* lo que necesitaba para alcanzar sus objetivos (aunque debía admitir que eran impropios de una dama)?

Pero él se había sentado allí, despatarrado en la silla del escritorio, como si fuera dueño del lugar (bueno, lo era, o, más bien, lo sería), y ella no sabía si hablaba en serio. ¿Se había burlado de ella? ¿Se había divertido? George jamás había sido cruel; él no la lastimaría adrede, pero si él creía que *ella* consideraba todo eso una broma, entonces podría sentirse con el derecho a hacer bromas también...

Era lo que Andrew hubiese hecho. No es que Andrew la hubiese besado alguna vez, ni que ella deseara que la hubiera besado, pero si hubiesen estado bromeando con casarse, sin duda, él habría dicho algo ridículo acerca de ponerse de rodillas.

Pero con George... simplemente no sabía si había hablado *en serio*. Entonces, ¿qué habría ocurrido si ella hubiese aceptado? ¿Y si ella hubiese dicho estar *encantada* de que él se pusiera de rodillas y jurara devoción eterna... y luego hubiese descubierto que él bromeaba?

Su rostro se encendía con solo pensarlo.

Ella no creía que él hiciese bromas sobre ese tema. Sin embargo, se trataba de George. Era el hijo mayor del conde de Manston, el noble y honorable lord Kennard. Si fuese a declararle su amor a una dama, jamás lo haría a la ligera. Tendría el anillo, hablaría con palabras poéticas, y, sin duda, no le preguntaría si debía ponerse de rodillas.

Eso significaba que no podía haber hablado en serio, ¿verdad? George nunca hubiera sido tan poco seguro de sí mismo.

Se dejó caer en la cama, apretando ambas manos sobre el pecho, tratando de apaciguar su corazón. Antes había odiado eso de George, su confianza inquebrantable. Cuando eran niños, él siempre sabía más que el resto. Acerca de todo. Había sido un auténtico fastidio desde siempre, aunque ahora ella supiera que, al ser cinco años mayor, probablemente era cierto que sabía mucho más acerca de todo. El resto de ellos no podían alcanzarlo hasta que llegaran a la adultez.

Y ahora... Ahora ella amaba su tranquila confianza. Él nunca era presuntuoso, jamás jactancioso. Él simplemente era... George.

Y lo amaba.

Lo amaba, y... Dios, acababa de evitar que le propusiera matrimonio.

¿Qué había hecho?

Y lo más importante, ¿cómo podía repararlo?

20

George siempre era el primero de la familia en bajar a desayunar; sin embargo, esa mañana, cuando entró en el comedor informal, su madre ya estaba sentada a la mesa tomándose una taza de té.

Aquello no podía ser una coincidencia.

—George —dijo en cuanto lo vio—, tenemos que hablar.

—Madre —murmuró él, dirigiéndose al aparador para servirse su desayuno. Sea cual fuere el motivo de su ansiedad, George no se sentía con ánimo para hablar con su madre. Estaba cansado y de mal humor. La noche anterior había estado *a punto* de proponerle matrimonio a Billie, pero, sin duda alguna, lo habían rechazado.

Aquel no era el sueño ideal de ningún hombre. Y, además, tampoco había podido dormir bien.

—Como sabrás —dijo su madre sin andarse con rodeos—, esta noche será el baile de lady Wintour.

George se sirvió una cucharada de huevos escalfados en su plato.

—Madre, no lo he olvidado.

Lady Manston frunció los labios, pero no regañó a su hijo por el sarcasmo. En cambio, aguardó con gran paciencia que él se sentara a la mesa.

—Se trata de Billie —explicó.

Por supuesto que de eso se trataba.

—Estoy muy preocupada por ella.

Él también lo estaba, pero dudaba que fuese por las mismas razones. Esbozó una sonrisa desabrida.

—¿Cuál es el problema?

—Esta noche ella necesitará toda la ayuda que podamos brindarle.

—Eso es ridículo —se mofó él, aunque sabía a qué se refería su madre. Billie no estaba hecha para Londres. Era una chica de campo con todas las letras.

—Le falta confianza, George. Los buitres lo sabrán de inmediato.

—¿Alguna vez te has preguntado por qué hemos decidido socializar con esos buitres? —musitó él.

—Porque la mitad de ellos son solo palomas.

—¿Palomas? —Él la miró, incrédulo.

Ella agitó una mano.

—Bueno, quizá palomas mensajeras. Pero no es eso lo que quiero decir.

—No creo que tengamos tanta suerte con esas palomas.

Lady Manston lo miró el tiempo suficiente para que su hijo supiera que, aunque lo había oído, había decidido ignorarlo.

—Su éxito está en tus manos.

George sabía que lamentaría permitirle explayarse sobre el tema, pero no pudo evitar decir:

—¿Cómo?

—Sabes tan bien como yo que la forma más segura de garantizar el éxito de una joven que se presenta en sociedad es que un caballero atractivo, como tú, le preste atención.

Por algún motivo, el comentario le produjo un intenso enfado.

—¿Desde cuándo Billie debe presentarse en sociedad?

Su madre lo observó como si fuera un idiota.

—¿Por qué otra razón crees que la he traído a Londres?

—Según recuerdo, ¿porque deseabas su compañía?

Su madre hizo un gesto con la mano por considerarlo una tontería.

—Es ella quien necesita un poco de refinamiento.

«No —pensó George—, no lo necesita.» Pinchó su salchicha con el tenedor con excesiva fuerza.

—Ella está perfectamente bien tal como está.

—Es muy amable por tu parte, George —respondió su madre, inspeccionando su mollete, y decidió añadirle un poco de mantequilla—, pero te aseguro que ninguna dama desea estar «perfectamente bien».

Él intentó contener su impaciencia.

—¿Adónde quieres llegar, madre?

—Simplemente necesito que hagas tu parte esta noche. *Debes* bailar con ella.

Lo dijo como si para él fuera una obligación.

—Por supuesto que bailaré con ella. —Sería muy incómodo, pensándolo bien, pero, aun así, no pudo menos que esperar con ansias ese momento. Añoraba bailar con Billie desde esa mañana en Aubrey Hall, cuando ella lo había mirado, había apoyado las manos sobre sus caderas y le había preguntado: «¿Alguna vez has bailado conmigo?».

En ese momento, no podía creerse que nunca lo hubiese hecho. Después de tantos años como vecinos, ¿cómo era posible que nunca hubiese bailado con ella?

Sin embargo, ahora no podía creerse que alguna vez llegara a pensar que *sí* había bailado con ella. Si hubiese bailado con Billie, en medio de la música, con la mano de él apoyada sobre la cadera de ella... No lo hubiese podido olvidar.

Y lo deseaba. Deseaba tomar su mano, acompañarla hasta la fila, pisar e inclinarse, y contemplar su gracia innata. Pero, más que eso, quería que ella lo sintiera. Quería que ella supiera que era tan femenina y elegante como cualquier otra, que para él era perfecta, y que no solo estaba «perfectamente bien», sino que...

—¡George!

George levantó la mirada.

—Por favor, presta atención —lo reprendió su madre.

—Disculpa, madre —murmuró. No tenía ni idea de cuánto tiempo se había perdido en sus pensamientos, aunque, en general, su madre no toleraba ni siquiera uno o dos segundos de distracción.

—Decía —dijo, un tanto malhumorada— que debes bailar con Billie dos veces.

—Dalo por hecho, madre.

Lady Manston entrecerró los ojos. Era evidente que desconfiaba de la facilidad con que se había salido con la suya.

—También debes asegurarte de que pasen por lo menos noventa minutos entre un baile y otro.

George puso los ojos en blanco y no se molestó en ocultarlo.

—Como quieras.

Lady Manston echó un poco de azúcar en su té.

—Debes parecer atento.

—¿Pero no demasiado atento?

—No te burles de mí —le advirtió.

George dejó a un lado su tenedor.

—Madre, la felicidad de Billie me interesa tanto como a ti.

El comentario pareció apaciguarla un poco.

—Muy bien —repuso ella—. Me complace que estemos de acuerdo. Deseo llegar al baile a las nueve y media. Así tendremos la oportunidad de hacer una entrada como es debido, y será lo bastante temprano como para que no sea tan difícil hacer las presentaciones. Esos bailes son verdaderamente ruidosos.

George asintió.

—Creo que deberíamos ir hacia el baile a las nueve. Sin duda creo que habrá una gran cola de carruajes frente a Wintour House, y ya sabes el tiempo que lleva *todo eso*... Así que, si pudieras estar preparado a las nueve menos cuarto...

—Ah, no, lo siento —la interrumpió George, recordando el ridículo mensaje que debía transmitir a Robert Tallywhite—. No puedo ir a esa hora. Tendré que llegar al baile por mi cuenta.

—No seas absurdo —dijo ella, sin darle importancia—. Necesitamos que nos acompañes.

—Ojalá pudiera —respondió con sinceridad. Nada le habría gustado más que el hecho de que Billie entrara al baile agarrada de su brazo, pero ya había dedicado mucho tiempo a planificar esa noche, y había decidido que era necesario llegar solo. Si llegaba con ellas, prácticamente tendría que abandonarlas en la puerta. Y solo Dios sabía que debería soportar el interrogatorio de su madre.

No, era mejor llegar un poco más temprano para poder encontrar a Tallywhite y ocuparse del tema antes de que ellas llegaran.

—¿Qué puede ser más importante que acompañarnos a Billie y a mí? —preguntó su madre.

—Tengo un compromiso anterior —respondió, llevándose a los labios su taza de té—. Imposible de evitar.

Su madre frunció los labios con desagrado.

—Estoy muy contrariada.

—Siento desilusionarte.

Lady Manston comenzó a remover su té cada vez con más vigor.

—Quizá esté completamente equivocada. Ella podría alcanzar un éxito instantáneo. Podríamos vernos rodeadas de caballeros nada más llegar.

—Ese tono parece sugerir que crees que eso sería algo malo —dijo George.

—Por supuesto que no. Pero no estarás presente para verlo.

A decir verdad, era lo último que George deseaba ver. ¿Billie, rodeada de una manada de caballeros lo suficientemente astutos como para saber el tesoro que ella guardaba en su interior? La imagen le causaría pesadillas.

Aquel era tema de discusión, al parecer.

—En realidad —le dijo a su madre—, es probable que yo llegue a Wintour House antes que vosotras.

—Bien, entonces no veo razón por la que no puedas hacer primero tu recado y luego pasar a buscarnos.

George contuvo el impulso de pellizcarse el tabique de la nariz.

—Madre, no es posible. Por favor, déjalo estar. Os veré en el baile, bailaré con Billie y la asistiré con tanto ahínco que los caballeros de Londres se pondrán en fila para caer rendidos a sus pies.

—Buenos días.

Ambos se dieron vuelta y vieron a Billie de pie junto a la puerta. George se puso de pie para saludarla. No estaba seguro de cuánto había oído, aparte de su evidente sarcasmo, y temía que lo malinterpretara.

—Es muy amable por tu parte que accedas a asistirme esta noche —dijo, con un tono tan dulce y agradable que George no sabía si era sincera. Se acercó al aparador y tomó un plato—. Espero que no sea una obligación excesiva.

Ah, era *eso*.

—Todo lo contrario —respondió—. Espero con ansias ser tu acompañante.

—Pero no tanto como para acompañarnos en el carruaje —murmuró su madre.

—Basta —dijo George.

Billie se dio la vuelta, mirando a una y a otro Rokesby con indisimulada curiosidad.

—Lamento informarte de que tengo un compromiso ineludible esta noche —dijo—, lo cual significa que no podré ir a Wintour House con vosotras. Pero os veré allí. Y espero que reserves dos bailes para mí.

—Por supuesto —murmuró ella. Aunque no pudo decir otra cosa.

—Ya que no nos acompañarás esta noche... —comenzó a decir lady Manston.

George estuvo a punto de soltar su servilleta.

—... quizá puedas ayudarnos de alguna otra manera.

—Por favor —dijo George—, dime cómo podría serviros.

Billie emitió un sonido que podría haber sido un bufido. George no estaba seguro. Sin embargo, sin duda era propio de ella encontrar divertida la poca paciencia que tenía George con su madre.

—Tú conoces a todos los jóvenes caballeros mejor que yo —continuó lady Manston—. ¿Hay alguno al que deberíamos evitar?

«A todos», quiso responder George.

—¿Y hay alguno al que deberíamos prestar especial atención? ¿Al que Billie se proponga echar el lazo?

—Al que me proponga... *¿qué?*

El sobresalto de Billie debió de ser mayúsculo, pensó George. Se le habían caído tres rebanadas de tocino al suelo.

—Echar el lazo, querida —explicó lady Manston—. Es una expresión. Seguramente la habrás oído.

—Por supuesto que la he oído —dijo Billie, dirigiéndose con prisa a su sitio en la mesa—. Sin embargo, no veo qué relación tiene conmigo. No he venido a Londres a buscar marido.

—Siempre deberías estar buscando marido, Billie —sugirió lady Manston, y luego se volvió hacia George—. ¿Qué te parece el hijo de Ashbourne? No el hijo mayor, por supuesto. Ese ya está casado, y por más encantadora que seas... —dijo por encima del hombro a Billie, aún horrorizada— ... no creo que puedas atrapar al heredero de un ducado.

—Estoy segura de que no es lo que deseo —repuso Billie.

—Muy práctico por tu parte, querida. Es todo pompa y solemnidad.

—Lo dice la esposa de un conde —observó George.

—No es lo mismo —replicó su madre—. Y no has respondido a mi pregunta. ¿Qué te parece el hijo de Ashbourne?

—*No.*

—¿No? —repitió su madre—. ¿Quieres decir que no tienes una opinión formada?

—No, quiero decir que no es para Billie.

George no pudo dejar de ver que Billie observaba el intercambio entre madre e hijo con una rara mezcla de curiosidad y preocupación.

—¿Por algún motivo en particular? —quiso saber lady Manston.

—Le gustan demasiado las apuestas —mintió George. Bueno, quizá fuese cierto. Todos los caballeros apostaban. No tenía ni idea de si el caballero en cuestión lo hacía en exceso.

—¿Y el heredero de Billington? Creo que él...

—Él tampoco.

Su madre lo miró, impasiva.

—Es demasiado joven —ofreció George, esperando que fuese cierto.

—¿De verdad? —Lady Manston frunció el ceño—. Supongo que podría serlo. No recuerdo exactamente su edad.

—Supongo que mi opinión no tiene peso —interpuso Billie.

—Por supuesto que sí —respondió lady Manston, dándole una palmadita a su mano—. Pero todavía no.

Billie abrió la boca para hablar, pero al parecer no supo qué decir.

—¿Cómo vas a tener una opinión formada —continuó lady Manston— cuando no conoces a nadie excepto a nosotros?

Billie se metió un trozo de beicon en la boca y comenzó a masticar con una fuerza impresionante. George sospechó que lo hacía para no decir algo que luego lamentaría.

—No te preocupes, querida —dijo lady Manston.

George bebió un sorbo de su té.

—A mí no me parece que esté preocupada.

Billie lo miró, agradecida.

Su madre lo ignoró completamente.

—Pronto conocerás a todo el mundo, Billie. Luego podrás decidir a quién deseas conocer mejor.

—No tengo planes de quedarme aquí el tiempo suficiente como para formarme opiniones buenas o malas —repuso Billie, con una voz que, para George, fue notablemente ecuánime y tranquila.

—Tonterías —dijo lady Manston—. Tú deja que yo me ocupe de todo.

—Te recuerdo que no eres la madre de Billie —advirtió George en voz baja.

A lo cual su madre respondió, enarcando las cejas:

—Podría serlo.

Al oír su respuesta, George y Billie la miraron asombrados.

—Ay, venga, vosotros dos —dijo lady Manston—. No os sorprenderá saber que siempre he tenido esperanzas de que hubiese una alianza entre los Rokesby y los Bridgerton.

—¿Alianza? —repitió Billie, y George solo pudo pensar que era una palabra terrible, clínica, que jamás podría abarcar todo lo que había llegado a sentir por ella.

—Pareja, matrimonio, como queráis llamarlo —prosiguió lady Manston—. Somos amigos íntimos desde siempre, y me encantaría que fuésemos familia.

—Si sirve de algo —dijo Billie con voz calma—, diré que vosotros sois mi familia ahora mismo.

—Ah, lo sé, querida. Yo siento lo mismo. Pero siempre he pensado que sería maravilloso que fuese oficial. Pero no tiene importancia. Me queda Georgiana.

Billie se aclaró la garganta.

—Ella es muy joven aún.

Lady Manston esbozó una sonrisa diabólica.

—Nicholas también lo es.

El rostro de Billie reflejó un sentimiento tan cercano al horror que George estuvo a punto de echarse a reír. Probablemente lo hubiese hecho de no estar seguro de que él mismo tenía esa expresión.

—Os he escandalizado —dijo su madre—. Sin embargo, cualquier madre os lo dirá: nunca es demasiado pronto para planificar el futuro.

—No te recomendaría que se lo mencionaras a Nicholas —murmuró George.

—Ni a Georgiana, claro está —dijo su madre, mientras se servía otra taza de té—. ¿Quieres una taza, Billie?

—Ehhh... sí, gracias.

—Ah, ese es otro tema —dijo lady Manston mientras echaba un poco de leche en la taza de Billie—. Tenemos que dejar de llamarte Billie.

Billie pestañeó.

—¿Cómo?

Lady Manston sirvió el té y tendió la taza, diciendo:

—A partir de hoy usaremos tu nombre de pila: Sybilla.

Billie se quedó boquiabierta durante un breve pero perceptible instante, antes de responder:

—Así me llama mi madre cuando está enfadada.

—Entonces comenzaremos una tradición nueva, más feliz.

—¿Es realmente necesario? —quiso saber George.

—Sé que será algo difícil de recordar —dijo lady Manston, y, finalmente, apoyó la taza cerca del plato de Billie—, pero creo que será lo mejor. El nombre Billie es en exceso... no sé si llamarlo «masculino», pero no creo que represente exactamente la manera en la que queremos mostrarte.

—Representa exactamente la persona que ella es —dijo George, casi con un gruñido.

—¡Cielos! No sabía que te afectaría tanto —dijo lady Manston, observando a su hijo con expresión inocente—. Pero, claro está, no depende de ti.

—Preferiría que me llamaran Billie —dijo Billie.

—Tampoco estoy segura de que dependa de ti, querida.

George asestó el tenedor en su plato.

—¿De quién demonios depende, entonces?

Su madre lo observó como si hubiese hecho la pregunta más estúpida del mundo.

—De mí.

—¿Qué? —dijo George.

—Sé cómo funcionan las cosas en este ambiente. Ya lo he hecho otras veces, ¿sabes?

—¿Acaso Mary no conoció a su marido en Kent? —le recordó George.

—Solo después de aprender buenos modales en Londres.

¡Cielo santo! Su madre se había vuelto loca. Era la única explicación. Podía ser tenaz y rigurosa en lo que se refería a la sociedad y la etiqueta, pero nunca había logrado combinar ambas con una irracionalidad tan absoluta.

—Seguramente no tiene importancia —observó Billie—. ¿Acaso no me llamará todo el mundo señorita Bridgerton?

—Por supuesto —concedió lady Manston—, pero nos oirán cuando hablemos entre nosotras. Así es como conocerán tu nombre de pila.

—Esta conversación es sumamente ridícula —dijo George, dando un resoplido.

Su madre lo fulminó con la mirada.

—Sybilla —dijo, volviéndose a Billie—, sé que no has venido a Londres con la intención de buscar marido, pero seguramente verás su conveniencia ahora que estás aquí. En Kent nunca encontrarías tantos buenos candidatos en un solo sitio.

—No lo sé —murmuró Billie, bebiendo su taza de té—. Cuando todos los Rokesby están en casa se llena de caballeros.

George levantó la mirada bruscamente, justo cuando su madre lanzaba una carcajada.

—Es cierto, Billie —respondió con una sonrisa cálida, al parecer, olvidando que su intención era llamarla Sybilla—, pero, ¡vaya, en este momento solo tengo uno en casa!

—Dos —corrigió George, sin poder creerlo. Parecía que, si alguien no se marchaba de la casa, nunca se le tenía en cuenta.

Su madre enarcó las cejas.

—Me refería a ti, George.

Bien, ahora sí que se sentía un idiota.

Se puso de pie.

—Por mi parte, llamaré a Billie como ella desea que la llamen. Y os veré en Wintour House como he prometido, cuando el baile ya haya comenzado. Si me disculpáis, ahora tengo que irme a trabajar.

No era cierto, pero no creyó poder escuchar otra palabra más de su madre sobre el debut de Billie.

Cuanto antes finalizara ese horrible día, mejor.

Billie lo vio alejarse, y no iba a decir nada, de verdad que no iba a hacerlo, pero cuando hundía su cuchara en la avena se oyó a sí misma gritar:

—¡Espera!

George se detuvo en la puerta.

—Quiero decirte algo —dijo, y, rápidamente, dejó a un lado su servilleta. No tenía ni idea de qué iba a decirle, pero tenía algo dentro, y era evidente que necesitaba sacarlo de su interior. Se volvió hacia lady Manston—. Perdona, solo será un momento.

George salió del pequeño comedor y se dirigió al pasillo para poder hablar con tranquilidad.

Billie se aclaró la garganta.

—Lo siento.

—¿Por qué?

Buena pregunta. No lo sentía en absoluto.

—En realidad —dijo—, quiero darte las gracias.

—¿Darme las gracias? —dijo él con dulzura.

—Por defenderme —explicó ella—. Por llamarme Billie.

Su boca se curvó en una media sonrisa irónica.

—Creo que no podría llamarte Sybilla aunque lo intentara.

Billie coincidió.

—Estoy segura de que no respondería si la voz fuese de otra persona que no sea mi madre.

Él escudriñó su rostro un momento, y luego dijo:

—No dejes que mi madre te convierta en alguien que no eres.

—No creo que eso sea posible en esta etapa tan tardía. Tengo mis trucos.

—¿A tu edad tan avanzada de veintitrés años?

—Es una edad avanzada cuando eres una mujer soltera —replicó. Quizá no debería haberlo dicho; en la historia de ambos había demasiadas propuestas inconclusas. («Una», pensó Billie, era excesiva. De haber sido dos, hubiera quedado marcada prácticamente como un fenómeno de la naturaleza).

Sin embargo, no lamentó haberlo dicho. No podía lamentarlo. No si deseaba convertir una de esas casi propuestas en algo real.

Y lo deseaba. Había pasado la mitad de la noche (o, por lo menos, veinte minutos) regañándose a sí misma por haberse asegurado de que él no volviera a pedirle matrimonio. Si hubiese tenido un cilicio (e inclinación a emprender acciones inútiles) se lo habría puesto.

George arrugó la frente, y, por supuesto, los pensamientos se agolparon en la cabeza de Billie. ¿Se estaría preguntando por qué había hecho un comentario sobre su condición de casi solterona? ¿Trataba de decidir cómo debía responder? ¿Pensaría que estaba loca?

—Me ayudó a elegir un vestido bonito para esta noche —farfulló.

—¿Mi madre?

Billie asintió, y luego esbozó una sonrisa pícara.

—Aunque he traído un par de pantalones a la ciudad, en caso de que quiera escandalizarla.

George soltó una carcajada estridente.

—¿Es cierto?

—No —admitió ella, con el corazón más liviano ahora que él se había reído—. Pero el mero hecho de pensarlo significa algo, ¿no crees?

—Por supuesto. —Él la miró con esos ojos tan azules bajo la luz de la mañana, y su humor cambió y se puso serio—. Por favor, permíteme disculparme en nombre de mi madre. No sé qué demonios le pasa.

—Creo que quizá se siente... —Durante un momento, Billie frunció el ceño para buscar la palabra adecuada— ... culpable.

—¿Culpable? —El rostro de George delató su sorpresa—. ¿Por qué?

—Porque ninguno de tus hermanos ha pedido mi mano. —Otro comentario que quizá no debería haber hecho. Pero en ese momento, Billie creía *realmente* que lady Manston pensaba de esa manera.

Y cuando la expresión de George pasó de la curiosidad a algo que podría interpretarse como celos... bueno, Billie no pudo evitar sentirse un poco complacida.

—Así que creo que está tratando de compensarme —explicó animadamente—. No es que yo esperara que alguno de ellos pidiera mi mano, pero creo que ella piensa que sí, así que ahora quiere presentarme en sociedad...

—Suficiente —dijo George, prácticamente gritando.

—¿Cómo dices?

George se aclaró la garganta.

—Es suficiente —repitió con voz mucho más sosegada—. Eso es ridículo.

—¿Que tu madre piense eso?

—Que crea que es una idea sensata presentarte a una manada de petimetres inútiles.

Billie saboreó ese comentario durante un instante, y luego dijo:

—Ella tiene buenas intenciones.

George dio un sonoro resoplido.

—Es verdad —insistió Billie, incapaz de reprimir una sonrisa—. Solo desea lo que ella cree que es lo mejor para mí.

—Lo que *ella* cree.

—Pues sí. Es imposible convencerla de lo contrario. Me temo que es una característica de los Rokesby.

—Creo que acabas de insultarme.

—No —respondió ella, con rostro imperturbable.

—Lo dejaré pasar.

—Es muy amable por su parte, señor.

Él puso los ojos en blanco frente a su impertinencia, y, una vez más, Billie se sintió más cómoda. Quizá no era la manera en la que coqueteaban las damas más refinadas, pero era lo único que ella sabía hacer.

Y, al parecer, surtía efecto. De *eso* estaba segura.

Quizá, después de todo, sí tenía intuición femenina.

21

Más tarde esa misma noche.
En el baile de Wintour.

Noventa minutos después de que el baile hubiese comenzado, George aún no había visto a Tallywhite. Tiró de su corbata; estaba seguro de que su ayuda de cámara la había ajustado más que de costumbre.

El baile de primavera de lady Wintour no tenía nada fuera de lo común. De hecho, George se habría arriesgado a asegurar que era aburrido, pero no podía librarse de la rara e irritante sensación que tenía en el cuello. Cada vez que se daba la vuelta, sentía que alguien lo miraba de forma extraña, con mucha más curiosidad de la que su aspecto merecía.

Era evidente que era producto de su imaginación, lo cual le llevó a la conclusión de que no estaba hecho para ese tipo de reuniones.

Había planificado su llegada con sumo cuidado. Si aparecía demasiado temprano, atraería una atención indeseada. Al igual que la mayoría de los hombres solteros de su edad, solía pasar algunas horas en el club antes de cumplir con sus obligaciones sociales. Si entraba en el baile a las ocho en punto, sería bastante extraño. Además, tendría que pasar las dos horas siguientes conversando con su tía abuela casi sorda, conocida tanto por su puntualidad como por su mal aliento.

Sin embargo, tampoco quiso seguir su recorrido habitual, que consistía en llegar cuando la fiesta ya hubiese comenzado. Si lo hacía así, sería muy difícil ver a Tallywhite entre tanta gente, o, peor, podría perderlo.

Entonces, después de pensarlo bien, llegó al salón de baile de Wintour aproximadamente una hora después de la hora designada para el comienzo.

Aún era muy temprano, pero había suficientes personas circulando como para que George pasara desapercibido.

Pensó si no estaría dedicándole demasiado tiempo a todo ese plan, no era la primera vez que aquella idea se le pasaba por la cabeza. Parecía demasiado tiempo de preparación para la sencilla tarea de pronunciar un verso extraído de una canción infantil.

Consultó la hora rápidamente y vio que eran las diez. Eso significaba que, si Billie aún no había llegado, lo haría pronto. El objetivo de su madre era llegar a las nueve y media, pero había oído numerosas quejas acerca de la larga cola de carruajes que aguardaban frente a la puerta de Wintour House. Seguramente, Billie y su madre estuvieran atascadas en el coche de cuatro caballos de los Manston, esperando su turno para descender.

No tenía mucho tiempo si quería ocuparse de su asunto antes de que ellas llegaran.

Con expresión cautelosamente aburrida, continuó circulando por el salón, murmurando saludos apropiados mientras pasaba junto a gente conocida. Pasó un sirviente con copas de ponche y cogió una. Mojó los labios mientras miraba el salón de baile por encima del borde de su copa. No veía a Tallywhite, pero sí vio a... maldición, ¿era ese lord Arbuthnot?

¿Por qué diablos le había pedido a George que entregara un mensaje cuando bien podía hacerlo él mismo?

Pero quizá Arbuthnot tenía motivos para no ser visto con Tallywhite. Tal vez había otra persona presente en el baile, alguien que no podía saber que los dos hombres trabajaban juntos. O quizá era Tallywhite quien no sabía nada. Podía ser que no supiera que era Arbuthnot quien tenía el mensaje.

O...

Quizá Tallywhite *sí* sabía que Arbuthnot era su contacto, y todo eso era un plan para probar a George y poder usarlo en futuras misiones. Era posible que George acabara embarcándose sin saberlo en una carrera de espionaje.

Observó la copa de ponche que tenía en la mano. Tal vez necesitara... No, sin duda necesitaba una bebida con una mayor graduación alcohólica.

—¿Qué es esta porquería? —murmuró, volviendo a dejar la copa.

Entonces, la vio.

Se le cortó la respiración.

—¿Billie?

Parecía salida de un sueño. Su vestido era de un color carmesí oscuro, una elección inesperadamente vivaz para una mujer soltera, pero a Billie le sentaba a la perfección. Su piel era blanca como la nieve, sus ojos brillaban y sus labios... Él sabía que no se los había pintado (Billie jamás tendría paciencia para ese tipo de cosas), pero, en cierto modo, parecían más intensos que nunca, como si hubiesen absorbido parte del esplendor de su traje color rubí.

Había besado esos labios. La había saboreado y adorado, y deseaba venerarla de una manera que ella, probablemente, nunca había soñado.

Sin embargo, no había oído que la anunciaran, lo cual le pareció extraño. Pensó que no habría escuchado su nombre porque estaba demasiado alejado de la entrada, o, quizá, simplemente estaba demasiado absorto en sus pensamientos. Pero allí estaba ella, de pie junto a su madre, tan bella, tan radiante que era incapaz de ver a ninguna otra.

De pronto, el resto del mundo le pareció muy aburrido. No quería estar allí, en ese baile, acompañado de personas con las que no deseaba hablar y con mensajes que no deseaba transmitir. No quería bailar con jóvenes a las no conocía, y no deseaba hablar de trivialidades con personas a las sí conocía. Solo quería estar con Billie, y la quería solo para él.

Se olvidó de Tallywhite. Se olvidó del potaje de avena y avanzó por el salón con tan firme intención que las multitudes parecieron derretirse a su paso.

Y, sin embargo, se dio cuenta de algo sorprendente: el resto del mundo aún no había reparado en ella. Era tan bella, tan extrañamente vivaz y real en aquel salón repleto de muñecas de cera. No pasaría mucho tiempo antes de que alguien la descubriera.

Pero todavía no. Pronto tendría que luchar contra las multitudes de jóvenes ávidos, pero, por el momento, ella solo le pertenecía a él.

Sin embargo, estaba nerviosa. A decir verdad, no se le notaba demasiado y estaba seguro de que él era el único que lo percibía. Cuando se trataba de Billie, era necesario conocerla. Estaba de pie, orgullosa, con la espalda recta y la cabeza en alto, pero sus ojos miraban a su alrededor, entre la multitud.

¿Esos ojos lo buscaban a él?

George se acercó.

—¡George! —exclamó encantada—. Quiero decir, lord Kennard. Qué agradable y —dijo, ofreciéndole una sonrisa secreta— previsible verlo.

—Señorita Bridgerton —murmuró, inclinándose sobre su mano.

—George —saludó su madre con un movimiento de cabeza.

Él se inclinó para besar su mejilla.

—Madre.

—¿No está preciosa Billie?

Él asintió lentamente, sin poder quitarle los ojos de encima.

—Sí —respondió—. Está... preciosa. —Pero esa no era la palabra correcta. Demasiado prosaica. La belleza no era la culpable de la intensa inteligencia que le daba profundidad a sus ojos, ni el ingenio que se escondía tras su sonrisa. Era preciosa, pero no era *solo* preciosa, y, por esa razón, él la amaba.

—Espero que haya reservado su primer baile para mí —dijo él.

Billie miró a lady Manston para que le diera su aprobación.

—Sí, puedes hacer tu primer baile con George —dijo ella con sonrisa indulgente.

—Hay tantas reglas que cumplir... —observó Billie tímidamente—. No sabía si debía reservarte para más tarde.

—¿Llevas mucho tiempo aquí? —preguntó lady Manston.

—Una hora aproximadamente —respondió George—. Mi recado me ha llevado menos tiempo del que había previsto.

—¿Era un recado? —dijo su madre—. Pensé que sería una reunión.

Si George no hubiese estado tan embelesado con Billie, habría podido enfadarse con el comentario. Era evidente que su madre buscaba información, o que, por lo menos, intentaba regañarle de forma retroactiva. Sin embargo, a él le daba exactamente igual. No podía pensar en nada más cuando Billie lo miraba con esos ojos brillantes.

—La verdad es que estás preciosa —dijo.

—Gracias. —Ella sonrió para sus adentros, y la mirada de él recayó en sus manos, que acariciaban nerviosamente los pliegues de su falda—. Tú también estás muy elegante.

Al lado de ellos, lady Manston sonreía encantada.

—¿Quieres bailar? —farfulló George.

—¿Ahora? —Billie sonrió con encanto—. ¿Hay música?

No había música. Estaba tan perdidamente enamorado que ni siquiera sintió vergüenza.

—Quizá será mejor dar una vuelta por el salón —sugirió—. Los músicos volverán a empezar pronto.

Billie miró a lady Manston, quien dio su aprobación con un gesto de la mano.

—Ve —dijo—, pero quédate donde pueda verte.

George salió de su ensoñación el tiempo suficiente como para lanzar una mirada glacial a su madre.

—Jamás soñaría con hacer nada que pusiera en peligro su reputación.

—Por supuesto que no —respondió ella con displicencia—. Deseo asegurarme de que la vean. Hay numerosos caballeros apuestos esta noche. Más de los que esperaba.

George asió el brazo de Billie.

—He visto al heredero de Billington —continuó lady Manston—, y, ¿sabes?, no me ha parecido tan joven.

George le echó una mirada de ligero desdén.

—No creo que ella desee convertirse en Billie Billington, madre.

Billie ahogó una carcajada.

—Cielos, ni siquiera lo había pensado.

—Bien.

—De todos modos, ahora es Sybilla —prosiguió su madre, demostrando su talento para escuchar solo lo que deseaba—. Y Sybilla Billington suena bonito.

George miró a Billie y dijo:

—No es cierto.

Billie apretó los labios, sumamente divertida.

—Se apellida Wycombe —acotó lady Manston—. Para que lo sepas.

George puso los ojos en blanco. Su madre era una amenaza.

Extendió su brazo.

—¿Vamos, Billie?

Billie asintió y se dio la vuelta, de tal manera que ambos miraban en la misma dirección.

—Si veis al hijo de Ashbourne...

Pero George ya se había alejado con Billie.

—No sé qué aspecto tendrá el hijo de Ashbourne —dijo Billie—. ¿Lo conoces?

—Tiene algo de barriga —mintió George.

—Ah. —Billie frunció el entrecejo—. No me imagino por qué tu madre ha pensado en él para mí, entonces. Sabe que soy muy activa.

George emitió un murmullo para manifestar su acuerdo, y continuó el lento paseo a lo largo del perímetro del salón de baile, disfrutando la sensación de propiedad que le daba la mano de Billie sobre su brazo.

—Había una cola de carruajes muy larga para entrar —dijo Billie—. Le he sugerido a tu madre salir del carruaje y venir caminando, ya que hace tan buen tiempo, pero no ha querido saber nada del tema.

George se rio entre dientes. Solo a Billie podía ocurrírsele hacer semejante propuesta.

—Sinceramente —rezongó—, cualquiera hubiese pensado que le estaba pidiendo que pasáramos por el palacio del rey a beber una taza de té.

—Bueno, como el palacio está al otro lado de la ciudad… —bromeó George.

Ella le dio un codazo en las costillas, pero imperceptible, de modo que nadie pudiese verlo.

—Me alegra que no te hayas puesto peluca —observó él. Billie llevaba un peinado elaborado, a la moda, pero sin peluca y solo con su pelo levemente empolvado. A George le encantaba ver su intenso brillo castaño. Así era Billie, sin artificios, y, si había algo que la caracterizaba, era que ella no necesitaba añadidos.

Él quería que ella disfrutara de su estancia en Londres, pero no deseaba que eso la cambiara.

—Está terriblemente pasado de moda, lo sé —dijo ella, tocándose el largo mechón de pelo que reposaba sobre su hombro—, pero he logrado convencer a tu madre de que podría acercarme demasiado a un candelabro e incendiarme.

George se dio la vuelta bruscamente.

—Dada mi historia cuando fui presentada en la corte —explicó—, no sería tan descabellado como suena.

George intentó no echarse a reír. Realmente hizo un esfuerzo.

—Vamos, ríete —dijo ella—. He tardado mucho tiempo en poder hacer una broma al respecto. Bien podríamos reírnos.

—¿Qué fue lo que ocurrió? ¿O acaso no quiero saberlo? —preguntó.

—Ah, sí que quieres saberlo —respondió ella con una mirada impertinente—. Yo sé lo que digo. Sin duda, querrás saberlo.

Él esperó a que Billie hablara.

—Pero no te lo diré ahora —declaró ella—. Una mujer debe tener secretos, o eso me dice tu madre constantemente.

—Creo que el incendio en la corte de St. James no era la clase de secreto que ella tenía en mente.

—Considerando cuánto desea que me vean como una joven dama elegante y refinada, creo que eso era exactamente lo que tenía en mente. —Le echó una mirada pícara—. Lady Alexandra Fortescue-Endicott jamás incendiaría a nadie por accidente.

—No, y si lo hiciera, creo que sería adrede.

Billie se rio con un resoplido.

—George Rokesby, qué comentario tan horrible. Y, probablemente, no sea cierto.

—¿No te lo crees?

—Por más que me cueste admitirlo, no. Ella no es tan malvada. Ni inteligente.

Él se calló un momento y luego preguntó:

—Fue un accidente, ¿verdad?

Ella lo miró con intensidad.

—Claro que sí —concluyó él, pero no pareció tan convencido como debería.

—¡Kennard!

Al oír su nombre, George apartó la mirada de Billie de mala gana. Dos amigos suyos de la universidad (sir John Willingham y Freddie Coventry) se abrían camino entre la multitud. Ambos eran extremadamente agradables y respetables, y la clase de caballeros que su madre hubiera deseado que Billie conociera.

George pensó que en ese momento le encantaría darle un puñetazo a cualquiera de ellos. No le importaba a cuál. Cualquiera de los dos le hubiera bastado, siempre y cuando hubiera podido darle en toda la cara.

—Kennard —dijo sir John, acercándose con una sonrisa—. Hacía siglos que no nos veíamos. No sabía que aún estuvieras en la ciudad.

—Asuntos familiares —explicó George, sin dar más detalles. Sir John y Freddie asintieron, y luego miraron a Billie con clara expectativa.

George forzó una sonrisa y se volvió hacia Billie.

—Le presento a sir John Willingham y a sir Frederick Coventry. —Se oyeron murmullos alrededor, y luego continuó—: Caballeros, os presento a la señorita Sybilla Bridgerton de Aubrey Hall, en Kent.

—¡Kent, dices! —exclamó Freddie—. ¿Sois vecinos, entonces?

—Lo somos —respondió Billie con gracia—. Conozco a lord Kennard de toda la vida.

George se esforzó por no fruncir el ceño. Sabía que ella no podía usar su nombre de pila en ese ambiente, pero aun así le crispaba que se refiriera a él de manera tan formal.

—Eres un hombre afortunado —observó Freddie— al tener tanta belleza cerca de tu casa.

George miró de reojo a Billie para ver si estaba tan horrorizada como él ante el empalagoso cumplido, pero ella simplemente sonrió, plácida, con aspecto de señorita amable y de buen carácter.

George resopló. ¿Amable y de buen carácter? ¿Billie? ¡Si la conocieran!

—¿Ha dicho usted algo? —preguntó ella.

Él imitó su sonrisa, igualmente desabrida.

—Solo he dicho que soy muy afortunado.

Ella enarcó las cejas.

—Qué raro que no haya oído una oración tan extensa.

Él la miró de reojo.

A lo que ella respondió con una sonrisa secreta.

George sintió que algo se acomodaba en su interior. Todo volvía a estar bien en el mundo. O, al menos, todo estaba bien en ese momento. El mundo era un maldito infierno, pero, en ese instante, en ese lugar, Billie le sonreía en secreto...

Y él estaba satisfecho.

—¿Puedo pedirle un baile, señorita Bridgerton? —le preguntó sir John a Billie.

—También yo —dijo de inmediato Freddie.

—Por supuesto —respondió ella, otra vez con tanta gracia que George deseó vomitar. No parecía ella misma.

—Ya me ha prometido su primer baile —interrumpió—. Y la serie antes de la cena.

Billie lo observó con cierta sorpresa, dado que no le había prometido la serie antes de la cena, pero no lo contradijo.

—De todos modos —dijo Freddie con tono jocoso—, hay más de dos danzas en un baile.

—Estaré encantada de bailar con ambos —repuso Billie. Miró alrededor del salón como si buscara algo—. Creo que esta noche no hay carnés de baile...

—Podremos sobrevivir muy bien sin ellos —repuso Freddie—. Solo debemos recordar que, cuando finalice con Kennard, aquí presente, bailará conmigo.

Billie le obsequió una sonrisa amistosa e hizo un gesto regio con la cabeza.

—Y luego continúa sir John —observó Freddie—. Pero le advierto que es un pésimo bailarín. Tenga cuidado con sus pies.

Billie lanzó una risa plena y gutural, y una vez más fue tan absolutamente bella que George tuvo ganas de arrojar una sábana sobre ella, para que nadie más pudiera desearla.

No debía opacar ese momento que era de ella. Lo sabía. Ella merecía ser adorada y festejada, tener su merecido instante como estrella del baile. Pero por Dios, cuando le sonreía a sir John o a Freddie, parecía que realmente era sincera.

¿Quién sonreía de ese modo sin ser sincero? ¿Tenía ella alguna idea de lo que una sonrisa como esa podía producir? Los dos caballeros iban a pensar que estaba interesada. De pronto George tuvo una visión en la que el vestíbulo principal de Manston House se llenaba de ramos de flores y de caballeros que hacían fila por el privilegio de besar su mano.

—¿Ocurre algo malo? —preguntó Billie en voz baja. Sir John y Freddie se habían distraído con otro conocido y se habían alejado un poco, así que solo George oyó sus palabras.

—Por supuesto que no —dijo, pero su voz fue un poco más áspera que de costumbre.

Billie arrugó la frente con preocupación.

—¿Estás seguro? Tú...

—Me encuentro bien —replicó. Ella enarcó las cejas.

—Evidentemente.

George frunció el ceño.

—Si no deseas bailar conmigo... —comenzó a decir.

—¿De *eso* crees que se trata?

—¡Entonces *sí* que te ocurre algo! —Su expresión fue tan triunfante que solo le faltó tener un mazo en la mano para completar la imagen.

—Por el amor de Dios, Billie —murmuró— no es una competencia.

—Ni siquiera sé a qué te refieres.

—No deberías sonreírles de ese modo a otros caballeros —dijo en voz baja.

—¿Qué? —Billie se apartó, y él no supo si había sido por incredulidad o por indignación.

—Les darás una impresión equivocada.

—Pensaba que el objetivo de todo esto era atraer a los caballeros —dijo ella, casi entre dientes.

Era indignación, en caso de que le quedaran dudas. Mucha indignación.

George tuvo suficiente presencia de ánimo como para no replicar un comentario estúpido como: «Sí, pero no *tanto*». En cambio, le advirtió:

—No te sorprenda que mañana vayan a visitarte.

—Otra vez, ¿no es ese el objetivo?

George no pudo responder, porque no *tenía* respuesta. Se estaba comportando como un idiota, algo evidente para los dos.

Santo cielo, ¿cómo se había deteriorado *tanto* la conversación?

—Billie, mira —dijo—. Yo simplemente...

Frunció el ceño. Arbuthnot se acercaba a él.

—Tú simplemente... —lo instó Billie.

Sacudió la cabeza, y ella fue lo suficientemente inteligente como para saber que el movimiento no tenía nada que ver con ella. Siguió la mirada de él hacia Arbuthnot, pero el caballero se había detenido a hablar con otra persona.

—¿A quién miras? —preguntó ella.

Él se dio la vuelta y fijó toda su atención en ella.

—A nadie.

Ella puso los ojos en blanco ante la mentira flagrante.

—Kennard —dijo Freddie Coventry, volviendo junto a ellos mientras sir John se alejaba—, creo que la orquesta volverá a tocar pronto. Será mejor que conduzcas a la señorita Bridgerton a la pista de baile, o tendré que acusarte de perpetrar actividades turbias. Se inclinó hacia Billie y dijo en falso tono confidencial—: No puede pedirle el primer baile y luego dejarla sin baile.

Ella se echó a reír, pero solo un poco, y a los oídos de George la risa no sonó sincera.

—Él nunca haría eso —dijo ella—, aunque solo fuera porque, de lo contrario, su madre le cortaría la cabeza.

—¡Ajá! —dijo Freddie, riendo con satisfacción—. *Así* son las cosas.

George esbozó una sonrisa tensa. Deseaba estrangular a Billie por haberlo castrado tan eficientemente delante de sus amigos, pero aún estaba pendiente de Arbuthnot, que estaba a unos metros de distancia y al parecer buscaba un momento a solas con él.

La voz de Freddie decayó hasta un murmullo de broma.

—No creo que él vaya a bailar con usted.

Billie miró a George, y cuando su mirada se cruzó con la de ella, sintió que había encontrado su mundo entero. Se inclinó y extendió su brazo, porque, maldición, había estado esperando ese momento durante lo que parecían años.

Pero como no podía ser de otro modo, ese fue el momento en que Arbuthnot llegó por fin.

—Kennard —dijo, con un saludo jovial como el que podría ofrecer un hombre al hijo de un amigo—. Qué bueno verle por aquí. ¿Qué le trae por la ciudad?

—Un baile con la señorita Bridgerton —repuso Freddie—, pero parece no poder conducirla hasta la pista de baile.

Arbuthnot rio entre dientes.

—Ah, estoy seguro de que no es tan incapaz.

George no se decidía a cuál de ellos matar primero.

—Tal vez debería bailar con *usted* —dijo Billie a Freddie.

«Olvídate de los caballeros», se dijo George. Primero mataría a Billie. ¿En qué diablos pensaba? Era un comentario muy atrevido, hasta para ella. Una dama no invitaba a bailar a un caballero, especialmente si solo hacía cinco minutos que lo conocía.

—Una dama que dice lo que piensa —observó Freddie—. Algo perfectamente alentador. Ya veo por qué lord Kennard habla tan bien de usted.

—¿Él habla de mí?

—No con él —replicó George.

—Pues debería —repuso Freddie, moviendo las cejas de manera seductora—. Sin duda, usted sería un tema de conversación más interesante que nuestra última charla, que según creo versó sobre avena.

George estaba seguro de que eso no era cierto, pero, al parecer, no tenía manera de protestar sin parecer infantil.

—Ah, pero a mí la avena me parece muy interesante —repuso Billie, y George estuvo a punto de echarse a reír, porque él era el único que sabía que ella no bromeaba. El éxito reciente de la cosecha de su padre era prueba de ello.

—Una dama verdaderamente singular —celebró Freddie.

La orquesta comenzó a emitir crujidos, que siempre precedían al comienzo de la música, y Billie miró a George, a la espera de que repitiera su reverencia y la llevara a bailar.

Pero antes de que pudiera hacerlo, oyó que lord Arbuthnot se aclaraba la garganta. George supo lo que debía hacer:

—Te la entrego, Coventry —dijo con una mínima reverencia—. Ya que estás tan ansioso por su compañía.

Trató de no buscar la mirada de Billie, pero no lo logró, y, cuando miró su rostro, vio que estaba atónita. Y enfadada.

Y herida.

—Su próximo baile será tuyo —dijo Freddie con buen ánimo, y el corazón de George dio un vuelco al ver cómo la conducía al baile.

—Lamento privarlo de la compañía de la encantadora señorita Bridgerton —dijo lord Arbuthnot pasado un momento—, pero estoy seguro de que el objetivo de su visita a la ciudad es algo más que un baile.

No había nadie más en el pequeño círculo de conversación, ahora que Billie se había marchado con Freddie Coventry, pero era evidente que Arbuthnot era cauteloso, así que George dijo:

—Una cosa y otra. Asuntos familiares.

—¿No es siempre así? —Ladeó la cabeza hacia George—. Es agotador, ¿verdad?, ser el jefe de la familia.

George pensó en su padre.

—Tengo la gran fortuna de que ese privilegio en particular aún no sea mío.

—Es verdad, es verdad. —Arbuthnot bebió un buen trago de la bebida que tenía en su mano, algo que parecía bastante más fuerte que el ridículo ponche que le habían servido a George antes—. Pero lo será pronto, y no es posible elegir a la familia, ¿no es así?

George se preguntó si Arbuthnot no estaría hablando con doble sentido. De ser así, era otra señal de que no estaba hecho para una vida de mensajes misteriosos y reuniones secretas. Decidió interpretar literalmente las palabras de Arbuthnot, y respondió:

—Si fuera posible, me temo que volvería a elegir a la mía.

—Pues es un hombre afortunado.

—Así es.

—¿Y cómo le está yendo esta noche? ¿Tiene éxito?

—Supongo que todo depende de cómo se mida el éxito.

—¿Le parece? —dijo Arbuthnot, con un dejo de irritación en la voz.

George no sintió lástima. Había sido él quien comenzara esa confusa conversación. Bien podía dejar que George se divirtiera un poco. Miró a los ojos a Arbuthnot y dijo:

—Vaya, acudimos a estos eventos en busca de algo, ¿no es cierto?

—Se ha puesto muy filosófico para ser martes.

—Normalmente dejo mis pensamientos importantes para el lunes por la noche y los jueves por la tarde —replicó George.

Lord Arbuthnot lo miró con áspera sorpresa.

—No he encontrado lo que estaba buscando —dijo George. Cielo santo, el doble sentido le estaba dando vértigo.

Arbuthnot entrecerró los ojos.

—¿Está seguro?

—Muy seguro. Está un poco atestado aquí dentro.

—Eso es muy desalentador.

—Claro que sí.

—Quizá debería bailar con lady Weatherby —dijo lord Arbuthnot, bajando la voz.

George se dio la vuelta bruscamente.

—¿Cómo dice?

—¿Se la han presentado? Le garantizo que es una mujer sin igual.

—Nos han presentado —confirmó George. Conocía a Sally Weatherby de cuando ella era Sally Sandwick, hermana mayor de uno de sus amigos. Se había casado y había enterrado a un marido posteriormente, y solo de forma reciente había pasado de luto completo a medio luto. Afortunadamente para ella, le sentaba bastante bien el color lavanda.

—Weatherby era un buen hombre —dijo Arbuthnot.

—No le conocí —observó George. Weatherby era bastante mayor, y Sally era su segunda mujer.

—Yo trabajaba con él de vez en cuando —informó Arbuthnot—. Un buen hombre. Un muy buen hombre.

—Han pasado años desde la última vez que hablé con lady Weatherby —dijo George—. No sé si tendré tema de conversación.

—Ah, me imagino que ya pensará en algo.

—Eso imagino.

—Allí veo a mi esposa —anunció Arbuthnot—. Me está haciendo una seña con la cabeza, lo que significa que necesita mi ayuda o bien que está a punto de morirse.

—Entonces, vaya con ella —dijo George—. Es evidente.

—Supongo que necesita mi ayuda para cualquiera de las dos cosas —dijo Arbuthnot, y se encogió de hombros—. Que Dios le bendiga, hijo. Espero que la noche le resulte fructífera.

George observó cómo lord Arbuthnot se abría paso al otro lado del salón, y luego se volvió para llevar a cabo su misión.

Parecía que era hora de bailar con Sally Weatherby.

22

Sir Coventry era un bailarín consumado, pero Billie solo pudo prestarle una parte muy pequeña de su atención mientras él la guiaba en las intrincadas figuras del cotillón. George había terminado de hablar con el caballero, y ahora se inclinaba ante una dama de una belleza tan deslumbrante que a Billie le sorprendió que todos los presentes no se taparan los ojos ante el milagroso resplandor.

Un sentimiento de rabia y de envidia la revolvió por dentro, y la noche, antes tan mágica, se estropeó por completo.

Billie sabía que no debería haberle pedido un baile a sir Coventry. Lady Manston habría sufrido una apoplejía de haber estado presente. Probablemente la tendría, cuando los chismes llegaran a sus oídos. Y, sin duda, llegarían. Quizá Billie había eludido Londres durante años, pero sabía lo suficiente como para darse cuenta de que ese episodio tardaría minutos en difundirse por el salón de baile.

Y a la mañana siguiente, por toda la ciudad.

La tacharían de atrevida. Dirían que estaba persiguiendo a sir Coventry, que estaba desesperada por motivos que nadie conocía, pero que debía de guardar un secreto escandaloso, porque, ¿de qué otro modo echaría por la borda siglos de convenciones para pedirle un baile a un caballero?

Entonces, alguien recordaría el lamentable incidente en la corte algunos años atrás. Algo verdaderamente espantoso, dirían todos, chasqueando la lengua. El vestido de la señorita Philomena Wren se había *incendiado*, y, para cuando todos se enteraron de lo que sucedía, una multitud de jóvenes damas estaban ya irremediablemente ancladas al suelo, incapaces de moverse debido al incómodo peso de sus amplias faldas. ¿La señorita Bridgerton no estaba entre ellas? ¿No había sido ella quien se había subido *encima* de la señorita Wren?

Billie tuvo que apretar la mandíbula para no gruñir. Si había estado encima de Philomena Wren, su único propósito había sido *apagar* el incendio, pero nadie mencionaba ese detalle.

El hecho de que Billie también hubiese sido la causa del incendio era aún un secreto bien guardado, gracias a Dios. Pero, sinceramente, ¿cómo podía esperarse que una dama fuera capaz de *moverse* con esos vestidos propios de la corte? El protocolo exigía el uso de trajes con guardainfantes mucho más amplios de los que usaban las mujeres en su vida cotidiana. Normalmente, Billie tenía un maravilloso sentido de ubicación de su cuerpo en el espacio; era la persona menos torpe que conocía. Pero ¿quién no habría tenido dificultades para maniobrar dentro de un armatoste con el que las caderas se extendían casi un metro a la redonda?

Y, para ser más concretos, ¿a qué idiota le había parecido buena idea dejar una vela encendida en un salón repleto de damas deformes?

El borde de su vestido estaba tan lejos de su cuerpo que Billie ni siquiera se había dado cuenta de que había derribado una vela. La señorita Wren tampoco supo que su vestido estaba en llamas. Y nunca lo sintió, pensó Billie con satisfacción, porque *ella* fue lo bastante sensata como para saltar encima de la muchacha y apagar la llama antes de que le tocara la piel.

Y, sin embargo, nadie parecía recordar que Billie había salvado a la señorita Wren de la muerte y de quedar desfigurada. No, su madre se había horrorizado tanto ante la situación que había abandonado sus planes de Temporada para Billie en Londres. Lo cual, se recordaba Billie a sí misma, era lo que ella había querido desde un principio. Durante años había luchado contra la Temporada.

Pero no había querido ganar la partida con el fin de que sus padres sintieran *vergüenza* de ella.

Con un suspiro, volvió a prestar atención al cotillón que estaba bailando con sir Coventry. No recordaba cómo lo había hecho, pero, al parecer, había dado los pasos correctos y no le había pisado los dedos a nadie. Afortunadamente, no había tenido que conversar demasiado; era el tipo de baile en el que la dama se separaba de su pareja con la misma frecuencia con la que ambos se reunen.

—Lady Weatherby —dijo sir Coventry cuando estuvo lo suficientemente cerca como para hablar.

Billie lo miró con sorpresa; estaba segura de que sir Coventry conocía el nombre de la dama.

—¿Cómo dice?

Se alejaron y luego volvieron a reunirse.

—La mujer con la que baila sir Kennard —dijo sir Coventry—. La viuda de Weatherby.

—¿Es viuda?

—Desde hace poco —confirmó sir Coventry—. Acaba de salir de su luto.

Billie apretó los dientes, tratando de mantener una expresión plácida. La bella viuda era muy joven, probablemente sería apenas cinco años mayor que Billie. Estaba vestida de manera exquisita, a la última moda (ahora Billie estaba en condiciones de saberlo), y tenía un cutis de porcelana, tan liso que ella jamás podría lograrlo sin crema de arsénico.

Apostaba cualquier cosa a que el sol nunca había tocado las mejillas perfectas de lady Weatherby.

—Tendrá que volver a casarse —observó sir Coventry—. No le ha dejado un heredero al viejo Weatherby, así que vive de la generosidad del nuevo lord Weatherby. O, para ser más exactos...

El cotillón los separó de nuevo, y Billie estuvo a punto de gritar de frustración. ¿Por qué la gente consideraba oportuno mantener conversaciones importantes durante un baile? ¿Acaso nadie se preocupaba por transmitir la información cuando las circunstancias eran las adecuadas?

Billie se adelantó un paso, de vuelta a la esfera coloquial de sir Coventry, y repitió:

—¿Más exactos...?

Él esbozó una sonrisa cómplice.

—Ella depende de la buena voluntad de la esposa del nuevo lord Weatherby.

—Estoy segura de que disfrutará de la compañía de lord Kennard —expresó Billie con diplomacia. Con ese comentario no iba a engañar a sir Coventry; él sabía perfectamente que Billie se moría de celos. Sin embargo, al menos debía esforzarse por mostrarse indiferente.

—Yo no me preocuparía —dijo sir Coventry.

—¿Preocuparme?

Una vez más, Billie debió esperar la respuesta. Danzó con delicadeza alrededor de otra dama, maldiciendo el cotillón. ¿No había un baile nuevo en el continente capaz de mantener juntos a la dama y al caballero mientras duraba la música? Se consideraba escandaloso, pero sinceramente, ¿era la única que pensaba que era algo razonable?

—A Kennard no le ha gustado nada tener que entregarla a mi cuidado —dijo sir Coventry cuando pudo—. Si ha invitado a bailar a lady Weatherby no ha sido por otra cosa que por cortesía.

Pero esa forma de actuar no era típica de George. Podía tener un humor malicioso, pero su comportamiento nunca lo era. Jamás le hubiera pedido un baile a una dama con el único propósito de poner celosa a otra. Quizá había sentido despecho, y estaba furioso con Billie por avergonzarlo frente a sus amigos, pero si estaba bailando con lady Weatherby era porque él así lo deseaba.

De pronto Billie se sintió mal. No debería haber intentado manipular la situación, diciendo con descaro que debía bailar con sir Coventry. ¡Pero se había sentido tan frustrada! La noche había transcurrido muy bien. La primera vez que había visto a George, resplandeciente con su ropa de noche, casi se le había cortado la respiración. Había intentado convencerse de que era el mismo hombre al que conocía en Kent y usaba la misma chaqueta y los mismos zapatos.

Sin embargo, ahí, en Londres, entre personas que dirigían el país y, posiblemente, el mundo, él parecía diferente.

Él pertenecía a ese lugar.

Había un aire de gravedad en torno a él, de tranquila confianza y absoluta seguridad del lugar que ocupaba. Tenía toda esa vida que ella desconocía, en la que había fiestas, bailes y reuniones en White's. Finalmente, él ocuparía su escaño en el Parlamento, y ella seguiría siendo la imprudente Billie Bridgerton. Solo que, dentro de algunos años, su *imprudencia* se convertiría en *excentricidad*. Y después, iría cuesta abajo hasta pasar a ser simplemente una loca.

«No», pensó con firmeza. Eso no iba a suceder. A George le gustaba ella. Incluso hasta era posible que la quisiera un poco. Lo había visto en su mirada, y lo había sentido cuando la había besado. Lady Weatherby nunca podría...

Billie abrió los ojos como platos. ¿Dónde estaba lady Weatherby?

Y, lo más importante, ¿dónde estaba George?

Cinco horas más tarde, George por fin cruzó de puntillas la puerta principal de Manston House, cansado, frustrado, y, por encima de todo, dispuesto a estrangular a lord Arbuthnot.

Cuando el general le pidió que entregara el mensaje, George había pensado: «Será muy sencillo». Ya tenía pensado asistir al baile de Wintour, y Robert Tallywhite era precisamente el tipo de persona con quien podría entablar una conversación trivial. En total serían diez minutos, y esa noche podría apoyar la cabeza sobre la almohada con la tranquilidad de saber que había hecho algo por el rey y por su patria. *No* había previsto que esa noche tendría que seguir a Sally Weatherby hasta el Cisne sin Cuello, una taberna bastante desagradable en mitad de la ciudad. Allí había sido donde, finalmente, había encontrado a Robert Tallywhite, quien parecía divertirse tirando dardos con muy poca maña a un sombrero tricornio sujeto a la pared.

Y con los ojos vendados.

George transmitió el mensaje, cuyo contenido no pareció sorprender a Tallywhite en lo más mínimo, pero, cuando intentó retirarse, se vio obligado a quedarse a beber una pinta de cerveza. Y lo cierto es que fue *obligado*, ya que dos hombres excesivamente grandes lo empujaron a una silla. Uno de ellos tenía un ojo de un morado muy vívido, algo que George no había visto jamás.

Semejante contusión señalaba una increíble tolerancia al dolor, y George temía que esa cualidad correspondiera a una increíble capacidad para *infligir* dolor. Así que, cuando el del ojo violeta le indicó que se sentara y bebiera, George lo hizo.

Luego pasó las dos horas siguientes envuelto en una conversación increíblemente intrincada y estúpida con Tallywhite y sus secuaces (Sally había desaparecido de inmediato en cuanto dejó a George en el horrible Cisne sin Cuello). Hablaron sobre el clima, las reglas del críquet y los méritos relativos del Trinity College comparados con los del Trinity Hall, en Cambridge. Luego siguieron conversando sobre los beneficios para la salud del agua salada, la dificultad de conseguir hielo en pleno verano, y sobre si el elevado coste de las piñas afectaría a la popularidad de las naranjas y los limones.

A la una de la mañana, George sospechaba que Robert Tallywhite no estaba del todo cuerdo, y a las dos ya estaba seguro de ello. A las tres por fin logró retirarse, no sin antes recibir un codazo «accidental» en las costillas por parte de uno de los enormes amigos de Tallywhite. También tenía un arañazo en el pómulo izquierdo, pero George no recordaba cómo se lo había hecho.

Lo peor de todo, pensó mientras subía con dificultad la escalera de Manston House, era que había abandonado a Billie. Él era consciente de que esa noche era importante para ella. Mierda, también era importante para él. Solo Dios sabría qué pensaría ella de su comportamiento.

—George.

Tropezó, sorprendido, y entró en su cuarto. Billie estaba de pie en mitad de la habitación, en bata.

En bata.

Tan solo la llevaba atada por una lazada floja, y podía entreverse la fina tela sedosa color melocotón de su camisón asomando por debajo. La tela parecía muy delgada, casi transparente. Cualquier hombre podría acariciar esa seda con sus manos y sentir el calor de la piel que cubría. Cualquier hombre podría pensar que tenía derecho a hacerlo, ya que ella estaba de pie a menos de dos metros de su cama.

—¿Qué haces aquí? —preguntó.

Ella tensó las comisuras de los labios. Estaba enfadada. De hecho, podía llegar a decirse que estaba increíblemente furiosa.

—Te estaba esperando —dijo.

—Eso me ha parecido —respondió él, tirando de su corbata para aflojarla al fin. Si le molestaba que estuviera desvistiéndose frente a ella, no era su problema, decidió. Era ella quien había entrado en su dormitorio.

—¿Qué te ha pasado? —quiso saber Billie—. De repente me encasquetaste al pobre sir Coventry...

—Yo no sentiría tanta lástima por él —refunfuñó George—. Me ha robado mi turno de baile.

—Tú le has *regalado* tu turno de baile.

George seguía quitándose la corbata, y, por fin, la soltó con un tirón final.

—No tuve más opción —dijo él, arrojando el retal de seda, ya sin forma, sobre una silla.

—¿Qué quieres decir con eso?

Él hizo una pausa, agradecido de no encontrarse frente a ella. Había estado pensando en lord Arbuthnot, pero, por supuesto, Billie no conocía (y no podía conocer) sus actividades.

—No lo he podido evitar —respondió, con los ojos fijos en un punto de la pared—, ya que tú le has pedido que bailara contigo.

—No se lo he *pedido* exactamente.

Él miró por encima de su hombro.

—Hilas muy fino, Billie.

—Muy bien —repuso ella, cruzándose de brazos—, pero creo que tampoco tuve elección. La música empezó a sonar y tú te quedaste allí como si estuvieras *petrificado*.

No tenía sentido contarle que había estado a punto de llevarla a la pista de baile justo cuando llegó lord Arbuthnot, así que se mordió la lengua. Se miraron un momento largo e intenso.

—No deberías estar aquí —dijo finalmente George. Se sentó para quitarse las botas.

—No sabía adónde ir.

Él la observó fijamente, con intensidad. ¿Qué quería decir ella con eso?

—Estaba preocupada por ti —dijo.

—Puedo cuidarme solo.

—Yo también —replicó ella.

Él asintió, y luego prestó atención a sus puños. Empujó hacia atrás el fino encaje belga para poder pasar los botones a través de los ojales.

—¿Qué ha pasado esta noche? —oyó que ella preguntaba.

Él cerró los ojos, sabiendo que no podía ver su expresión. Fue el único motivo por el que se permitió proferir un suspiro de cansancio.

—Ni siquiera sabría por dónde comenzar.

—Puedes comenzar por el principio.

Él la miró, y no pudo evitar la sonrisa irónica que asomó en sus labios. Qué típico de ella era ese comentario. Sin embargo, se limitó a sacudir la cabeza, y dijo con voz cansada:

—Esta noche, no. —Ella cruzó sus brazos—. Por el amor de Dios, Billie, estoy exhausto.

—No me importa.

La respuesta lo cogió desprevenido, y, por un momento, solo pudo mirarla, pestañeando como un búho idiota.

—¿Dónde has estado? —quiso saber ella.

Como la verdad era siempre la mejor respuesta cuando era posible expresarla, le dijo:

—En una taberna.

Ella echó la cabeza hacia atrás, sorprendida, pero su voz fue serena cuando afirmó:

—Hueles a taberna.

Billie se ganó una sonrisa forzada.

—¿Verdad que sí?

—¿Por qué has estado en una taberna? ¿Qué tenías que hacer que fuera más importante que... —Se detuvo con un grito ahogado y horrorizado, y se llevó la mano a la boca.

Él no podía responderle, así que guardó silencio. No había nada en el mundo que fuera más importante que ella. Sin embargo, *había* cosas más importantes que bailar con ella, más allá de lo mucho que él lo deseara.

Su hermano estaba desaparecido. Quizá el absurdo recado de esa noche no tenía nada que ver con Edward. Mierda, George estaba seguro de que no tenía nada que ver con él. ¿Cómo era eso posible? Edward estaba perdido en lo más remoto de Connecticut y él estaba en Londres, recitando canciones infantiles frente a un loco.

Sin embargo, su Gobierno le había pedido que llevara a cabo esa misión, y, lo más importante, él había dado su palabra de que podía llevarla a cabo.

George no sentiría reparo en negarse a realizar otra misión inútil para lord Arbuthnot. No tenía temperamento para cumplir órdenes ciegamente. Pero esa vez había accedido, y había cumplido.

El silencio en la habitación se volvió pesado, y luego, Billie, que se había alejado de él, abrazándose el cuerpo, dijo en voz muy baja:

—Debería irme a la cama.

—¿Estás llorando? —preguntó él, poniéndose de pie rápidamente.

—No —respondió ella con demasiada prisa.

Él no podía soportarlo. Dio un paso adelante sin siquiera darse cuenta.

—No llores —dijo él.

—¡No estoy llorando! —exclamó ella con voz ahogada.

—No —dijo él con dulzura—. Por supuesto que no.

Con poca elegancia, Billie se frotó la nariz con el reverso de la mano.

—No lloro —protestó—, y, por supuesto, no lloro por ti.

—Billie —dijo él, y antes de darse cuenta siquiera, ella estaba entre sus brazos. La apretó contra su corazón y acarició su espalda, mientras las lágrimas de ella caían una a una.

Lloró con delicadeza, algo para él inesperado. Billie nunca había hecho algo por la mitad, y él hubiese pensado que, si ella lloraba, lo haría con grandes sollozos.

Y fue en ese momento que supo que ella decía la verdad. Ella no lloraba. La conocía desde hacía veintitrés años y jamás la había visto derramar una lágrima. Aun cuando se había torcido el tobillo y tuvo que descender por aquella escalera sola, no había llorado. Por un instante, le había parecido que podía ponerse a llorar, pero luego, había tensado los hombros, se había tragado el dolor y había seguido adelante.

Pero ahora sí que lloraba.

Él la había hecho llorar.

—Lo siento tanto... —murmuró sobre su pelo. No supo que podría haberlo hecho de otra manera, pero, al parecer, eso ya no tenía importancia. Ella lloraba, y cada sollozo imitaba el sonido de su propio corazón que se rompía.

—Por favor, no llores —dijo, ya que no sabía qué otra cosa decir—. Todo saldrá bien. Te lo prometo, todo saldrá bien.

Sintió que Billie asentía contra su pecho, un movimiento ínfimo, pero que, de algún modo, le hizo saber que ella había superado el momento.

—Ya lo ves —dijo él, tocando su barbilla y sonriendo cuando por fin ella alzó la mirada a sus ojos—. Te lo he dicho, todo está bien.

Ella respiró con dificultad.

—Estaba preocupada por ti.

—¿Por qué te preocupas por mí? —No quiso mostrarse satisfecho, pero no pudo evitarlo.

—Y enfadada —continuó ella.

—Lo sé.

—Te marchaste sin avisar —Le reprochó.

—Lo sé. —No iba a justificarse. Ella no se lo merecía.

—¿Por qué? —Quiso saber. Y, cuando él no respondió, se apartó de su abrazo y repitió—: ¿Por qué te fuiste sin avisar?

—No puedo decírtelo —respondió con pena.

—¿Estuviste con *ella*?

Él no fingió entender mal las palabras de Billie.

—Solo un breve instante.

Había solo un candelabro triple en el dormitorio, pero su luz fue suficiente como para que George viera el dolor que asomaba en el rostro de Billie. Ella tragó saliva, y el movimiento hizo que su garganta temblara.

El modo en el que estaba de pie en medio de la habitación, con los brazos envueltos en su cintura para protegerse a sí misma... Era como si se hubiese puesto una armadura.

—No te mentiré —dijo en voz baja—. Quizá no pueda responder a tus preguntas, pero no mentiré. —Dio un paso adelante, con los ojos fijos en los de ella mientras hacía esa promesa—. ¿Lo entiendes? *Jamás* te mentiré.

Ella asintió, y él vio que algo cambiaba en su rostro. Su mirada se volvió más suave, más preocupada.

—Estás herido —observó ella.

—No mucho.

—Pero, aun así... —Ella extendió la mano hacia su rostro, y se detuvo a un centímetro de su destino—. ¿Alguien te ha golpeado?

George sacudió la cabeza. Probablemente se había lastimado cuando lo habían instado a beber una pinta con Tallywhite.

—No lo recuerdo, sinceramente —respondió—. Ha sido una noche muy extraña.

Ella abrió la boca, y él se dio cuenta de que quería hacerle más preguntas. En cambio, dijo con mucha dulzura:

—No bailaste conmigo.

Él la miró a los ojos.

—Lo siento.

—Yo deseaba... Esperaba... —Ella apretó los labios y tragó saliva, y él se dio cuenta de que contenía el aliento para que ella continuara—. No creo...

260

Sea lo que fuere, no se animó a decirlo, y él supo que debía ser tan valiente como ella.

—Ha sido una agonía —susurró él.

Ella lo miró, sorprendida.

Él tomó su mano y besó su palma.

—¿Tienes idea de lo difícil que fue para mí decirle a Freddie Coventry que bailara contigo? ¿Cómo me sentí cuando él agarró tu mano y murmuró en tu oído como si tuviese derecho a estar cerca de ti?

—Sí —dijo ella con dulzura—. Lo sé perfectamente.

Entonces, en ese momento, todo pareció claro. Solo había una cosa que podía hacer.

Hizo lo único que podía hacer.

La besó.

23

Billie no era estúpida. Sabía, cuando decidió esperar a George en su habitación, que eso podía suceder. Pero no lo había hecho por esa razón. No había sido por ese motivo por lo que se había colado silenciosamente en su habitación, tras girar el picaporte con gran pericia para abrir el mecanismo que mantenía la puerta cerrada sin hacer ruido. No había sido por eso por lo que se había sentado en su silla, atenta a los ruidos que anunciaran su regreso, y no había sido esa la razón por la cual se había quedado mirando su cama todo el tiempo, consciente de que ese era el sitio en el que él dormía, en el que su cuerpo era más vulnerable, en el que, si llegaba a casarse, haría el amor.

No, se dijo a sí misma, había llegado a esa habitación porque necesitaba saber adónde había ido, por qué la había dejado en Wintour House. Y estaba preocupada. Ella sabía que no podría conciliar el sueño hasta que él volviera a casa.

Pero sabía que eso podía suceder.

Y ahora que sucedía...

Por fin podía admitir que había deseado que pasase desde siempre.

Él la atrajo hacia sí y ella no mostró sorpresa ni fingió indignarse. Eran demasiado sinceros el uno con el otro; siempre lo habían sido, y ella lo rodeó con sus brazos, y devolvió sus besos con cada respiración febril.

Fue como la primera vez que él la besó, pero mucho *mejor*. Las manos de George recorrieron todo su cuerpo. Su bata era delgada, de un material mucho más sedoso y fino que el vestido que había usado durante el día. Cuando él la agarró del trasero, ella sintió que cada uno de los dedos de su amante la apretaban con tanta desesperación que su corazón estaba rebosante de felicidad.

No la trataba como a una muñeca de porcelana. La trataba como a una mujer, y eso le encantaba.

Su cuerpo se pegó al de ella en toda su longitud, y sintió su erección, rígida e insistente. *Ella* había provocado aquella tremenda erección. Ella. Billie Bridgerton. Ella volvía loco de deseo a George Rokesby, y el mero hecho de pensarlo era emocionante. Y la volvía audaz.

Quería mordisquear su oreja, lamer la sal de su piel. Quería escuchar cómo se aceleraba su respiración cuando arqueaba su cuerpo sobre el de George, y quería conocer la forma exacta de su boca, no mirarla, sino sentirla.

Lo quería por completo, y lo deseaba de todas las maneras posibles.

—George —gimió ella, embelesada con el sonido de su nombre en sus labios. Volvió a pronunciarlo, una y otra vez, para salpicar cada beso. ¿Cómo había podido pensar que ese hombre era rígido e intransigente? La manera en la que él la besaba estaba repleta de pasión. Era como si él deseara devorarla, consumirla.

Poseerla.

Y Billie, a quien nunca le había gustado permitir que otro tomara el control, descubrió que quería que él lo hiciera.

—Eres tan... increíblemente... bella —dijo él, sin poder hilar la oración de manera adecuada. Su boca estaba demasiado ocupada en otros quehaceres para pronunciar las palabras con fluidez—. Tu vestido, esta noche... No me puedo creer que hayas elegido el color rojo.

Ella levantó la mirada hacia él, y no pudo impedir la sonrisa traviesa que asomó de sus labios.

—No creo que el blanco me siente bien.

«Y después de esta noche —pensó con picardía—, jamás podrá sentarme bien.»

—Parecías una diosa —dijo él con voz ronca. Entonces se quedó quieto, solo un poco, y se apartó—. Pero ¿sabes? —añadió, y sus ojos ardieron con un pícaro propósito—. Creo que me gustas más en pantalones.

—¡George! —Ella no pudo evitar echarse a reír.

—Shhh... —advirtió él, mordisqueando el lóbulo de su oreja.

—Es difícil que esté callada.

Él la observó como si fuera un pirata.

—Sé cómo hacerte callar.

—Ah, sí, por fa... —Pero no pudo terminar la oración, pues él estaba besándola otra vez, con más pasión que antes. Sintió sus dedos robustos en su estrechísima cintura, deslizándose debajo de la faja de seda que sostenía la bata sobre su cuerpo. La bata se abrió, y luego resbaló hasta el suelo. Ella se estremeció cuando la seda rozó su piel al caer.

Sus brazos quedaron desnudos frente al aire nocturno, y se le puso la carne de gallina, pero no sintió frío, solo permaneció atenta mientras él extendía su mano con reverencia para acariciarla, lentamente, desde el hombro hasta la muñeca.

—Tienes un lunar —murmuró él—. Justo... —Se inclinó y depositó un beso tenue cerca de la parte interna de su codo— ... aquí.

—Ya lo habías visto antes —dijo ella con dulzura. No era un sitio impúdico; tenía muchos vestidos de manga corta.

Él se rio entre dientes.

—Pero nunca le había prestado la debida atención.

—¿De verdad?

—Mmm... —Él levantó su brazo, torciéndolo solo un poco para poder fingir que analizaba su lunar—. Es, sin duda, la marca de belleza más deliciosa de toda Inglaterra.

Una maravillosa sensación de calor y satisfacción se fundió en su interior. Aun cuando su cuerpo ardía por él, no pudo evitar continuar con la seductora conversación.

—¿Solo de Inglaterra?

—No he viajado mucho al extranjero...

—¿De verdad?

—Y, ya sabes... —Su voz descendió hasta ser un gruñido ronco—. Podría haber otros lunares aquí mismo, en esta habitación. Podrías tener uno aquí. —Metió un dedo debajo del canesú de su camisón y luego movió su otra mano hasta ponerla en su cadera—. O aquí.

—Podría ser —coincidió ella.

—Detrás de tu rodilla —continuó él con palabras cálidas sobre su oreja—. Podrías tener otro allí.

Ella asintió. No estaba segura de poder continuar hablando.

—En uno de los dedos de tus pies —sugirió él—. O en tu espalda.

—Es posible que tengas que mirar para comprobarlo.

Él inspiró profundamente y se estremeció, y ella, de pronto, se percató del esfuerzo que hacía él por controlar su pasión. Mientras ella se liberaba gozosamente, él libraba una batalla feroz contra su propio deseo. Y sabía (de algún modo lo sabía) que un hombre de menos valía no habría tenido la fortaleza de tratarla con semejante ternura.

—Hazme tuya —dijo ella. Ya se había permitido a sí misma liberarse. Ahora también lo autorizaba a él para que lo hiciese.

Sintió que todos los músculos de su cuerpo se contraían, y, por un momento, pareció estar dolorido.

—No debería...

—Sí, deberías.

Sus dedos se apretaron contra la piel de ella.

—No podré contenerme.

—No quiero que lo hagas.

Él se apartó, respirando entrecortadamente mientras ponía algunos centímetros de distancia entre sus rostros. Apretó las mejillas de ella con sus manos y la sostuvo inmóvil, y sus ojos ardieron dentro de las pupilas de Billie.

—Te *casarás* conmigo —ordenó.

Ella asintió, y lo único que pudo pensar fue en dar su consentimiento lo más rápido posible.

—Dilo —dijo él con intensidad—. Dilo.

—Sí —susurró ella—. Me casaré contigo. Lo prometo.

Durante aproximadamente un segundo, él permaneció inmóvil, y luego, antes de que Billie pudiera siquiera pensar en murmurar su nombre, él la levantó en el aire y prácticamente la arrojó sobre la cama.

—Eres mía —gruñó él.

Ella se incorporó sobre sus codos y lo observó mientras se aproximaba. Primero, él tiró con fuerza para desenterrar la camisa del interior de sus pantalones, y luego se la quitó por la cabeza. Billie contuvo el aliento cuando el cuerpo de George se quedó desnudo. Era bello, aunque pareciera extraño decir eso de un hombre. Bello y de proporciones perfectas. Billie sabía que él no se dedicaba a cubrir tejados con paja ni a arar campos, pero seguramente realizaría alguna actividad física habitual, ya que su silueta así lo mostraba. Estaba delgado y definido, y, cuando la luz de la vela danzaba en su piel, pudo ver sus músculos tensos.

Se incorporó, se sentó y extendió su mano; sus dedos anhelaban tocarlo para comprobar si su piel era tan suave y cálida como parecía, pero estaba fuera de su alcance y la observaba con ojos ávidos.

—Eres tan bella... —murmuró. Se acercó aún más, pero antes de que ella pudiese tocarlo, tomó su mano y se la llevó a sus labios—. Cuando te vi esta noche, pensé que mi corazón iba a dejar de latir.

—¿Y qué piensas ahora? —susurró ella.

Él tomó su mano y la apoyó sobre su corazón. Billie pudo sentir que latía con fuerza debajo de su piel, y casi reverberaba hasta su propio cuerpo. Era tan fuerte, tan sólido, y tan maravillosamente masculino.

—¿Sabes qué quise hacer en la fiesta? —murmuró.

Ella sacudió la cabeza, demasiado extasiada por el calor de su voz como para hablar.

—Quise obligarte a que te dieses media vuelta y empujarte por la puerta antes de que nadie te viera. No quería compartirte con nadie. —Tocó los labios de ella con su dedo—. Ahora tampoco quiero.

El deseo la inundó, y, de pronto, se sintió más audaz, más femenina.

—Yo tampoco quiero compartirte.

Él sonrió lentamente, y sus dedos recorrieron el largo de su cuello hasta llegar al delicado hueco de su clavícula, y solo descansaron al posarse en la cinta que ajustaba el escote de su camisón. Sin quitarle los ojos de encima, dio un tirón a uno de los lazos y lo liberó lentamente de su nudo; el lazo se hizo cada vez más pequeño hasta que, por fin, el camisón quedó abierto.

Billie observó sus dedos, fascinada, mientras recorrían su piel. El borde del canesú, ahora suelto, se quedó atrapado entre el pulgar y el índice de George. La seda se resbaló desde su hombro, y luego, lentamente, por su brazo. Estaba a punto de quedarse completamente desnuda frente a él, pero no sentía ninguna modestia ni miedo. Solo sentía pasión, y la necesidad implacable de saciarla.

Ella levantó la mirada, y él también, casi como si lo hubiesen planeado. Él la miró con ojos inquisidores, y ella asintió, sabiendo exactamente qué le preguntaba. Él respiró, y el sonido irregular sugirió deseo. Luego, tocó su camisón sobre el montículo de sus senos y dejó que la gravedad hiciera el resto. La seda pálida color melocotón se acumuló lujosamente alrededor de su cintura, pero Billie no se percató de ello. George la observaba con una reverencia que le quitaba el aliento.

Con mano temblorosa, él se acercó y tomó uno de sus pechos, y el pezón rozó levemente la palma de su mano. La invadió una sensación exquisita y lanzó un pequeño grito, preguntándose cómo semejante caricia podía hacer que su abdomen se comprimiera. Sintió hambre, pero no de alimentos, y el lugar secreto entre sus piernas se tensó de una manera que solo ella podía suponer que era deseo.

¿Era así como debía sentirse? ¿Como si estuviera incompleta sin él?

Observó su mano mientras la acariciaba. Era una mano tan grande, tan poderosa, y tan apasionadamente masculina sobre su piel pálida. Él se movía con lentitud, marcando un notable contraste con los besos febriles de hacía solo unos minutos. Él la hacía sentir como una inestimable obra de arte, y analizaba cada una de sus curvas.

Ella se mordió el labio inferior y un leve gemido de placer se escapó de entre sus labios mientras la mano de él se alejaba lentamente, excitando su piel hasta que el único contacto fuese el de las puntas de sus dedos y su pezón.

—Te gusta —dijo él.

Ella asintió.

Sus miradas se cruzaron.

—Esto te gustará aún más —gruñó él, y luego, mientras ella daba un grito de sorpresa, se inclinó y se metió uno de sus pechos en la boca. Su lengua rodó por su piel, y sintió que su pezón se endurecía como un pequeño brote; como ocurría normalmente durante el frío invierno.

Pero no sentía nada de frío, sino todo lo contrario.

Su caricia era eléctrica. Todo el cuerpo de Billie se arqueó hasta que tuvo que hundir las manos en la cama para evitar caerse.

—¡George! —Prácticamente chilló, y, una vez más, él la acalló.

—Nunca aprendes, ¿verdad? —murmuró sobre su piel.

—Eres tú quien me hace gritar.

—Eso no ha sido un grito —repuso él con una sonrisa vanidosa.

Ella lo miró, alarmada.

—No lo he dicho como un desafío.

Él profirió una carcajada, aunque más discreta que el grito de ella.

—Solo hago planes de futuro, cuando el volumen no sea un problema.

—¡George, están los sirvientes!

—Que trabajan para mí.

—¡George!

—Cuando nos casemos —dijo él, entrelazando sus dedos con los de ella— haremos tanto ruido como deseemos.

Billie sintió que su rostro se enrojecía.

Él depositó un beso seductor en su mejilla.

—¿He hecho que te ruborices?

—Sabes que lo has hecho —protestó ella.

Él la miró con una sonrisa vanidosa.

—Probablemente no debería enorgullecerme tanto.

—Pero lo haces.

Él llevó la mano de ella a sus labios.

—Sí.

Ella levantó la mirada hasta su rostro y descubrió que, a pesar de la urgencia de su cuerpo, se sentía feliz de dedicar un momento solo a contemplarlo. Acarició su mejilla, y sintió cosquillas en las puntas de los dedos por su barba incipiente. Trazó el recorrido de su ceja, y se maravilló por cómo una línea tan recta y firme podía enarcarse tan imperiosamente cuando quería. Y también tocó sus labios, tan suaves. ¿Cuántas veces había observado su boca mientras él hablaba, sin saber que esos labios podían prodigarle tanto placer?

—¿Qué haces? —preguntó él, con una sonrisa ronca en la voz.

Sus pestañas se batieron cuando su mirada se fijó en la de él, y solo cuando respondió supo la respuesta.

—Te estoy memorizando.

George contuvo el aliento y volvió a besarla. La ligereza del momento cedió paso, una vez más, al deseo. Él continuó besando el cuello de ella, excitándola y dejando una estela de deseo a su paso. Ella sintió que descendía y se acostaba sobre la cama, y luego, de pronto, él estaba encima, una piel cálida sobre la otra. El camisón de Billie bajó por sus piernas, y, en un segundo, desapareció. Estaba desvestida debajo de él, desnuda, y, sin embargo, no sintió incomodidad. Era George, y confiaba en él.

Era George, y lo amaba.

Sintió que sus manos se apartaban y luchaban contra sus pantalones. Luego maldijo entre dientes al verse obligado a alejarse para (según él) «quitarme estos malditos pantalones». Billie no pudo evitar reírse al oír la blasfemia; parecía que, para él, era mucho más difícil de lo que ella se hubiese imaginado jamás.

—¿Te ríes? —preguntó, arqueando las cejas con audacia.

—Deberías alegrarte de que ya no tenga puesto mi vestido —dijo ella—. Treinta y seis botones forrados en tela a lo largo de la espalda.

Él le lanzó una mirada temerosa.

—No habría sobrevivido.

Mientras Billie se reía, uno de los botones de George salió volando y su ropa cayó al suelo.

Billie se quedó boquiabierta.

La sonrisa de George fue casi salvaje cuando se subió a la cama nuevamente, y ella tuvo la sensación de que él consideraba su asombro como un elogio.

Suponía que lo era. Con una dosis saludable de preocupación.

—George —dijo con cautela—. Sé que esto saldrá *bien*, ya que, válgame Dios, ha salido bien durante siglos, pero debo decir que no parece algo cómodo. —Tragó saliva—. Para mí.

Él besó la comisura de su boca.

—Confía en mí.

—Eso hago —le aseguró ella—. Pero no confío en *eso*.

Pensó en lo que había visto en los establos a lo largo de los años. Ninguna de las yeguas parecía pasar un buen rato.

Él se echó a reír mientras su cuerpo se posaba en el de ella.

—Confía en mí —repitió—. Solo debemos asegurarnos de que estés preparada.

Billie no sabía a *qué* se refería, pero ni siquiera podía pensar en ello, ya que él le hacía cosas con sus dedos que la distraían.

—Ya lo has hecho —dijo ella.

—Algunas veces —murmuró él—. Pero esta vez es diferente.

Ella lo miró, dejando que sus ojos formularan la pregunta.

—Lo es —le aseguró él. Volvió a besarla mientras su mano ascendía por el muslo de ella—. Eres tan fuerte —dijo él con dulzura—. Me encanta esa faceta tuya.

Billie respiró con dificultad. La mano de él ahora estaba en la parte superior de su pierna, abarcando todo su ancho, y su pulgar estaba muy cerca de su centro.

—Confía en mí —susurró.

—Eso me dices continuamente.

Él apoyó su frente en la de ella, y Billie sintió que él se esforzaba por no reírse.

—Y lo digo de verdad. —La besó a lo largo del cuello—. Relájate.

Billie no estaba segura de cómo se suponía que iba a relajarse. Entonces, justo antes de que él volviera a meterse su pezón en la boca, dijo:

—Deja de pensar. —Fue una orden que no tuvo ningún problema en obedecer.

Sucedió igual que al principio. Él volvió a excitarla y ella perdió la razón. Su cuerpo asumía el control y olvidaba todos sus temores. Abrió las piernas y él se acomodó entre ellas, y luego... ¡oh, Dios! Él la tocó. La tocó y fue tan sumamente placentero y eléctrico que solo hizo que deseara más y más.

Sintió una avidez que nunca antes había sentido. Quiso atraerlo hacia sí, quiso devorarlo. Lo agarró de los hombros, tirando hacia abajo.

—George —jadeó—, quiero...

—¿Qué quieres? —murmuró él, deslizando un dedo dentro de ella.

Ella estuvo a punto de caerse de la cama.

—Quiero... quiero... solo *quiero*.

—Yo también —gruñó él, entonces apartó sus labios, abrió con sus dedos los pliegues de su piel y ella sintió la presión en su vagina.

—Dicen que duele —dijo él con pesar—, pero no mucho tiempo.

Ella asintió, y debió ponerse tensa, porque él susurró una vez más:

—Relájate.

Y, de algún modo, ella lo logró. Con lentitud, él se abrió paso en su interior. La presión era más extraña que intensa, y, aun cuando sintió una leve punzada de dolor, fue eclipsada por la necesidad de que él estuviera cerca, cada vez más cerca.

—¿Te encuentras bien? —preguntó él.

Ella asintió.

—¿Estás segura?

Ella asintió nuevamente.

—Menos mal —gimió él, y avanzó, penetrándola más profundamente.

Sin embargo, ella supo que él se contenía.

Apretaba los dientes y trataba de sostenerse firmemente, y Billie habría jurado que parecía sentir dolor. Pero, al mismo tiempo, él murmuraba su nombre como si ella fuera una diosa, y las cosas que él le hacía, con su miembro y sus dedos, con sus labios y sus palabras, atizaban un fuego que la consumía.

—George —musitó ella, cuando la tensión en su interior parecía desgarrarla—. *Por favor.*

Los movimientos de él se volvieron más frenéticos, y ella también empujó; la necesidad de frotarse contra él era demasiado abrumadora para ignorarla.

—Billie —gimió él—. Dios mío, qué haces conmigo.

Y luego, justo cuando ella estaba segura de no poder soportarlo más, ocurrió algo de lo más extraño. Se puso tensa, y tembló, y cuando se dio cuenta de que ya no podía ni siquiera respirar, se derrumbó.

Fue indescriptible. Fue perfecto.

Los movimientos de George se volvieron más desenfrenados, entonces enterró su rostro en el cuello de Billie, ahogando un grito ronco sobre su piel mientras se hundía una vez más en su interior.

—Me siento en casa —dijo él contra su piel, y ella supo que era la verdad.

—Yo también me siento en casa.

24

Cuando George bajó a desayunar a la mañana siguiente, no se sorprendió al saber que Billie aún dormía.

No había tenido, pensó con cierta satisfacción, una noche apacible.

Habían hecho el amor tres veces, y él no había podido dejar de preguntarse si su simiente estaría proliferando dentro de ella. Era extraño, pero nunca había dedicado tiempo a pensar en tener hijos. Por supuesto, sabía que debía pensarlo en algún momento, ya que algún día heredaría Manston y Crake, y tenía la obligación sagrada de proveer al condado con un heredero que tomase su testigo.

Aun así, nunca había *imaginado* a sus hijos. Nunca había soñado con tener un niño en sus brazos, verlo aprender a leer y a escribir, o enseñarle a montar y a cazar.

O enseñarle *a su hija* a montar y a cazar. Con una madre como Billie, sus hijas, sin duda, insistirían en desarrollar las mismas habilidades que sus hermanos. Y, aunque hubiese pasado toda su niñez enfadado ante la insistencia de Billie de estar a la par que los varones, tratándose de sus hijas...

Si ellas deseaban cazar, pescar y disparar una pistola como un tirador...

Darían en el blanco todas las veces.

Aunque su límite sería saltar cercos a los seis años de edad. Sin duda, incluso Billie aceptaría que había sido algo absurdo.

Billie sería la *mejor* de las madres, pensó mientras caminaba por el pasillo hacia el pequeño comedor. Sus hijos no tendrían que desfilar una vez por día para que Billie los examinara. Ella los amaría como la amaba su propia madre, y se reiría, bromearía, enseñaría y regañaría, y serían felices.

Todos serían felices.

George sonrió. Él ya era feliz. Y esa situación solo iba a mejorar.

Su madre ya estaba sentada a la mesa del desayuno cuando entró en el comedor. Leía un periódico recién planchado mientras untaba una tostada con mantequilla.

—Buenos días, George.

Se inclinó y besó la mejilla que su madre le ofrecía.

—Madre.

Ella lo observó sobre el borde de su taza de té; con una de sus elegantes cejas en un arco perfecto.

—Pareces estar de muy buen humor esta mañana.

George lanzó una mirada de interrogación.

—Sonreías cuando entraste en el comedor —explicó lady Manston.

—Ah. —Se encogió de hombros, tratando de apaciguar la alegría que casi lo había obligado a bajar la escalera a saltos—. Me temo que no puedo explicarlo.

Era verdad. Sin duda no podía explicárselo a *su madre*.

Ella lo observó durante un momento.

—Supongo que no tendrá que ver con tu intempestiva salida del baile anoche.

George hizo una breve pausa mientras se servía una cucharada de huevos escalfados en un plato. Había olvidado que su madre, seguramente, le pediría una explicación por haber desaparecido. Lo único que le había rogado era que estuviera presente en el baile de Wintour...

—Lo único que te pedí fue que estuvieras presente en el baile de Wintour —dijo, y su voz se volvió más áspera con cada palabra.

—Perdón, madre —Estaba de muy buen humor como para estropearlo con objeciones de poca monta—. No volverá a ocurrir.

—No es *mi* perdón el que debes buscar.

—Sin embargo —dijo él—, me gustaría recibirlo.

—Bien —respondió lady Manston, momentáneamente confundida ante su inesperado arrepentimiento—, eso depende de Billie. Insisto en que te disculpes con ella.

—Ya está hecho —respondió George, sin pensar.

Ella levantó la mirada abruptamente.

—¿*Cuándo* lo hiciste?

Maldición.

George respiró profundamente y continuó llenando su plato.

—Estuve con ella anoche.

—¿Anoche?

George se encogió de hombros, fingiendo desinterés.

—Estaba despierta cuando llegué.

—¿Y, dime, a qué hora llegaste?

—No estoy del todo seguro —respondió George, mientras restaba algunas horas—. ¿A medianoche?

—*Nosotras* llegamos más tarde de la una de la madrugada.

—Entonces fue después —afirmó con serenidad. Era sorprendente cómo estar de buen humor podía influir positivamente en su paciencia—. No presté atención a la hora.

—¿Y por qué estaba despierta Billie?

George puso cuatro lonchas de beicon en su plato y tomó asiento.

—No lo sé.

Lady Manston frunció la boca y se puso seria.

—Esto no me gusta nada, George. Ella debe preocuparse un poco más por su reputación.

—Estoy seguro de que no habrá problema, madre.

—Al menos *tú* deberías preocuparte —continuó ella.

Era momento de ir con cuidado.

—¿Qué quieres decir?

—Deberías haberte marchado a tu cuarto inmediatamente.

—Pensé que era mi deber usar ese tiempo para disculparme.

—Mmm. —Su madre no pudo pensar en una respuesta rápida a ese comentario—. Aun así.

George esbozó una sonrisa desabrida y se dispuso a cortar el beicon. Momentos después, oyó pasos que se acercaban, pero sonaban demasiado fuertes como para ser de Billie.

Efectivamente, la figura que apareció en el marco de la puerta un momento después era la del mayordomo.

—Ha llegado lord Arbuthnot para verle, lord Kennard.

—¿A estas horas de la mañana? —inquirió lady Manston, sorprendida.

George dejó su servilleta, apretando los dientes. Había previsto que tendría que hablar con Arbuthnot acerca de los eventos de la noche anterior, pero ¿tan pronto?

George conocía lo suficiente sobre las actividades de lord Arbuthnot como para saber que estaban plagadas de secretos y peligros. Era inadmisible que llevara sus actividades a Manston House, y George no tendría reparos en decírselo.

—Es un amigo de mi padre —dijo George mientras se ponía de pie—. Veré qué necesita.

—¿Quieres que te acompañe?

—No, no. Estoy seguro de que no será necesario.

George se dirigió al salón; con cada paso que daba, su humor se volvía más nefasto. La visita de Arbuthnot de esa mañana solo podía significar dos cosas. Que algo había salido mal después de que George se retirara del Cisne y que estaba en peligro. O peor, que era responsable.

Lo más seguro, pensó George con gravedad, era que Arbuthnot quisiera pedirle algo. Seguramente que entregara otro mensaje.

—¡Kennard! —exclamó Arbuthnot con tono jovial—. Excelente trabajo el de anoche.

—¿Por qué ha venido? —preguntó George.

Arbuthnot pestañeó ante un recibimiento tan brusco.

—Necesito hablar con usted. ¿No es ese el motivo por el que generalmente un caballero visita a otro?

—Esta es mi casa —dijo George entre dientes.

—¿Significa que no soy bienvenido?

—No si lo que desea es hablar sobre lo sucedido anoche. No es el momento ni el lugar.

—Ah. Pues no, en realidad. No hay nada de qué hablar. Todo ha salido a la perfección.

No era la forma en la que George habría descrito lo sucedido. Se cruzó de brazos y miró a Arbuthnot fijamente, esperando que explicara sus intenciones.

El general se aclaró la garganta.

—He venido a agradecérselo —dijo—. Y a pedirle su ayuda en otro asunto.

—No —dijo George. No necesitaba oír nada más.

Arbuthnot se rió entre dientes.

—Ni siquiera ha...

—No —repitió George, con una furia cortante como el cristal—. ¿Tiene idea de lo que acabé haciendo anoche?

—Así es.

—Usted... ¿Cómo? —Fue una respuesta inesperada. ¿Cuándo diablos se había enterado Arbuthnot sobre la farsa en el Cisne sin Cuello?

—Era una prueba, muchacho. —Arbuthnot le dio una palmadita en el hombro—. Y ha salido airoso.

—Una prueba —repitió George, y si Arbuthnot lo hubiera conocido mejor, se habría dado cuenta de que la absoluta falta de entonación en la voz de George no anunciaba nada bueno.

Pero Arbuthnot no lo conocía bien, así que se rio con humor y dijo:

—No se creerá que confiaríamos información sensible a cualquier persona.

—Creía que confiaba en mí —protestó George.

—No —dijo Arbuthnot con tono raro y solemne—. Ni siquiera en usted. Además —agregó, volviendo a animarse—, ¿potaje de avena? Debería darnos un poco de crédito. Somos más ingeniosos.

George apretó los labios mientras pensaba qué hacer a continuación. Sacar de la oreja a Arbuthnot era tentador, pero también lo era un buen puñetazo en la mandíbula.

—Lo pasado, pasado está —dijo Arbuthnot—. Ahora necesitamos que entregue un paquete.

—Creo que es hora de que se marche —anunció George.

Arbuthnot se echó atrás, sorprendido.

—Es algo fundamental.

—También lo era el «potaje de avena» —le recordó George.

—Sí, sí —admitió el general con tono condescendiente—. Tiene derecho a sentirse insultado, pero ahora que sabemos que podemos confiar en usted, necesitamos su ayuda.

George se cruzó de brazos.

—Hágalo por su hermano, Kennard.

—No se atreva a mezclarlo en esto —murmuró George entre dientes.

—Un poco tarde para ponerse tan arrogante —replicó Arbuthnot, dejando de lado su tono amistoso—. No se olvide de que ha sido usted quien se ha acercado a mí.

—Y usted pudo haber rechazado mi petición de ayuda.

—¿Cómo cree que derrotamos al enemigo? —preguntó Arbuthnot—. ¿Cree que todo se reduce a usar uniformes brillantes y a marchar en fila? La verdadera guerra se libra detrás del campo de batalla, y si usted es demasiado cobarde...

En un instante George lo inmovilizó contra la pared.

—No cometa el error de creer que puede convertirme en su chico de los recados. —Apretó el hombro del hombre mayor y luego, abruptamente, lo soltó.

—Pensaba que deseaba ayudar a su patria —dijo Arbuthnot, tironeando del dobladillo de su chaqueta para alisarla.

George estuvo a punto de morderse la lengua para no darle una respuesta intempestiva. Estuvo a punto de decir que había pasado tres años deseando estar con sus hermanos y servir con su rifle y su espada, preparado para dar su vida por el bien de Inglaterra.

Estuvo a punto de decir que eso lo había hecho sentirse inútil, avergonzado porque, en cierto modo, lo juzgaban más valioso que a sus hermanos en virtud de su nacimiento.

Entonces pensó en Billie, en Crake y en Aubrey Hall, y en todas las personas que dependían de ellos. Pensó en la cosecha, en el pueblo y en su hermana, quien pronto traería al mundo al primer ser de una nueva generación.

Y recordó lo que había dicho Billie solo dos noches atrás.

Miró a los ojos a lord Arbuthnot y dijo:

—Si mis hermanos van a arriesgar su vida por el rey y por la patria, entonces, con la ayuda de Dios, voy a asegurarme de que sea por un *buen* rey y por una *buena* patria. Y eso no incluye llevar mensajes cuyo significado desconozco, a personas en quienes no confío.

Arbuthnot lo observó con soberbia.

—¿No confía en mí?

—Estoy furioso porque usted ha venido a mi casa sin previo aviso.

—Soy un amigo de su padre, lord Kennard. Mi presencia aquí no puede considerarse sospechosa. Y no ha sido eso lo que he preguntado. ¿No confía en mí?

—¿Sabe, lord Arbuthnot? No creo que eso sea de importancia.

Y no lo era. George no tenía duda de que Arbuthnot había luchado, y seguía luchando, a su manera, por su patria. Aunque George estaba furioso por haber sido sometido a un rito de iniciación en la versión del Ministerio de Guerra, sabía que si Arbuthnot le pedía que hiciese algo, sería algo legítimo.

Pero también sabía (ahora, por fin, lo sabía) que no era el hombre adecuado para ese tipo de trabajo. Habría sido un buen soldado. Pero era mejor administrando la tierra. Y con Billie a su lado, sería excelente.

Pronto se casaría. Muy pronto, si de él dependía. No tenía derecho a actuar como una especie de espía, arriesgando la vida sin saber exactamente por qué.

—Serviré a mi manera —informó a Arbuthnot.

Arbuthnot suspiró, frunciendo la boca con resignación.

—Muy bien. Le agradezco su asistencia. Me doy cuenta de que he perturbado su noche.

George creyó que, por fin, había logrado que lo entendiera, pero Arbuthnot agregó:

—Solo tengo una petición más que hacerle, lord Kennard.

—No —intentó decir George.

—Escúcheme —Arbuthnot lo interrumpió—. Le juro que no se lo pediría si la situación no fuese tan crítica. Tengo un paquete que debe entregarse en una posada en Kent. En la costa. No es demasiado lejos de su casa, creo.

—Basta —comenzó a decir George.

—No, por favor, déjeme terminar. Si lo hace, le prometo que no volveré a molestarlo. Seré sincero, es algo peligroso. Hay hombres que saben que el paquete está en camino y querrán detenerlo. Pero son documentos de vital importancia. —Entonces Arbuthnot dio la estocada final—. Hasta podrían salvar a su hermano.

Arbuthnot era eficiente, George debía reconocerlo. No creía ni por un segundo que ese paquete destinado a Kent tuviera algo que ver con Edward y, sin embargo, estuvo a punto de aceptar en cuanto el general dejó de hablar.

—No soy la persona indicada —dijo con voz tranquila.

Y así debió concluir la conversación.

Eso *habría* ocurrido, pero en ese momento se abrió la puerta y allí, de pie en la entrada, con ojos brillantes debido a la audacia, estaba Billie.

No había sido su intención escuchar detrás de la puerta. Se dirigía a tomarse su desayuno, con el pelo peinado con prisa debido a su ansiedad por volver a ver a George, cuando escuchó su voz en el salón. Suponía que él estaba con su madre (¿qué otra persona estaría en Manston House a esas horas de la mañana?), pero entonces oyó la voz de otro caballero, que decía algo sobre la noche anterior.

La noche de la que George no había podido decirle nada.

No debería haber escuchado, pero, sinceramente, ¿quién se habría resistido a la tentación? Y luego el hombre le había pedido a George que entregara un paquete, ¿y había dicho que podía ayudar a *Edward*?

No pudo contenerse. En lo único que pensó fue en que se trataba *de Edward*. Su querido amigo de la infancia. Si estaba dispuesta a arrojarse de un árbol para salvar a un gato desagradecido, sin duda podía llevar un paquete a una posada en la costa. No podía ser tan difícil. Y, si era peligroso, si era algo que requería discreción, sin duda ella era un señuelo excelente. Nadie esperaría que una mujer hiciera la entrega.

Billie no se lo pensó. No necesitaba pensar. Solo entró corriendo a la habitación y afirmó:

—¡*Yo* lo haré!

George no se lo pensó. No necesitaba pensar.

—¡Por supuesto que no lo harás! —exclamó.

Billie se quedó inmóvil un momento; era evidente que no esperaba ese tipo de reacción. Luego enderezó sus hombros y entró de prisa.

—George —le suplicó—, se trata de Edward. ¿Cómo no íbamos a hacer todo lo posible?

Él la agarró del brazo y la apartó a un lado.

—No conoces toda la información —dijo entre dientes.

—No necesito toda la información.

—Nunca la necesitas —murmuró él.

Billie entrecerró los ojos peligrosamente.

—Puedo hacerlo —insistió.

Cielo santo, ella sería su perdición.

—Estoy seguro de que puedes, pero no lo harás.

—Pero...

—Te lo prohíbo.

Billie se apartó.

—Me lo *prohíb*...

En ese momento, Arbuthnot se acercó a ellos.

—Creo que no nos presentaron correctamente anoche —dijo con una sonrisa paternal y amistosa—. Soy lord Arbuthnot. Yo...

—Fuera de mi casa —ordenó George.

—¡George! —exclamó Billie, atónita ante su descortesía.

Arbuthnot se volvió a George con amabilidad.

—La dama parece ser muy hábil. Creo que podríamos...

—¡Fuera de aquí!

—¿George? —Ahora fue su *madre* la que apareció junto a la puerta—. ¿A qué se deben los gritos? Ah, lo siento, lord Arbuthnot. No le había visto.

—Lady Manston. —El general la saludó con una reverencia—. Disculpe mi visita tan temprano. Tenía asuntos que tratar con su hijo.

—Ya se retiraba —dijo George, apretando el brazo de Billie cuando ella comenzó a retorcerse.

—Suéltame —dijo entre dientes—. Yo podría ayudar.

—O quizá no.

—Basta —murmuró ella, apartándose con furia—. No puedes darme órdenes.

—Te aseguro que sí que puedo —replicó él, fulminándola con la mirada. Iba a ser su marido, por el amor de Dios. ¿Acaso eso no era importante?

—Pero yo quiero ayudar —dijo ella, bajando el tono de voz mientras daba la espalda al resto de la habitación.

—Yo también quiero, pero este no es el modo.

—Podría ser el *único* modo.

Por un momento, él no pudo hacer otra cosa excepto cerrar los ojos. ¿Así sería el resto de su vida si se casaba con Billie Bridgerton? ¿Estaba destinado a vivir aterrorizado, preguntándose en qué peligro se metería *todos* los días?

¿Valía la pena?

—¿George? —murmuró ella. Parecía inquieta. ¿Había visto algo en la expresión de él? ¿Una señal de duda?

Él tocó su mejilla y la miró a los ojos.

Allí vio su mundo entero.

—Te amo —dijo.

Alguien contuvo el aliento. Podría haber sido su madre.

—No puedo vivir sin ti —dijo—. En realidad, me niego a vivir sin ti. Así que no, no partirás en una misión desacertada rumbo a la costa para entregar un paquete potencialmente peligroso a personas que no conoces. Porque si algo te sucediera... —Su voz se quebró, pero no le importó—. Si algo te sucediera significaría mi *muerte*. Y me gustaría pensar que me amas demasiado para permitir que eso suceda.

Billie lo contempló maravillada; sus labios entreabiertos temblaron mientras luchaba por contener las lágrimas.

—¿Me amas? —susurró.

Él estuvo a punto de poner los ojos en blanco.

—Por supuesto que sí.

—Nunca me lo habías dicho.

—Seguramente sí que te lo dije en algún momento.

—No me lo has dicho. Lo recordaría.

—Yo también lo recordaría —dijo él con dulzura— si tú me lo hubieses dicho alguna vez.

—Te amo —se apresuró a decir—. Te amo. Te amo tanto... Yo...

—¡Alabado sea *Dios*! —exclamó lady Manston.

George y Billie se dieron la vuelta. George no sabía si a Billie le ocurría lo mismo, pero él había olvidado que tenían público.

—¿Sabéis lo mucho que me he esforzado para lograr esto? Cielo *santo*, pensé que tendría que golpearos con un bastón para haceros entrar en razón.

—¿Habías planeado esto, madre? —preguntó George, sin poder creerlo.

Lady Manston se volvió hacia Billie.

—¿Sybilla? ¿De verdad? ¿Alguna vez te he llamado Sybilla?

George miró a Billie. Parecía que no podía dejar de pestañear.

—He esperado tanto tiempo para llamarte «hija» —repuso lady Manston, acomodando un mechón de cabello detrás de la oreja de Billie.

Billie frunció el ceño, moviendo la cabeza de un lado a otro para intentar entender la situación.

—Pero siempre he creído... que el elegido sería Edward. O Andrew...

Lady Manston sacudió la cabeza con una sonrisa.

—Siempre ha sido George, querida. En mi cabeza, al menos. —Miró a su hijo con expresión mucho más intensa—. Supongo que le *habrás* propuesto matrimonio.

—Creo que se lo he exigido —admitió él.

—Mejor aún.

George se enderezó de pronto, y miró alrededor de la habitación.

—¿Dónde está lord Arbuthnot?

—Se ha disculpado y marchado cuando comenzasteis a declararos vuestro amor —respondió su madre.

Bien, pensó George. Quizá el anciano era más discreto de lo que había creído.

—Pero ¿para qué había venido? —preguntó lady Manston.

—No tiene importancia —respondió George. Luego miró a su prometida.

—No tiene importancia —dijo ella.

—Bien —repuso lady Manston con una sonrisa radiante—, no veo la hora de contárselo a todo el mundo. Los Billington darán un baile la semana próxima y...

—¿Podemos simplemente volver a casa? —interrumpió Billie.

—Pero anoche te divertiste tanto... —respondió lady Manston. Miró a George y dijo—: Bailó todas las piezas. Todo el mundo estaba encantado con ella.

Él sonrió con indulgencia.

—No me sorprende lo más mínimo.

Lady Manston volvió la espalda a Billie.

—Podemos anunciar vuestro compromiso en el baile de Billington. Será un éxito.

Billie extendió su mano y apretó la mano de George.

—Ya lo es.

—¿Estás segura? —preguntó él. Ella había tenido tanto miedo de debutar en Londres. No había cosa que a él le agradara más que volver a su casa en Kent, pero Billie merecía disfrutar de su éxito.

—Sí —repuso ella—. Fue maravilloso. Y es bueno saber que, cuando deba asistir a estas funciones, podré hacerlo bien y pasar un buen momento. Pero no es lo que quiero. Preferiría estar en casa.

—¿En pantalones? —bromeó él.

—Solo cuando salga al campo. —Miró a lady Manston—. Una futura condesa debe comportarse con propiedad.

Lady Manston se echó a reír ante el comentario.

—Serás una excelente condesa, aunque no ahora mismo, espero.

—Será dentro de muchos, muchos años —repuso Billie con ternura.

—Y a ti, hijo mío —dijo lady Manston, contemplando a George con ojos húmedos—, te veo más feliz de lo que te he visto en mucho tiempo.

—Lo estoy —aseguró George—. Pero me gustaría...

—Puedes pronunciar su nombre —dijo su madre con dulzura.

—Lo sé. —Se inclinó y besó a su madre en la mejilla.

—Edward deberá resignarse a perderse la boda, pues no esperaré a que vuelva a casa.

—No, supongo que no —dijo lady Manston, con un tono que hizo ruborizar intensamente a Billie.

—Pero lo encontraremos —dijo George. Aún sostenía la mano de Billie, y la llevó a sus labios y besó su mano, como un juramento—. Lo prometo.

—Entonces, supongo que regresamos a Kent —expresó su madre—. Podríamos partir hoy mismo si es lo que deseáis.

—¡Oh, eso sería perfecto! —exclamó Billie—. ¿Crees que mi madre se sorprenderá?

—No, en absoluto.

—¿Qué? —Billie se quedó boquiabierta.

—¡Pero yo odiaba a George!

—No, no es cierto —dijo George.

Ella lo miró con intensidad.

—Me sacabas de quicio constantemente.

—*Tú* eras como una piedra en mi zapato.

—Bueno, pero tú...

—¿Es una competición? —preguntó lady Manston con incredulidad.

George contempló a Billie, y, cuando ella sonrió, su alma se inundó de amor.

—No —dijo él suavemente, y la tomó entre sus brazos—, somos un equipo.

Billie levantó la mirada hacia él con tanto amor que él casi se queda sin aliento.

—Madre —dijo él, sin quitarle los ojos de encima a su prometida—, quizá quieras retirarte de la habitación.

—¿Cómo dices?

—Voy a besar a mi prometida.

Su madre lanzó un pequeño grito.

—¡No puedes hacer eso!

—Estoy seguro de que sí que puedo.

—¡George, aún no estáis casados!

Él contempló los labios de Billie con la mirada intensa de un experto.

—Razón de más para apurar las cosas —murmuró.

—¡Billie! —dijo la madre con firmeza, trasladando la atención a quien ella consideraba el eslabón más débil—. Vámonos.

Pero Billie se limitó a sacudir la cabeza.

—Lo siento, pero, tal como él dice: somos un equipo.

Entonces, como ella era Billie Bridgerton y nunca le había molestado asumir el control, hundió sus dedos en el cabello de George y atrajo su boca hacia la de ella. Y como él era George Rokesby e iba a amarla por el resto de sus días, él le devolvió el beso.

¿TE GUSTÓ
ESTE LIBRO?

**escríbenos y
cuéntanos tu opinión en**

f /Sellotitania   🐦 /@Titania_ed

📷 /titania.ed

#SíSoyRomántica

Ecosistema digital

Floqq
Complementa tu lectura con un curso o webinar y sigue aprendiendo.
Floqq.com

Amabook
Accede a la compra de todas nuestras novedades en diferentes formatos: papel, digital, audiolibro y/o suscripción.
www.amabook.com

Redes sociales
Sigue toda nuestra actividad. Facebook, Twitter, YouTube, Instagram.